U0495269

国家出版基金项目
NATIONAL PUBLICATION FOUNDATION

"十二五"国家重点图书
出版规划项目

红色延安口述·历史
HONGSE YAN'AN KOUSHU·LISHI

我要去延安

任文 主编

陕西师范大学出版总社有限公司

图书代号　SK13N1275

图书在版编目(CIP)数据

我要去延安／任文主编. —西安：陕西师范大学出版总社有限公司，2014.5（2019.6 重印）
（红色延安口述·历史）
ISBN 978-7-5613-7130-5

Ⅰ. ①我… Ⅱ. ①任… Ⅲ. ①革命回忆录—作品集—中国—当代　Ⅳ. ①I251

中国版本图书馆 CIP 数据核字(2014)第 077961 号

我要去延安
WO YAO QU YAN'AN
任　文　主编

责任编辑	张旭升　张　立　巩亚男
责任校对	杜莎莎
出版发行	陕西师范大学出版总社有限公司 （西安市长安南路 199 号　邮编 710062）
网　　址	www.snupg.com
印　　刷	西安市建明工贸有限责任公司
开　　本	710mm×1020mm　1/16
印　　张	19.5
插　　页	2
字　　数	240 千
版　　次	2014 年 5 月第 1 版
印　　次	2019 年 6 月第 3 次印刷
书　　号	ISBN 978-7-5613-7130-5
定　　价	48.00 元

读者购书、书店添货或发现印刷装订问题，请与本公司营销部联系、调换。
电话:(029)85307864　85303629　传真:(029)85303879

"红色延安口述·历史"
编辑委员会

总策划 冯晓立　傅功振
主　编 任文
编　委 薛义忠　石　杰　梁向阳　孙国林
　　　　　朱鸿召　张军锋　梁星亮　姬乃军
　　　　　刘卫平　田　刚　陈答才　王晓荣
　　　　　刘东风　冯晓立　傅功振
参编人员 王　耀　王晓飞　王慧子　邓　微
　　　　　　仝　蕾　巩亚男　庄婧卿　刘存龙
　　　　　　张　双　赵虹波　雷亚妮

编辑说明

"红色延安口述·历史"是一套以口述实录、回忆录、访谈录以及相关原始档案并配以历史图片为基本内容的史料集成。它试图以亲历者、当事人、知情者或者后代的讲述、回忆，来还原历史真相，呈现延安十三年的辉煌，从而改善当代人对"符号化"延安的僵化认识，再现一个本色、真实的延安。入选文章均来自已出版的图书、杂志、报纸，酌量选录地方党史办公室、政协文史机构等征研的资料。

丛书所选文章注重大历史背景下个人独特的经历和感受，尤重对历史细节的挖掘和梳理。丛书内容虽以回忆、口述等形式呈现，但其较强的故事性、可读性，有益于对当代读者，特别是对青少年读者进行革命传统教育，进一步弘扬延安精神，具有积极的现实作用与意义。

丛书共17种21册。内容包括口述实录、回忆录、访谈录、重要的档案材料及代表性研究文章。口述实录、访谈录与回忆录前均设置了对口述人或回忆人的简要介绍，并突出介绍口述人或回忆人在延安的工作或生活经历。

所选文章中，因个人当时的见闻条件、历时记忆在一定程度上的失真以及可能附加的主观因素等，讲述人或作者对历史事件的忆述不一定完全符合已逝的客观真实，且不同的亲历者对同一事件的细节叙述也常稍有出入，这一方面反映了历史事件的复杂性、多元性，另一方面也说明历史应该是"人的历史"，不能只有一种"写法"或"说法"，更不存在"唯一性"，这样才能更趋历史"真相"。为尊重原作，编者收入时未强求统一，多以"编者注"提醒读者注意。

入选文章写作时间跨度从上世纪30年代到本世纪初，每篇文章自有其文字风格和时代的语言习惯，收入本丛书时，除特殊情况外，皆尊重原文，不做改动；原书专名（人名、地名、术语）及译名与今不统一者，多未做改动。如确系作者笔误、排印错误、数据计算与外文拼写错误等，则予以修正。标点符号、数字用法等，依据现有出版规范做了统一处理。除特殊情况外，原文篇后注或行文注统一移作脚注，文献著录稍加统一。

由于我们工作经验不足，或翻检资料有限，或水平、认识有限，其中可能存在讹误或差错，敬请方家、读者批评指正。

作为一套大型汇编丛书，涉及文字与图片等著作权联系方面的工作难度很大，我们进行了多方努力和联系，但仍有部分作者信息不明或原工作、生活地址变动而无法联系，希望版权人或版权继承人见书后与我们联系，以奉稿酬与样书。

谨以"红色延安口述·历史"的出版，向革命先辈致敬！

"红色延安口述·历史"编委会

2014年3月

CONTENTS 我要去延安 目录

1　70年前爱国青年的延安之旅（代前言）　刘守华

青春行进曲

002　告别上海，奔向延安　陈　明
010　沸腾的古城，我心中的延安　王仲方
018　寻找中国的新希望　帆　波
027　祖孙三代奔赴延安——访中央文献研究室顾问李琦　口述：李　琦　整理：施　强
034　忆当年沂水青年奔赴延安　尹平符
039　投奔延安　丁　农
044　一路风尘赴延安　余海宇
050　寻真理离故土奔赴延安　高　茜
055　延安宝塔情　章　岩
061　难忘的征程　平　浪
070　宝塔山下的小女兵　赵馥南
078　永生难忘的延安岁月　口述：任　斌　整理：傅　兵
084　女扮男装赴延安　王淑敏
089　一个艰苦的锻炼过程　刘鸿志
096　我的一段风雨历程　吴介民
103　到革命圣地去　陈慕华

111 辗转奔陕北　王腾波

117 招生工作追忆　王邦屏

120 紧张的招生接待工作　刘 潜

回国抗战，汇聚宝塔山

126 从马来亚到陕北高原　陈 明

134 忆由泰国奔赴延安　马 松

140 海外赤子的延安之路　白 刃

157 不到延安誓不停　张道时　吴一舟　安 岱

167 从海外到延安　谭 岚

172 归国奔延安　王唯真

181 从泰国到延安　庄国英

190 扑向母亲的怀抱——1939年投身抗战历闻　口述：马兴惠　整理：何 汐

延安的城门成天开着

196 堕马折臂去延安　光未然

212 关于我赴延安的经过　康 濯

224 延安之歌　潘之汀

228 "信天游"在迎接我们　逯 斐

235 从成都到延安，我早期的诗歌活动　海 稜

240 向往与追求　李焕之

246 杜鹃啼血黄土情　唐荣枚

252 奔赴延安之前　莫 耶

史实与考辨

258 通往光明的红色桥梁　李一红

264 抗战时期知识分子奔赴陕甘宁边区研究　程朝云

285 抗日时期在延安的华侨青年　唐正芒

70年前爱国青年的延安之旅(代前言)

刘守华

"延安的城门成天开着,成天有从各个方向走过来的青年,背着行李,燃烧着希望,走进这城门。学习,歌唱,过着紧张的快活的日子。然后一群一群地,穿着军服,燃烧着热情,走散到各个方向去。"

这是70年前作家何其芳对延安的描绘。

其实延安原本只是黄土高坡上的一个小镇,几百年来一直处于贫瘠、封闭、破败不堪的状况。北宋范仲淹驻守这里时曾留下"塞下秋来风景异,衡阳雁去无留意"的诗句。但是在70年前,这里却"成天有从各个方向走过来的青年"。

动因:延安像一支崇高的名曲的开端

延安有什么?为什么会有如此大的吸引力?何其芳在《我歌唱延安》中写道:"在青年们的嘴里、耳里、想象里、回忆里,延安像一支崇高的名曲的开端,响着洪亮的动人的音调。"

这曲"洪亮的动人的音调"就源于这里是主张抗日的中共中央所在地。西安事变和平解决后,国共两党初步建立了抗日统一战线,中共中央迁到延安,寂静的小镇从此变成了革命的圣地。

在当时抗战的特殊历史背景下,根据地、国统区和沦陷区是完全不同的世界。"七七"事变后,面对祖国山河的沦陷、民族的痛楚,很多青年赶到南京,希望能参加报效祖国的工作,但他们的抗战热情在这里却没有得到回应。

有一位叫白刃的华侨青年从菲律宾回国参加抗战,到了南京准备参加战地服务团,但报名处却冷冷清清,花名册上只有一个人名。他和同伴要报名,管事的却让他们找殷实的商家作担保,并且说,现在汉奸到处活动,没有担保就不让报名。这让白刃非常愤慨,转而奔赴延安。一位上海青年曾回忆道:"在南京,什么也没有——只有老官吏、老官僚。屡屡叫我们在一个办事处里等一等,于是,明天再来。很多人就是这样走掉了。"在陪都重庆,政治上,国民党压制民主,打击进步力量,强化新闻报刊审查制度;经济上,民族工业举步维艰;军事上,正面战场接连失败。这一切都使大批爱国青年对国民党政府丧失了信心。

而中国共产党却坚决抗日,主张建立统一战线。同时,延安还有与国统区、沦陷区形成鲜明对比的自由、平等、民主的宽松氛围,有"来则欢迎,去则欢送,再来再欢迎"的"来去自由"政策。丁玲在1937年撰写的《七月的延安》中这样描绘:"这是乐园。我们才到这里半年,说不上伟大建设,但街衢清洁,植满槐桑;没有乞丐,也没有卖笑的女郎;不见烟馆,找不到赌场。百事乐业,耕者有田。八小时工作,有各种保险。"一些丧失了工作和学习机会,或者要摆脱家庭束缚和包办婚姻的人,似乎也在这里看到了光明。所有这一切都让青年们感到,延安才是中国的希望。

延安,这个远在西北一隅的小镇,尽管物资匮乏,条件艰苦,但依然不妨碍它成为温暖、明朗、坚固和蓬勃向上的圣地,成为青年人梦寐以求的理想所在。当时,很多青年是从《外国记者西北印象记》《西行漫记》等书中了解延安的。有一位青年画家看过书后大吃一惊,原来世界上还有这么好的地方,官兵平等、军民平等,所以就一心想到延安去,并且辞掉了在上海一家银行的工作,经香港、广州、重庆和西安,辗转用了3个月的时间最终到达延安。

就这样,伴着连天烽火,冲破重重险阻,"四方八面来了学生几千,活泼、聪明,全是黄帝的优秀子孙"。1938年至1939年,这股潮流进入高峰,成为当时政治格局下的一大景观。据统计,当时来到延安的学者、艺术家和知识青年大约有六万人，延安一时间真可谓"天下英雄豪杰云集"。

途径：通过党组织或者个人介绍；参加延安各学校的招生考试

　　爱国青年的延安之旅最初并没有遇到过多的障碍，只需要体力的付出就能到达目的地。因为1937年下半年到1938年上半年，全国的抗日浪潮风起云涌，蒋介石对延安也没有进行封锁。那一段时间，通往延安的八百里秦川畅通无阻，大批青年从五湖四海结伴而来，沿途歌声、笑声不断。但是到了1938年秋天，情况发生变化，蒋介石秘密颁布《限制异党活动办法》，在路上分段设卡，盘查行人。一些不知情的青年被特务抓去，下落不明。

　　当时爱国青年奔赴延安的途径：一是通过党组织或者个人介绍；二是参加延安各学校的招生考试。

　　为吸引知识分子到延安，中共中央通过北方局、长江局等各地党组织和八路军驻各地办事处以及一些进步团体、新闻媒介和社会名流引导疏通，组织知识分子前往延安。由于从四面八方奔赴延安和各抗日根据地的青年很多，他们虽有革命愿望和抗日热情，但毕竟未经过系统的革命理论训练，也缺乏实际斗争经验，思想状况更是复杂多样，因此，怎样在较短的时间内把他们培养成坚强的抗日干部，就成为根据地紧迫而艰巨的任务。基于这种情况，中共中央决定把干部教育作为工作重点，把创建干部学校作为增加抗日力量的一个办法。于是，各抗日根据地相继办起了各类干部学校。仅在延安，就先后创办了抗日军政大学、陕北公学、鲁迅艺术学院、中国女子大学等十几所院校，而且大都面向全国招生，在各地的报刊上刊登招生简章。

　　1937年9月5日，陕北公学在全国发布由校长成仿吾署名的《陕北公学招生简章》，报考地点设在西安、三原、延安等地，八路军驻西安办事处成为负责招生工作的中心。消息经《新中华报》刊载后，各地青年踊跃报名。

　　1938年1月，邹韬奋在上海创办的《抗战》连载了舒湮的《边区实录》，对陕甘宁边区的政治、经济、文化教育、司法制度以及民众运动等方面情况作了系统报道。随即，他们就收到了不少青年读者来信，询问抗大及陕北公学的招生情况。《抗战》马上刊登相关内容，告诉有志于投考这些学校的青年前往延安的途径。邹韬奋还专门撰写了时评《青年的求学狂》，介绍了陕北公学的特点：课程内容切合抗战时期的需要；投考年龄扩展至35岁，使年长失学者也有机会；兼顾"具有同等学力者"，并不以文凭为绝对条件；一律免交学费；应非常时期的急切需要，学习时间只有半年到两年；毕业后介绍到各地参加适当工作。这一系统报道对引导国统区、沦陷区的青年奔赴延安发挥了极大作用。

1940年2月，鲁迅艺术学院通过八路军驻各地办事处发布了第四期招生简章，规定了考试科目，包括政治测验、政治考核和各系艺术测验。各系除了都要考作文外，还有自己特殊的专业考试项目，如戏剧系要考戏剧常识、发音读词和表演技术，音乐系要考音乐常识、器乐，进行技术测验（听音、记谱、指挥、试唱），美术系要考美术常识、写生、创作（宣传画、漫画、插画任选一种），文学系要考文学常识、平时作品（一篇以上）。

四川姑娘李莫愁就是在报上看到招生简章后奔赴延安的。1936年，正在重庆读初三的李莫愁，由于家境衰落，加上对旧式教育的不满，自动放弃升学机会。1937年"七七"事变后，全国抗日浪潮迅速高涨，有一天，她在报纸上看到一则陕北公学、抗大招生的广告。这正是她一直向往的学习抗日救国的地方。于是，她与同窗好友相约，集合了九个人，于1938年春节过后启程奔赴延安。先到成都，停留了3天，又分批来到西安。在这座古城的大街上，随处可见操着各地乡音准备去延安的青年。他们找到青年干部训练班办事处，负责人说，延安一时还不容易去，动员他们先到安吴堡青训班学习一期（3个月），然后再到延安。在青训班的学习结束后，他们步行50多公里回到西安，白天四处打听去延安的汽车，晚上就睡在青训班办公室的桌子上。后来在八路军驻西安办事处的帮助下，又步行了4天，来到离延安更近的位于旬邑的陕北公学分校。3个月的学习结束后，李莫愁向组织提出希望报考延安的鲁艺，并终于在11月初的一个傍晚，看到了被暮色笼罩的宝塔山。

当时，毛泽东一再指示："革命青年"四个大字，就是抗大学生的入学条件，抗大的招生广告从延安一路贴到西安。"革命青年来者不拒"，而且对来延安的知识分子也一律欢迎，不加一点限制。当时抗大招生名额满了以后，从延安到西安的电线杆上贴上了"抗大停止招生"的消息，但还是有很多青年徒步走来，他们来后仍然得到了学习或工作的机会，没有一个人因被拒绝而回去。延安地方小，抗大第四大队就搬到了洛川，第五大队则在甘肃庆阳建校，一些学生还被安排到旬邑县的陕北公学分校学习。

为了做好接待安置工作，延安专门设立了交际处。一般来说，青年学生到了以后，先由交际处负责安排食宿，登记造册，然后根据个人情况进行安置。绝大部分青年都是先进入各类院校或培训班，经过学习和培训后，再分配工作。

旅途：穿越布满哨卡的八百里秦川

要进入陕甘宁边区，西安是必经的门户，所以八路军驻西安办事处就承担了桥梁和堡垒的作用。据统计，仅1937年至1938年，八路军驻西安办事处向延安输送的青年就有两万人，这里成为众多爱国青年参加革命的起点。1938年上半年以前，由于国共合作形势好，各地青年来西安的特别多，办事处的接待工作非常繁忙，负责人伍云甫不得不亲自坐在门口的接待室里接待青年学生。1938年4月，抗大、陕北公学、青训班都派人在办事处设立专门的招生点，中共中央还批准办事处成立"招生委员会"，专门负责安排各地青年到延安的学习和工作。很多青年到西安后，食宿、路费都成了问题，办事处在经费十分拮据的情况下，扩充了招待所，以解决这些人的生活、住宿困难。而且还对没有路费的青年学生给予补助，对女青年给予乘车的便利。

当时西安到延安不通火车，有的人能幸运地搭上汽车，大部分人则是步行。油画家王式廓从武汉到西安后，被八路军驻西安办事处编入一个十几人的队伍，步行奔赴延安。他们穿上布鞋，带上草鞋，每天天刚亮就启程，一直走到天黑。刚开始每天走几十里路就能找到旅馆，后来要走100多里路才能找到住所。就这样，在黄土高原纵横的沟壑中走了12天，才到达延安。电影艺术家陈荒煤是1938年9月到达西安的,他运气不错,搭上了一辆前往延安送棉花包的卡车,开始了自己的延安之旅。卡车卷着黄土走走停停,开过咸阳、三原、洛川。路上去延安的人越来越多,许多年轻人都背着背包,徒步行走,浑身上下甚至眉毛上都粘满了黄土。他们这辆卡车上爬上来的人也越来越多,大家挤在一起,在车上摇摇晃晃地颠簸着,但情绪却随着目的地的临近而愈加兴奋,最后大家索性扯开嗓子唱起歌来。

从1938年下半年开始,爱国青年的延安之旅遭遇了困难,八百里秦川变成了封锁线。国民党为了阻止革命青年到延安,在西安至延安的途中,先后设置了咸阳、草滩、三原、耀县、铜川、中部(今黄陵)、洛川等七处关卡,拦截前往延安的革命青年和从延安奔赴抗日前线的毕业学员,或是把他们送往集中营监禁残杀,或是强迫他们充当特务,手段十分卑鄙恶劣。1939年6月间,国民党陕西省党部诡称"招待赴陕北公学、抗大青年,帮助青年赴陕北求学",派出特务在咸榆线上绑劫了两百多名爱国青年,并在咸阳北门外成立所谓"干四团特训总队",公开扣押赴延安的革命青年。"学生"过着囚犯般的生活,稍有反抗,轻者关禁闭,重者被打死或活埋。不久,在中共中央的抗议和全国人民的声援下,有一部分青年得以逃脱虎口,到达延安,但也有不少青年被迫害得神经失常或遇害。

曾经导演过新中国第一部故事片《桥》的著名导演王滨,1938年4月从上海来到武汉,准备转道西安设法北上延安。他的10天旅途颇具传奇性。那时火车必须时时给军车让道,常在中途停留很久。到达河南省渑池县时,王滨在等待中闲得无聊,跑到一个土坡上晒太阳。朦胧中见有刺刀逼在胸前,原来这里是炮兵阵地。士兵将他抓去审问,直到找到一位保人,才释放出来。他和好友于敏连夜上路,整整走了3天3夜才到达西安。黎明时,又发现盘缠已被偷窃一空,他俩只好当掉大部分衣物。但支付完车钱和店钱后,就只剩下三元钱了。可巧,他们在街上碰见一位熟人,这位朋友慷慨地资助了他们三十元。靠着这笔钱,他们开始向延安开拔,走了7天才到达进入陕甘宁边区的第一站——洛川。这时,于敏已累得体力不支了,突然一辆卡车卷着黄土开过,车上一人竟然打开车门大叫王滨的名字,原来这是一位上海电影界的同行,筹备了一些经费正准备到延安拍新闻片。于是,最后两天的路程缩短为4个小时。1938年5月1日下午,他们终于来到了向往已久的革命圣地。后来,于敏回忆起这段往事时感慨道:"人生道路多曲折,信然。以视红军长征,不过是泰山与土堆之比。但是足以说明,一代青年为寻找人生之路的不易。"

皖南事变后,在重庆的音乐家贺绿汀向八路军驻重庆办事处提出去延安的请求。1941年初,八路军驻重庆办事处通知:目前国民党封锁很严。男同志去延安很困难,现有一批女同志可以以八路军家属的名义去延安。贺绿汀和夫人姜瑞芝商量,决定由妻子带孩子先去。次日一早,全家四口雇了一名挑夫挑着行李,来到办事处。负责同志告诉他们,去延安的大卡车明早就出发,东西不能多带。因为是家属的身份,要装作是大字不识的农村妇女,所以口袋里不能有钢笔、照片,而且要改名换姓,以防国民党军随时检查。

就这样,一批女同志作为八路军的家属,乘坐四辆大卡车,从红岩村出发了。刚刚制造了皖南事变的国民党军,怎么会让这支车队轻而易举地从自己眼皮底下平安通过?果然,车到汉中,国民党军便截住车队,让车上的人都下车接受检查。但并没有查出什么违禁物品。国民党军仍不甘心,端着上了刺刀的步枪,将他们押往城内,并且让这些手无寸铁的妇女、儿童贴着城墙站成一排,举起枪对准他们。后来,周恩来得到消息,打电话给蒋介石,要求他下令对这些回延安的人放行。蒋介石迫于国内外舆论的压力,不得不有所收敛,他们扣留了一辆八路军干部乘坐的卡车,其余车辆放行。

由于难以通过层层封锁线,组织上为了安全起见,直到1943年4月初才通知贺绿汀可以去延安。在赴延安之前,贺绿汀特意留起了八字胡。他改名陈益吾,换上新做的长衫,俨然是个买卖人,来到了上海。在这里,他花钱让人帮助办了一张华北通行证,开始北上。从北平到天津再到太原,几经周折,来到离石县的八路军地区,被送到县政府。那里的人对这位穿着长衫,留着八字胡,自称是从新四军那里来的人非常怀疑,幸亏县政府有个干部曾听过贺绿汀教歌,才给他解了围。那一夜,贺绿汀睡得特别香,想想穿越敌伪区的经历,每日每夜都提心吊胆，不知道会不会有人来抓，现在总算是回家了。第二天，有人送他过黄河，经吴堡县、绥德专署，直奔延安。

可以说，70年前，每一位爱国青年都是怀着"朝圣"般的心情奔赴延安的，而他们每个人的延安之旅背后，又都有着一段历经坎坷、惊心动魄的故事。所以到达目的地后，许多青年都十分动情，一过边界，就匍匐在延安的土地上，用鼻子闻，用嘴亲吻，甚至躺在黄土地上高兴地打滚。就这样，"黄河之滨，集合着一群中华民族优秀的子孙"。

（本文选自《党史博览》2007年第12期）

青春行进曲

一九三八年五月至八月
经西安办事处输送青年统计

武汉办事处
西安办事处
兰州办事处
湖南通讯处
广东通讯处
东北救亡总会西安分会
新加军驻陕办事处
陕公同学会西安分会
民先总队部

告别上海，奔向延安

陈 明

> 陈明，原名陈芝祥，江西鄱阳人。1933年在上海著名的教会学校麦伦中学就读，是麦伦中学的学生领袖、上海中学生抗日救国联合会的创始人和领导者之一，参加了"一二·九"运动。1937年5月，陈明从上海奔赴延安，并成为抗大十三队的党员，不久与丁玲相识并走入婚姻殿堂。

我和佘崇懿、林瑾商量，为了万无一失，决定走海路，先坐轮船到塘沽，然后再坐火车到北平。登船离开上海的那天，是1937年1月31日，一个晴朗的日子。我身着西装裤和长袍，一副学生打扮。那时上海的冬天并不怎么冷。佘崇懿到码头送行，张则孙也赶来送我，我把他埋怨了一通："我怀着壮丽憧憬，本没有什么离愁别绪，倒叫你勾引起来了！"他和佘崇懿都一言不发，默默地看着我和林瑾，又转眼望着远处，望着天边。我们紧紧地握手。汽笛一声，小火轮缓缓离岸，四个青年战友挥手告别。我和林瑾原来并不相识，这次旅程中，相处得非常融洽，亲密无间，两人的心情也特别好，站在甲板上，靠着船舷，望着远去的上海滩、十六铺码头，谈这谈那，心情像蓝天碧海一般澄明。

到塘沽下船，感到气温骤然下降了。为了不让人一眼看出我们是南方来的学生，我们赶紧上街买了皮帽、围脖和手套。

一到北平，我们在前门大栅栏找了一家旅社住下来，就忙着打电话找人。在上海学运活动中我认识一位同济中学的代表，名叫孙永德，后来到延安改名叫夏云，当时在北京农学院读书。我打电话给他，告诉他我刚到北平，请他尽快转告马寅根说陈明到北平了。第二天，马寅根便来旅社找我。我告诉他，我和林瑾是拿着"民先"①的关系来的，问他有没有比民先更进一步的关系。他说有。我对他说：林瑾和我都是党员，上海党组织让我到北平找你，我们都要去西北。他让我稍稍等一等，说北平党组织正在组织一批人到太原去，帮助阎锡山办训练班，那里政治环境较好，什么马列著作都可以看。实际情况是：为了抗日，国共两党实现了第二次合作，我党要求国民党释放政治犯，关押在北平监狱的薄一波等同志在这个时候被释放了。出狱后，薄一波同志按照党的安排，接受中央指示，到山西军阀阎锡山那里做统战工作，训练班就是在薄一波等同志的筹划和主持下办起来的。薄一波同志还改组了山西组织的牺牲救国同盟会，会员广泛，社会影响很大。和马寅根见面之后，我和林瑾安心在北平静等组织的安排。

这时，上海组织的一支妇孺慰劳团从绥远前线劳军（傅作义的部队）回到北平，住在灯市口的北辰宫。吕骥、崔嵬、陈波儿，还有麦伦校长沈体兰的妹妹沈淑都在里面。我和他们在上海相识，就去北辰宫看他们。我在那里碰见了华北学联派来接待吕骥他们这个团的刘也夫，刘曾经去上海和我们一起参加全国学联的筹备工作，如今再次见面，都非常高兴。他问我去哪里，我告诉他要到西北去，正等候出发的指令。没过几天，上海组织的第二批妇孺慰劳团四女两男到了北平，也由学联接待。这时北平的学校都放假了，人手很少，一时找不到合适的人陪同带领他们。刘也夫就抓到我，问我愿不愿意去绥远一行，我当然愿意。离开上海后，竟能在北平一下子见到这么多熟人、同志，离开学校，离开家庭，猛然间竟能跑到绥远前线，不用说有多高兴、多兴奋了！

我要随慰劳团去绥远，林瑾很不放心，怕我耽误了去西北的时间，也担心我到了绥远部队便不再回来。为了让他放心，我把身上所有的钱都掏出来交给他，对他说："我从绥远回来，如果你们已经去太原，我就随后赶去。去西北的目的，一定不变。"

这个慰劳团的成员都是华侨青年，不会说普通话，但一接触就能感受到

---

① "民先"是"中华民族解放先锋队"的简称。——编者注

他们对祖国、对抗战的满腔热忱。临出发前，华北学联又派来一位师大的女同学，叫曹国智。我们这群素不相识的年轻人，突然走到了一起，虽然相处的时间不长，但相处得很好。在赴包头的火车上，我们相互教唱歌，曹国智教我们北方的进步歌曲，其中有这样的词句："俺们当兵，哪个不是为了穷！请把敌人问一问，哪个不是穷弟兄？军官们恶且凶，士兵血全喝尽。从今后，掉转枪口，把敌友要认清。"我教他们上海青年学生爱唱的歌，其中有一首是《新女性》。

慰劳团到了归绥，省主席傅作义招待吃饭，同时被邀请的还有南京国民党政府的一个代表团，团长是谭惕吾女士。当时我们自然不知道谭惕吾与我们党有什么关系，我和曹国智商量，让她和谭坐一桌，万一听到什么谬论可以辩驳。还好，傅作义那时是搞平衡，谭惕吾又是见过世面的人，在宴席上没有发生争论。在归绥，我们去了伤兵医院，到病房慰问伤员，给他们唱聂耳谱的歌："你们正为着我们老百姓，为了千百万妇女儿童，受了极荣誉的伤，躺在病院的床上……"

离开归绥，乘汽车到了百灵庙、大庙。路过乌兰花时，正是除夕之夜，我们这群来自山南海北的青年学子，怀着救亡的热忱，一同聚在老乡的土炕上。塞北清冽的寒夜里，窗外响起阵阵呜咽的笳声，这是我第一次听见胡笳声，塞外戍边救亡图存的悲壮感，一下子充塞了我的身心，那种感觉至今难忘。我们去了百灵庙、大庙，再回到归绥。慰劳团从北平带了很多咸菜、烟卷之类的慰问品，向沿途的驻军散发。关于这次在绥远的劳军活动，曹国智曾写了一篇报道，发表在上海《光明》杂志上。

元宵节前，我们从绥远回到北平，这时林瑾已经去太原了。我必须赶到太原，与他会合。我去绥远前，曾把一块中山西马怀表放在修表店修理，过年表店休假，一时拿不回来。我的四弟岳祥那时在清华大学读书，寒假时回家了，他的同宿舍同学周醒华也是麦伦中学的毕业生，我的同班好友，我就请他替我把表取出来，交给岳祥。后来我到了延安，给岳祥写了一封信，让他给我寄几件旧衣服。他寄来了，在一件衣服兜里还装了三块法币。岳祥在信中告诉我，我离家出走，家里很着急，我的父亲从老家赶到上海，登报寻人，还说如因恋爱等问题，都可以解决，希望我回家商量。岳祥说，他了解我绝不是因为个人问题出走，让家里人不要再找我了。

我回到北平没有多停留，便和刘也夫、曹国智以及那些华侨青年热情握别，互道再见，匆匆赶往太原。一下火车，我就直奔太原国民师范，天已黑了，街上灯光暗淡，军号声隐隐传来，我快步走去。当时军政训练班和民政训练班都驻在这所师范学校院内。军政训练班有十二个连队，阎锡山兼任校长，连长、排长、班长都是阎锡山军队里派来的，负责军事方面的训练。各个连队的政治指导员都是我们

太原国民师范学校旧址

的党员，学员都是进步学生、青年，也有党员。我分在十二连，这是军训班中比较纯洁的一个连，学员大部分是像我这样的青年学生党员，还有工人以及经过敌人铁窗考验的同志。连指导员是韩钧，还有位叫张文昂的教员，都是有着丰富斗争经验的共产党员。薄一波同志有时也来队里视察，和学员谈心。军训班每天两顿饭，每顿半粗碗豆芽菜，主食多半是馒头，管饱。那些连长们对伙夫很不好，经常处罚他们。有一次，十二连一个姓唐的连长，开饭时在食堂处罚伙夫，命令他双手举枪，两腿半弯曲站在台上，完全是旧军队里的一套。我们学员很看不惯这种军阀作风，就向领导反映。后来这个连长被撤了，换来的连长与前面的不一样，他和班排长都比较文明，对我们学员也比较尊重。我们也以抗日救国的热情和刻苦的生活态度接受严格的军事训练，和他们的关系处得特别好。

我们十二连的排头兵是高个子廖井丹。他主编十二连的壁报，把报纸上的重要新闻剪下来，用红蓝墨水，重新标题，加以编排，贴在灰色的院墙上，十分引人注目。廖井丹曾经改名吴用人，十一届三中全会之后曾任中宣部副部长。当时在十二连，我因为个子小，出操时总是排在队尾。在党支部的安排下，我担任歌咏干事，教大家唱救亡歌曲。后来成立了全军政训练班的歌咏团，由十二连的连长任歌咏团团长，我担任总干事。我教的歌中有一首《守土抗战歌》："君命有所不受将在外，守土抗战，谁说我们不应该！……"这里的"谁"暗指蒋介石，"将"暗指傅作义、阎锡山。

阎锡山偶尔也来训练班训话。他一来，军政训练班和民政训练班就一起集合在大礼堂。阎锡山是个胖子，中等个儿，一口山西腔。他讲什么"母理""子理"："母理"是不可以变的，"子理"是可以根据环境条件改变的；讲"物产证券""按劳分配"等等。他走上讲台，摘下军帽搁在桌边，就开始讲，讲完了，径直走下台阶，马弁拿起他的帽子追上去，不偏不倚扣到他的头上。当时我们心里都清楚，阎锡山和老蒋有矛盾，山西是阎的老巢，他怕蒋的军队进去。阎锡山不是抗日派，可也害怕日本人进山西。所以在抗战之初，他想和共产党合作，表现一点抗日的倾向。"守土抗战"是他兴起的口号，"牺牲救国同盟会"是在他支持下成立起来的进步群众组织。

这年元宵节，太原市各界举行提灯游行，军政训练班全部出动，穿着军装，背着枪参加游行。人们手里挥着红绿彩旗，上面写着"国共合作""团结抗战"的口号，满街拥挤的人群，就像1927年大革命的那种形势和气氛。忽然，我们队伍里迸发出一声有力的呼喊："打倒日本帝国主义！"这口号引起了大家的兴奋和紧张。事后，我们支部查问这个喊口号的同志，并且批评了他，因为在山西我们和阎锡山有协议，只讲守土抗战，不提打倒日本帝国主义。在当时当地喊这个口号，可能是托派分子想用过左的口号吓唬阎锡山。这件事，使我开始懂得党的统一战线政策的重要性和严肃性。

4月中旬，我打听到去延安的路通了，而且十二连已经有个别人告长假离队去了延安。我和林瑾怎么也坐不住了，接二连三地向马寅（马寅根此时已改名为马寅，任十二连的党支书），向党支部提出去延安的请求，终于得到了批准。这一次被批准的有二十多人，乘坐同一趟火车赴西安。我们都脱下军装，换上学生服，三四个人为一小组。我和林瑾、徐克立、刘济文一组。我们党组织的介绍信由刘济文保管，组织上另外有一封给民主人士、陕西省政府教育厅长续范亭先生的信，万一我们在西安遇到麻烦，可以请他帮忙照顾。

我们如同久离家乡的游子，一个个归心似箭，到了西安，就分头了解去延安的路线。我们小组第二天便雇了一辆带篷的马车，出西安城西门，向北直奔延安。

还未到云阳，沿途就看到很多写在土墙上的标语："中国人不打中国人！""东北军打回老家去！""打倒日本帝国主义！"看到这些标语，我们感到亲切而高兴，离红军越来越近了，离党中央越来越近了！云阳到了，这里有红军的办事处，办事处整洁朴素，正面墙上挂着毛泽东同志头戴红五星帽的画像。哈哈，我们终于来到向往已久的另一个世界了！

在云阳住了一天，办事处用汽车把我们送到三原。三原的办事处、接待站比云阳的大得多。云阳办事处是一间陕北农村普通的民房，而三原办事处却是一座带院子的砖瓦房。这里来来往往、进进出出的人很多。室内墙上、廊柱上贴着用彩色油光纸抄写的歌曲，我一看，曲调是当年上海的流行歌曲，而歌词却是革命的内容："记得红军发源在那井冈山上……"还有"朱总司令的扁担"，等等。在上海，我看过反映苏联红军游击队战斗的小说《铁流》，还看过一本陈云同志写的介绍红军长征的小册子。在三原，我终于亲眼看到红军了，他们服装并不整齐，有黑色，有灰色，有长裤，有短裤，但都腰系皮带，脚穿草鞋，打着绑腿，背着斗笠，有的肩上扛着枪，有的扛着鬼头刀。在列队行进中，他们迈着坚定的步伐，唱着嘹亮的军歌："革命军人个个要牢记，三大纪律八项注意……"呵，这就是红军，我们自己的红军！我心里充满了亲切与尊敬。我即将投身到这个行列，成为其中的一员了！

在三原，我们一行二十多人的组织介绍信，由刘济文一并交给办事处的负责同志，但只有刘本人才有党员介绍信，其余的人都是群众。我和林瑾、徐克立三个人只被证明是民先队员。林瑾慌了，来找我。我劝他别急，既然刘济文是党员，交了党组织介绍信，由他来证明我们是党员不就行了？我自我解释，也向林瑾解释：我们这一路上，要经过国民党辖区，把这么多党员的名单写在介绍信上，是不安全的。林瑾这才有些放心。从三原出发，仍然坐汽车。同车的有陈翰伯同志，他是陪同史沫特莱去延安，史沫特莱是否也在车上，我没有印象，可能她在司机舱里。同车的还有周子健，当时我不认识他，后来知道他是去延安参加全国苏维埃第一次代表会议的，会议结束后他入抗大十三队，和我同在一个队。新中国成立后他担任过一机部的部长。车上还有一位从天津来的男同志，也是参加苏代会的代表，我同他聊起来，问他知不知道天津某某女子学校有个叫徐伟的女学生，他说知道。我又问他徐伟是不是党员，他作了肯定的回答。但他并不认识她，更不知道徐伟就是和我们同在一个车上的徐克立。我高兴地对徐克立说：你看，他知道你，到延安他能给你证明，你的党组织关系没问题了。果然,到延安后,徐克立较早恢复了党的组织关系。她告诉我:我们同到延安的个别人有托派嫌疑,需要进行审查,你和林瑾的组织关系,很快会恢复的。

车到了延安南门,还没进城,我看到有两个外国人,身着白衬衣,手持网球拍,走下南门坡道,觉得很新鲜,后来知道,一个是马海德医生,一个是原来中央苏区的军事顾问李德。

(本文选自《我与丁玲五十年——陈明回忆录》,中国大百科全书出版社2010年版。标题为编者所加,内容有删节)

沸腾的古城，我心中的延安
王仲方

> 王仲方，安徽六安人，1938年参加革命，曾任抗日军政大学、泽东青干校、延安民族学院教员，华北局社会部科长。新中国成立后任公安部办公厅副主任，罗瑞卿部长政治秘书，青海省委常委兼省委秘书长、省政法领导小组组长。

序　言

1937年，卢沟桥的炮声掀起中华民族抗日救亡的大潮。巨浪翻滚，激起多少风流少年涌向延安。当年我16岁，是浙江民众教育实验学校二年级的学生，于1937年12月13日也到了延安。

这是一批20世纪30年代的中国青少年，十几岁就受到"九一八"事变的唤醒和"一二·九"运动的启蒙，虽还是嘴上无毛的孩子，却似乎一下子长大成人，唱着《毕业歌》和《义勇军进行曲》，在中华民族到了最危险的时候，勇敢地担负起天下兴亡的责任，直接投向抗日救国的战线。

随着第二次国共合作，开始形成了中国抗日民族统一战线。这个战线是广泛的，容纳了除汉奸以外的全国各阶层、各民族的人民。同时也出现了国民党和共产党两个阵营，都在号召抗日，爱国的青少年可以自由选择参加哪个阵营。当时国民党大，共产党小；国民党强，共产党弱；国民党近在身边，共产党远在陕北。何去何从？这是一个严肃的问题，不能草率。这是一个迫切的问题，不能犹豫。这是一个勇敢的问题，不能懦弱。

正在这个重要时刻，我学校的同学一分为二，一批人报考国民党中央军校，一批人心向共产党抗日军政大学。这两批人平时在学校，因为意见相异，时常争论不休。此时，根据各自的意向各投一方，都是为了抗日救国，倒能握手言别，互道珍重。

当时我们这批进步青少年，比其他同学想得要深刻些。我们不只是怀着抗日救国的热情，而且考虑到都表示要抗日救国的国民党和共产党，哪个是大公无私真正抗日的，哪个是以抗日为名，仍然坚持一党私利的。我们要救国是要恢复腐朽的旧中国，还是要经过抗日建设一个新中国。通过历史的教训和先进理论的指示，我们选择了中国共产党。我们的选择不是盲目的，而是自觉的；不是轻率的，而是深思熟虑的；不是只顾眼前的，而是想到长远的；不是逃避，而是迎着风浪上。为此，我们告别了家乡和父母，告别了不能同行的恋人和好友，抛弃了舒适的生活环境和异地求学以至国外留学的机会，毅然走向艰苦但充满希望的地方——延安。

我和同学鲁光钊于1937年11月从杭州经萧山、临浦，搭乘送伤兵的敞车（无篷火车）到九江，再由九江乘船到武汉，找到八路军武汉办事处。经过我父亲的学生李克农取得董必武给罗瑞卿的信，介绍我们到延安抗日军政大学学习。李克农同时告诉我们，可以去延安，也可以考虑留在武汉参加一些救亡活动。正好12月9日，是"一二·九"运动两周年，武汉大学在体育场举行纪念大会，请郭沫若、罗隆基、刘清扬等人到会讲演。我和鲁光钊知道消息后赶到会场，到会学生很多，讲演者慷慨激昂，听众无不感动、激愤，鼓掌声、口号声震动大地。我俩深受鼓舞。正在想是不是先在武汉参加一段工作的时候，突然大队武装军警冲进会场，勒令会议停止，武力驱散学生，粗暴地把讲演人赶下讲台。刘清扬不顾干扰继续讲演，竟被军警撕破旗袍，拖下讲台。一时秩序大乱，我们受到极大的刺激。这同两年前禁止学生抗日救亡活动的暴行有什么两样？这就是国民党蒋介石的抗日救国吗？正是由于对国民党的极大失望，我们产生了极大的决心。第二天，1937年12月10日，我们离开武汉经西安奔向延安。

我们这批进步的青少年，就是这样在抗战开始时，选择了中国共产党。延安在物质条件十分困难的情况下，热情接待了从全国各地来到延安的青年学生。没有住处，自己动手挖窑洞。没有饭吃，节省军粮供应。当时延安天寒地冻，从南方各地来的男女学生，徒步跋涉，没有御寒衣服，八路军节省战士的棉军服给学生们穿上。

经过一段热烈的相处，学生们体会到共产党的温暖，初步学习到革命救国的道理，感受到团结、紧张、严肃、活泼的作风，领略了艰苦奋斗、英勇牺牲的精神，相信共产党是真正抗日的。绝大多数人愿意参加这支革命队伍，打败日本侵略者，收复失地，解放全中国。开始时大家还不知道抗日战争是持久战，以为只要一两年、两三年就可以取得胜利，我们再回到各地去继续求学或就业。而中国共产党在开始时，受关门主义影响，似乎也还未想到接受大批知识青年参加共产党、参加八路军的重要性。抗日军政大学、陕北公学、安吴青训班，一批一批地接待学生，三个月毕业，又一批一批地派出去，像是办"流水席"。当时一批先进的学生向共产党提出要求参加共产党，却被挡在门外"十万八千里"。

这对于当时一批心向共产党的青年学生，对于面对新形势的中国共产党，都是一个关键时刻。我当时是抗大三期十队的学生，我的班长王德恒是毛泽东的亲戚，经常有机会见到毛泽东，我就写了一封信请他转交毛泽东，表达了我们的困惑，可能其他同学也有同样的反映。

1939年12月，中共中央作出大量吸收知识分子的决定，而且要求很急。以至于像我这样2月入党的新党员，也按照十队指导员提出的名单，手拿入党申请表找对象谈话发展他入党。我当时深感兴奋，认为这是一个对于共产党的建设十分及时、十分英明、十分有远见的决定，也是知识青年追求理想、决定命运的大事。

从中国革命的发展来看，中国共产党必须吸收知识分子与工农相结合，才能取得胜利。从中国知识分子来看，必须投身共产党，与工农结合，才能够实现自己的理想，发挥知识的力量。中国共产党当时建党十六周年（1921—1937年），在党的历史经验教训中，重视工人、农民，而轻视、排斥知识分子都是要失败的。重视知识分子，重视工农兵与知识分子相结合，是党引导革命走向胜利的根本保证。1937—1938年，是重要的契机，知识青年、知识分子认识到了，共产党也抓住了，从而促进了抗日战争以至解放战争的顺利发展。

我从1937年到1945年亲身体会到延安的全部活动，包括学习运动、生产运动、整风运动，都是共产党吸收、改造、融合知识分子，实现工农、知识分子相结合的过程，也是中国知识分子接受教育、改造、融合，与工农相结合的过程。在这个过程中，即使还有一些不尽如人意的本可避免的遗憾，但是并不影响延安的神圣使命。在延安的生活中出现了许多引人入胜、发人深省、可歌可泣、生动活泼的故事。至今回忆起来，不能不为之激动，为之神往。

延安是母亲，她用小米和延河水把我们哺养。

延安是熔炉，她用思想的火焰把我们锻炼成钢。

延安是灯塔，她的光芒指引我们走向胜利和解放。

延安是圣地，是我们永远崇拜、永远向往的地方。

延安，延安！我心中的延安，过了七十二年也永远把您记在心上。

沸腾的古城

延安在古老而神奇的陕北高原上，古名肤施，自古就是一座边陲要塞，西边靠山，只有南门、北门和东门。从南到北，一条街，有些小商店、小吃店，露天有农民商贩摆摊卖黄米枣糕、醪糟冲鸡蛋、熟卤驴肉和大饼。城内人口很少，中共中央1937年1月进驻，才有了兴旺气象。1937年冬天，大批青年学生到抗大、陕公、鲁艺学习，使古城恢复青春，生机盎然。每到星期天，人群聚集，喧哗热闹，五彩缤纷，古城一下子沸腾起来了。

一大群新从内地城市来的，或者从海外回来的华侨，他们有的穿着藏青学生服，还戴着校徽；有的是国民党军校的学生或下级军官，穿着黄色的军装；

1937年的延安鼓楼大街

有的是教师，穿着黑色长袍；有的是教授先生，西装革履，围着白色围巾。特别是女学生、女教师、女职员，穿着五颜六色的旗袍，套着外衣和毛衣，穿着各样的皮鞋、皮靴，像是刚从家里匆匆出来，耳环、戒指都没来得及摘下。他们之中，有张学良的弟弟张学思，有杨虎城的儿子杨拯民，有知名的学者、教授周扬、陈伯达、何干之、艾思奇，有文艺界的徐懋庸、柯仲平、何其芳，知名的演员崔嵬、王震之、陈波儿、孙维世，有丁玲带领的西北战地服务团，救亡演剧队第五队和第一队的导演和演员，吴印咸等组成的电影队。

人群中有老有少。有全家一起到延安来的，如汪道涵的父亲汪雨相老夫妇，带着六个儿子一个女儿，加上儿媳、女婿二十多人，李琦的母亲李之光带着四个女儿，小女儿还未成年，都分别到了延安。

到延安来的人，成分不同，动机也不同。有的是怀着好奇来看看共产党是什么样子的，有的是不满国民党的黑暗弃暗投明的，有的是旧社会走投无路来找出路的，有的是不满包办婚姻逃离家庭的。动机和出发点多种多样，甚至是奇怪的。但绝大多数是青年学生，他们是人群中的主流，是怀着热情和理想真心奔向共产党干革命的。

这群人在街上，主要是寻找相约或不曾相约但可能在延安会面的亲友，一旦发现了熟人，就情不自禁地大声呼喊着、回应着，这个时候在延安见面比在其他任何地方见面都更亲热，彼此握手、拥抱、大声欢笑。初到的人，手里总有一点钱，就请先到的朋友、同学到小吃店会餐一顿；先来的身上钱花完了，也乘机会打打"游击"。无非吃一盘炒鸡蛋、炸丸子、熘肝尖和三不沾。这三不沾是延安特有的，鸡蛋加糖搅匀用猪油炒熟，黄黄的、软软的、甜甜的、香香的，不沾嘴，不沾筷子，不沾碗，很好吃，又解馋，成了延安人心中的名菜。外国朋友不明白三不沾，叫它"三个没有关系"。没有钱请客，又没有机会打"游击"的学生们，就跑到街头的光华书店（后改名新华书店）去，书店里书不多，有从苏联运来的马列原著，也有一些延安解放社出版的关于抗日的书籍。杂志有延安出版的《解放》杂志，重庆出版的《群众》杂志。渴求真理的学生，还是尽自己所有，买几本在国民党统治区被当作禁书的马列著作。如莫斯科翻译出版的精装本《列宁选集》《联共（布）党史简明教程》，延安出版的列宁专著《论两个策略》《论"左派"幼稚病》，价钱都很便宜，穷学生也买得起。

人们除了吃小吃和逛书店，便是到邮局去查看有没有自己的信。因为到延安来，不知道自己的通信地址落在何处，便告诉亲友，来信可寄延安邮局"留交"。邮局收到信便把它放在门口的橱框内，让人们自己来取。这样做的人很多，因而这里也成了延安街上的一个景点。

人们在街上走动时，往往看到有的街旁空地上围着一群人，时时传出鼓掌声和欢笑声。挤进去一看，原来是人们发现了一位大家知名的人，就要他当场讲话或表演。这时正好有人碰见了被鲁迅先生批评过的徐懋庸，学生问他为什么写信攻击鲁迅。徐懋庸当时在抗大任教员,他表示很想回答同学们的问题,但是他不知道鲁迅先生是不是让他讲话。于是他拿出了一个铜板(当时的辅币)对大家说,我把铜板抛上去,铜板着地时字朝上,表示鲁迅先生同意我讲,我就讲;铜板着地字朝下,便是鲁迅先生不同意我讲,我就不讲。结果铜板着地字朝上,他便说鲁迅先生同意我讲了。于是他就说他同鲁迅为什么有争论及受到严厉批评的经过,希望得到同学们的谅解。说过以后,同学们没有认可也没有反对,徐懋庸自己就走了。这时围听中的人发现了诗人柯仲平,一位长着大胡子的高个子,他善于朗诵诗。人们便要求他给大家朗诵一首诗。柯仲平欣然答应,朗诵高尔基的《海燕》,这是大家都熟悉的著名诗篇。柯仲平个子高,嗓门大,念得很认真入神,念到海燕飞到天上,他就站到凳子上展开双臂摆动着,念到海燕飞近海面,他又下来,蹲下身子用手掠着地面。如此边念边表演,一上一下,一首诗朗诵完已满头大汗,博得大家热烈的掌声,他用手巾擦擦汗也挥手而去。这种别开生面、生动活泼的场面,在延安街头时常可以碰到,真是令人神往的情景。

有时还会见到更激动人心的事。

抗日军政大学的毕业学生,出发上前线,他们穿着整齐的新军装,戴着棉军帽,打着灰布绑腿,脚穿黑色布鞋,背着背包,腰间皮带上系着小搪瓷水杯,雄赳赳,气昂昂,步伐整齐,通过街道。群众肃静地站在两旁注目相送。上前线的学生队伍向大家招手,高唱着:

  再会吧,在前线上!
  民族已到生死关头,
  抗战已到紧要时候,
  怕什么牺牲,
  怕什么流血,
  坚决勇敢,
  把日本强盗野兽都赶出中国的地方!

中华民族儿女们，

　　慷慨悲歌上战场，

　　不收复失地誓不还乡，

　　我们先去了，你们快跟上，

　　再会吧，在前线上！

街道上空气顿时庄严悲壮，大家慷慨激昂，情绪迅速高涨，怀着"风萧萧兮易水寒"的豪情，一面向出发的毕业学生招手，一面高喊口号"打倒日本帝国主义！"有人领着大家回唱：

　　你们先去吧。

　　我们就跟上，

　　再会吧，在前线上！

这是一幕气壮山河的情景，它体现了中国共产党八路军抗日救国的精神，大家深为激动，受到了比课堂上更加强烈的教育。

延安古城沸腾了，千万颗青年的心沸腾了，它必然会推动全国人民抗日的高潮走向胜利！

（本文选自《中华魂》2010年第1期。标题为编者所加，内容有删节）

寻找中国的新希望
帆 波

> 帆波，1937年从上海奔赴延安，到延安后进入陕北公学学习。

1937年，卢沟桥事变爆发以后，日寇对我国大举侵犯，扬言要在三个月内灭亡中国。一霎时，天空乌云翻卷，大地狼烟四起，祖国遭受着宰割和蹂躏。

蒋介石的国民党政府腐败无能，抱着不抵抗主义，在短短的几个月内，北平、天津、上海、南京相继沦陷，中国人民陷于水深火热之中，中华民族到了生死存亡的关键时刻！

7月8日，我党中央发出通电，号召全国人民、政府和军队团结起来，筑成抗日民族统一战线的坚固长城。祖国沸腾了，黄河怒吼了，抗日的呼声震撼山河，响彻云霄。

那时候，我正在上海麦伦中学读书。学生会组织了罢课、请愿、游行、集会，声势浩大，标语、传单铺天盖地，到处都是。我校学生会主席是与我同桌的金以恭同学，这个身材高、眼睛大、肩膀宽的青年，似乎永远有着旺盛的精力。虽说他只比我大一岁，可是他那敏捷的思维、聪明的才智，却像个早熟的成年人了。

王校长是位具有爱国思想的开明人士，因此校内经常可以听到有关中日战争的议论和共产党领导抗战的消息。教历史的曹老师，经常给我们讲共产党的故事，讲外国侵略者对我国的蹂躏，讲中华民族抗击侵略英勇斗争的故事，我们很爱听。

记得双十二事变后，曹老师给我们讲述周恩来副主席飞抵西安与国民党进行谈判的事情。那些新颖的故事、生动的语言、激昂的情绪，感染了我们每个人的心灵。他说到周副主席不惧危险、不畏强敌、英勇斗争的时候，我们都心情振奋，欢欣鼓舞。他说到国民党一直在消极抗日、积极反共的时候，大伙儿听了，义愤填膺，金以恭同学领头奋臂高呼："打倒日本帝国主义！"我们也跟着呼喊。曹老师最后还告诉我们：毛主席创建的中国工农红军，经过二万五千里长征已经到达延安。为了抗击日寇的侵略，为了中华民族的解放事业，毛主席正领导中国人民进行着艰苦的斗争。现在，延安，也只有延安——才是中华民族的希望！她是中国革命的火炬，她是全国人民心中的一盏明灯。

日寇的飞机到处狂轰滥炸，最后，我们的学校只好迁入法租界。

一次，在僻静的角落里，我和金以恭热烈地议论国家前途和目前的形势。我们都为民族的危难而忧虑：日本侵略者在屠杀，中国人民的鲜血在流淌，无比愤怒、仇恨之火在我们胸中燃烧。何去何从！这个"抉择"，现在需要每个中国人，特别是青年人，作最后的选择了：不是死亡就是生存，不是亡国就是战斗。我们再也不能忍受下去，我们决心奔赴延安，去寻找中国的新希望。

曹老师极力支持我们，热情鼓励我们，尽量帮助我们，并且找到郭沫若同志，为我们写了介绍信。另外还有三个同学也愿跟我们一起走，大伙儿约好第二天午后两点在我家集合，乘晚班轮船悄悄离开上海。

我回到鸽子笼似的小阁楼里，说是准备一下行装，其实也没什么好收拾的：一套学生装，一件旧大衣，一些日常用品，以及仅有的九块钱，就是我当时的全部家当。

第二天，金以恭很早就来了，可另外三个同学连个影子都没见着，我俩等得心烦，就找上门去了。

"谁啊！？"我们敲了半天门，里面才有个恶狠狠的声音问道。

"是我们，来找冯平的。"

门开了半边，里面探出一个女人肥胖的身体。

"你们找他干什么？"她边问边打量着我们。

"嗯……我们找他有点事。"我回答，心怦怦直跳。

"噢，"她已经知道了，"就是你们这些鬼要拖我们平平到延安去的呀？！要寻死你们自己去，何必拖他去？我们平平有病，他不去！"

她像放机枪似的说完后，把门"砰"地一下关上了。

我们又来到许明财家。

许明财住在一幢十分漂亮的洋房里，他父亲是资本家，很有些财产。我们不敢敲门，就先推了一下，碰巧大门没锁，我们就悄悄地溜进院子，趴在窗口向屋里窥望。只见许明财跪在大堂中，面色惨白，对面站着一个神父。那神父嘴里正念念有词：

"但愿上帝饶恕你的罪过吧！违背父母，私自外逃，这是上帝不能容忍的！何况延安路途遥远，行走艰难，豺狼虎豹，土匪强盗，去了也只能是有去无回……忏悔吧，孩子，忏悔吧，愿上帝饶恕你的罪过！"

许明财两眼发直，浑身颤抖，结结巴巴地说：

"我……我……不去，我不去啦！"

见此情景，我们毛骨悚然，肠胃上翻，赶忙离开窗口，跑了出去。

跑出门，我才喘过气来，问金以恭道："这怎么办？"

"他们不去，我们自己走！"金以恭镇静地说。

我们又到了徐子信家里。

徐子信被锁在屋里，我们只能隔着铁窗和他说话。他含着泪水告诉我们，他爸爸不让他去，并且威胁说，要走就关上一辈子。他叫我们先走，如可能，过些日子他会赶来的，希望我们一定给他信。我们听了很难过，只好紧紧握握他那伸出铁窗的手，默默地离开了……

天色渐渐阴暗下来，云霾笼罩着城市，也笼罩着我的心。革命的路程还没有迈开第一步，五个人就已离去三个。当我们乘上江轮，凭靠栏杆，目视着上海慢慢退去的时候，我的心情依然是沉重的。

我们向着陌生的新世界挺进，我不知道等待着我们的是怎样的生活，也不知道等待着我们的是怎样的命运。我们心中只怀着一个信念：中国决不能亡！中国人决不能做亡国奴！为了这个信念，我们愿意贡献出自己的一切，甚至生命。

自从鸦片战争以来，中国人就受尽了侵略者的凌辱，在我们国土上，到处有侵略者的狂笑，到处是孩子们的哭声，到处是战火纷飞，眼看祖国的大好河山，被帝国主义者铁蹄践踏，我的心中不禁涌起阵阵凄楚。

一只温暖的手轻轻地搭在我的肩膀上。

"怎么，舍不得离开吧？"金以恭轻声地问我。

"不，我们会回来的，会回来的……"我哽咽着说。

轮船在长江上悠悠荡荡地走了两天，不得不在南通靠岸，再往前不远就是长江江面最窄的地方——江阴了。自从上海沦陷以后，国民党向上游逃窜，随后在江阴炸沉了两艘大船，并设下层层封锁。要绕过封锁线，须由南通徒步走到口岸，再乘轮船去武汉。幸好我和金以恭都年轻力壮，走上几百里路也算不了什么。

天气坏得要命，接连几天的绵绵细雨，使得本来就很糟糕的公路变得更加泥泞难行。逃难的人们熙熙攘攘，叫骂声，哭泣声，夹杂着"吱吱呀呀"的小车声……到处都是一片混乱。有时还会碰上日机轰炸，真弄得人心惶惶不可终日了。

经过三四天的疲劳跋涉，我们来到了口岸，乘上轮船直达武汉。这才能转乘火车，经信阳、郑州，折往西安。

我和金以恭随着人群挤上火车，车厢里烟雾弥漫，人声嘈杂。我在一条长凳下面找了个安身的地方，蜷着身子躺在那儿。凳下光线暗淡，空气混浊，我宽松一下酸痛的身子，刚想打个瞌睡，忽然手膀碰到一个人，一看，这人20多岁，学生装束，面孔瘦小，显得很苍白，一头乌黑的乱发披散到前额，只余下一双有神的眼睛在黑暗中炯炯发光，看样子他已经打量我许久了。

"你上哪？"我问。

"西安。你呢？"他笑了一笑。

我点点头，说："一样。"

"是去这儿的吗？"他伸出手，悄悄地比划了个"八"字。

"你也去那儿？"我兴奋了。

他点了点头有点兴奋起来，笑着对我说："我们同路。"

共同的目标很快就使我们成了朋友，我们谈论开了。原来他是上海复旦大学研究细菌的学生，一次不小心，受了细菌的感染，以致双腿残疾，怪不得他的身体这样瘦弱。

我看了看他那萎缩得极细的双腿，深深地感动了。没想到一个外表如此孱弱的学生，在他的内心却蕴藏着这样惊人的志气与坚强的毅力！是啊，祖国的危难唤醒了千百万人民，也激起了这样身残志坚的青年胸中的仇恨和愤怒。我从他那闪光的眼睛里，看出了他有这样坚定的信念：只有战斗才能生存，只有战斗才能获得真正的幸福！

临近洛阳的一座铁桥被日机炸坏了，火车来到桥边被迫停下。大家下了车，小心翼翼地从破桥上走过，再爬上对岸的火车。这时，我看见我那"凳下朋友"被一个体格强壮的青年背着，也艰难地换乘了火车。

有节奏的"嚓嚓"声，把我送进梦乡。也不知过了多久，我迷迷糊糊听到有人叫我，扒着我的肩膀摇晃着。睁眼一看，哦！这才发现西安已经到了。

我们找了个小旅店安顿下来，立即去寻找八路军办事处。

八路军办事处设在一座四合院内，院子不大，房子倒还漂亮，屋里几样简单的家具摆得整整齐齐，看上去朴素而且干净。

一位年轻英俊的八路军干部接待了我们。他看完郭沫若同志写的介绍信后，望着我们，笑了笑，问道："这信上写五个人，还有三个呢？"我们愣了半晌，只好硬着头皮说："他们不来了。"金以恭还补充道："但是有一个同学还要来的，他叫徐子信。等他来时，别忘了叫他去找我们。"

"噢，是这样的。"那位干部点了点头。

他一边热情地招呼我们坐下，一边和我们拉起家常。他问我们叫什么名字，多少岁了，为什么要到延安去。我们都一一作了回答。接着他从抽屉里拿出几张纸，摆在我们面前，上面一张是赴延安人员登记表，下面两张是考试卷。他半开玩笑地对我们说："考考你们，看看你们的水平怎样。"

我很快填完了登记表，看了看考卷，第一、二题还好回答，问为什么要到延安，对共产党是怎样认识的。后面几道可把我难住了：抗日救国十大纲领是什么？什么叫托洛茨基派？"托洛茨基"我连听都没听到过，这怎么回答呢？我斜着眼睛去看金以恭，他也在搔头皮。

那年轻干部看到我们为难，就说："好了，不要写了，这些问题你们以后都会明白的。现在回去等通知吧！"

我俩给他这么一说，心中好像十五个吊桶打水——七上八下地回到了旅店。

西北风扫荡了剩在枝头上的黄叶，将它们铺洒满地，忽又吹起抛向天空。到处卷起飞沙，搅得我们心绪繁乱，兴致索然。西安的大雁塔，是我早已熟知的名胜古迹，可是我们再也没有闲情逸致去观赏风景了。一个人最难过的日子，大约就是张皇四顾、莫知所去的时候了。八路军办事处的通知迟迟不来，会不会因为没考好而不要我们去呢？回去吧，我们是决不甘心的，怎么办呵！疑虑、焦急，使我们度过了好几个难熬的日子。

通知终于来了！叫我们第二天一早到八路军办事处集中乘车去延安。哦！激动、光明、欢乐驱散了一切，青春的火焰熊熊燃烧了！战斗的激情在我心中重新升起。我们终于要到毛主席身边，要走进中国革命的圣地——延安了。我们兴奋得无法睡觉，我推开窗户，夕阳通红，彩霞飞舞，一片金辉洒满大地。我深深地吸了一口气，多年郁闷，一扫而光，完全沉浸在幸福自由的冥想之中……

汽车向延安欢快地飞驰，一群群青年把几辆汽车挤得满登登的，歌声、笑声萦空回荡。这时，我又看见那个双腿残疾的朋友，他兴奋得面孔通红，像快活的孩子一样，跟大伙儿一起高唱《抗日军政大学校歌》：

黄河之滨，

集合着一群中华民族优秀的子孙。

人类解放，

救国的责任，

全靠我们自己来担承。

同学们，努力学习，

团结、紧张、严肃、活泼，我们的作风。

同学们，积极工作，

艰苦奋斗，英勇牺牲，我们的传统。

像黄河之水，汹涌澎湃，

把日寇驱逐于国土之东，

向着新社会前进，前进，

我们是劳动者的先锋！

　　车上有个身材魁伟的青年，引起了大家的注意。他方长面孔，宽厚胸膛，总是微笑着，衣冠很齐整，态度稳重大方，细密的黑发梳向脑后，显得奕奕有神。他知道的事情很多，特别是有关延安的情况真是有问必答，仿佛肚里藏着一本延安大辞海。哦，延安！对我们来说，还是一个完全未知的新世界，那里的一切，都使我感到神秘又充满兴趣。大伙儿一个劲地提出各种各样的问题，有时弄得他不知先回答谁的问题好。大家纷纷问：延安的生活怎样？是吃窝窝头吗？那好吃吗？每天做些什么呢？要学习哪几门课？你见过毛主席吗？毛主席是一个怎样的人？我们能见到吗？……问题像连珠炮似的提出，他热情地为大伙儿一一解答。而我最关心的就是能不能见到毛主席。他告诉我们："大家都会见到的。毛主席经常去看望战士们，还给大家讲课呢！"听到这，我们高兴极了，大伙儿一同欢呼起来。到延安后，我们才知道这人就是毛泽民同志，他这次是从新疆回延安，向中央汇报工作的。

　　一路上，我们看见许多青年从延安返回西安。毛泽民同志告诉我们，他们是从延安毕业后，分配到祖国各地去的。延安像一座革命的大熔炉，锤炼出千百万坚强的战士，他们将革命的火种，传播到祖国各地。

猛然间，我听见公路上有人高声呼唤我。我仔细一看，呀，原来是中学同学何之鸿！他比我高一届，听说去年就到延安了。能在这里遇见，真太高兴啦！我拼命地敲打驾驶室的顶篷，高喊：“停一停，停一停！”没等停稳，我就急忙跳下汽车，冲上去，使劲地握牢他的手，我们互相拍打着肩膀，询问离别后的情况。他已经从延安毕业，被派回去工作了。许多话都来不及说，司机已用喇叭催促我上车了。

北方的飞雪来得特别早，到延安没几天，鹅毛大雪已纷纷扬扬飘落下来。凛冽的北风将一团团雪花卷得漫天飞舞，千里江山披上银装。宝塔山像一名银盔白甲的勇士，巍然挺立在弥漫的风雪之中。在这冰冷的世界里，延安却沸腾着火热的生活。

一声嘹亮的军号，把即将黎明的长空划破。我们从薄薄的被窝里爬出，双脚伸进冰凉的粗布鞋里，经常冻得直打哆嗦，可是每个人的心里都感到火热。一会儿，操练场上响起了震天的刺杀声，我们顶着寒风开始了一天的战斗生活。

我和金以恭分在陕北公学七队。我们的学习和训练都极为紧张，吃的是小米和高粱，很少吃到油，生活非常艰苦，然而同志们却团结得像一个人。大家都对这样的生活感到舒畅、自由与满足。

在这里，我们学习的三门主课是：统一战线、民运工作和军事学术。军事课讲授游击战术，也讲些运动战。由于前方战事紧张，我们原定学习一年的计划被改为半年，后又缩短为三个月。可这三个月里却学到了在学校几年也学不到的知识。

与我们同班的有一个朝鲜族的活泼青年，他就是大家所熟知的著名作曲家郑律成。晚上，我们围坐在燃着微弱火星的炭盆边，热烈地谈论着自己一天的学习体会和感受，谈论形势与学习。一有空，郑律成就为大伙儿表演他自己编写的节目，使我们紧张整天的生活，顿时轻松活跃起来。他用两根套在耳朵上的绳子将口琴挂在嘴上，手拉二胡，脚儿还咚咚咚地敲鼓，逗得大伙儿哈哈大笑。以后，他拉起了自己创作的《延安颂》，大伙儿都跟随他的节奏，一起轻轻地唱着：

夕阳辉耀着山头的塔影，

月色映照着河边的流萤，

春风吹遍了坦平的原野，

群山结成了坚固的围屏。

啊，延安！

你这庄严雄伟的古城，

到处传遍了抗战的歌声……

直到今天，我一听见这支悠扬激荡的歌曲，就回忆起郑律成，回想起延安，回想起在那里度过的许多日日夜夜。这首歌曲，一直激励着我，也激励着几亿中国人民为我们的民族解放而战斗。

（本文选自《东海》1979年第3期。标题有改动，内容有删节）

祖孙三代奔赴延安
——访中央文献研究室顾问李琦

口述：李 琦　整理：施 强

> 李琦，原名沿尚杞，河北直隶磁县人。1936年参加中华民族解放先锋队，同年加入中国共产党。1937年底经七贤庄八路军驻西安办事处奔赴延安，并进入陕北公学学习。1940年后，任中共中央北方局宣传部编审科科长。1943年入延安中央党校学习。后任中共中央书记处办公室秘书、中共安阳地委书记。新中国成立后，历任总理办公室副主任，中共太原市委第一书记，联合国教科文组织中国委员会主任，中共中央毛泽东著作编辑出版委员会办公室第一副主任，中共中央文献研究室第一副主任、主任。参与《朱德年谱》的编辑与审定。

我们坐在李琦同志的会客室里，请这位年届八旬的长者回忆六十年前从西安七贤庄八路军驻西安办事处奔赴延安的经过。老人思绪明晰，娓娓而谈，我们饶有兴味，凝神谛听。我们惊奇地知道，不仅老人当年从西安奔向延安，他的外祖父在抗战前夕西安事变后就秘密去过延安，他的母亲和四个妹妹，也在抗战初期奔赴延安。祖孙三代七人，都饮过延河的水；母亲子女六人，先后进了陕北公学学习。几十年来，他们一家为中国革命事业作出了可贵的贡献。

在七贤庄接待他的是胡乔木

1937年11月的一天，一个青年学生跨进西安七贤庄八路军驻西安办事处。

接待他的也是一位年轻人，看上去不过20出头，模样英俊，举止文雅，态度热情诚恳，给人一种亲切感。这个学生兴奋、激动，像见了亲人似的向接待者倾诉了自己的经历。

他是北平师范大学附属中学的高中学生，同许多爱国的热血青年一样，参加了1935年的"一二·九"学生运动，1936年春加入中华民族解放先锋队，同年夏正式加入Ｃ·Ｙ（共产主义青年团，又称"少共"），年底转为中国共产党党员。他在这段时间内除了在校上课外，还参加了许多抗日救亡的社会活动。1937年"七七"事变爆发，北平危急，他父亲李新波是铁路职员，这时在河南省焦作。他母亲领着孩子，举家撤离北平，先到天津。但是天津也是兵荒马乱，人心惶惶，他们只得又夹在难民浪潮中继续南逃。途经济南时遭到日本鬼子飞机轰炸，一家人趴在火车车厢下面，幸免于难。又几经辗转，饱受颠沛流离之苦，全家逃难来到西安。离开北平时，他同党组织失去了联系，失去了党的关系。他提出去延安学习的要求。

接待者认真地倾听这位学生的叙述，又仔细地问了不少情况，谈话的时间较长。从接待者的口气和提问中，可以看出他是比较了解北平学生运动和那里党组织情况的。当这个学生谈到他的外祖父名叫李锡九和一些有关事情时，接待者不时点头，表示信任。最后，接待者的回答，明确干脆："同意介绍你去延安！"同时告诉他，失去了党的关系，恐怕只有以后重新入党了。接待者还关切地询问这个学生有什么困难需要帮助解决，学生如实相告：患有疝气。接待者当即说，过些天你搭乘办事处的运货汽车去延安，不必长途步行了。

原来，这个接待者就是胡乔木，这个学生就是李琦。

一个平凡而伟大的母亲李之光

李琦从七贤庄返回住处时，心花怒放，兴高采烈。他朝思暮想奔赴延安的愿望即将实现。但是他还有一件心事：自己决心去延安的事，还瞒着母亲，要不要告诉她呢？

李琦非常爱母亲。他母亲名为李之光，是河北省安平县一个普通的农村妇女，曾是直隶女子第一师范第一期品学兼优的学生，这在"女子无才便是德"的年代是很少见的。李琦至今仍清楚地记得，他小时候未进过学校，是母亲教他识字读书，学会算术，培养了他良好的读书习惯，这使他终身受益。令他特别难忘的是，母亲经常向他和妹妹们讲述国耻，从清朝与英国的鸦片战争、订立第一个不平等条约讲起，诉说中国人民遭受的苦难。又常常讲岳飞、文天祥、林则徐的故事。当袁世凯与日本签订卖国的"二十一条"时，母亲一边绘图向孩子们讲述，一边情不自禁地痛哭流涕，在李琦幼小的心灵里留下了永恒的烙印。

1931年"九一八"事变发生时，李琦刚考入北平第四中学。开学典礼那天，校长训话刚完，13岁的李琦就跳上讲台，慷慨激昂地讲述日本人侵占东三省的罪行，高呼："坚决不当亡国奴！"他声泪俱下，全校师生为之动容。

回家后，他把这件事告诉母亲。母亲说："孩子，你做得对！"还勉励他要有志气，要刻苦学习本领，有本领才能救国、报国。

后来李琦进了北师大附中，参加了"一二·九"运动，社会活动很多，有时上街游行、讲演等等。母亲渐渐有所察觉，虽然担心，但默默同情和支持。南下逃难趴在火车车厢底下躲避日军飞机轰炸时，母亲紧紧拉着李琦的手，神情十分镇静，什么话也没有说。那时李琦已是19岁的小伙子了，在这危急时刻，母亲的镇静和手的温暖，给了他充分的安全感和异常的力量。李琦说，每想起这件事，当时那种感觉，油然而生，这大概就是母爱产生的巨大能量吧。

李琦决心不瞒着妈妈了。一天，他鼓起勇气对母亲说："事先没有同您商量，我已和八路军办事处联系了，我想去延安，他们同意了。"他还告诉母亲，他在北平时已参加了中国共产党。

母亲听了，异乎寻常地平静。她说："我已料到了，你做得对！你高高兴兴地去吧！"听了母亲的话，李琦哭了，是为去延安而兴奋激动，还是因为第一次要离开亲爱的母亲、离开这个可爱的家而不舍？李琦说，兼而有之，全交织在一起了。

毛泽东尊称她为"李大姐"

李琦到延安不久，就重新入党。后来，又全部恢复了党龄。他在陕北公学学习不到三个月，1938年2月就被分配到华北敌后根据地工作。

就在李琦离开延安去华北后，李之光把她的三个女儿——李玎、李瑾和莎莱都送往延安。又没过多久，已经43岁的李之光带着最小的女儿——13岁的李群，也毅然决然奔赴延安，投身革命行列，不久就被批准加入中国共产党。

李之光在陕北公学、女子大学学习后，自愿选择了边区的保育事业。1938年7月，她当选为陕甘宁边区战时儿童保育分会的理事，在第一届理事会上当选为常务理事之一。她参与创办了陕甘宁边区第一保育院，并担任院长。同志们都亲切地称她"妈妈同志"。

当时，边区的物质条件极为困难。她带领工作人员想方设法改善孩子们的生活。孩子们吃不到糖，她们把枣子煮熟了代替。保育员少，她自己值夜班。由于过度辛劳，她心脏病复发，脸部浮肿，却仍坚持工作。她把伟大的母爱和无限温暖全部奉献给革命烈士遗孤和奔赴前线杀敌将士的子女，孩子们也非常喜欢她。

毛泽东主席得知她是李锡九的女儿，尊称她为"李大姐"，赞扬她"工作认真负责，耐心细致"。毛主席还特意赠送她一匹马，说保育院离延安40华里，李大姐年纪大，走山路困难，有匹马往来便利些。多年以后，李琦才知道，早在1924年，毛主席和李锡九就相识了。

李琦和母亲一别就是十年。1948年石家庄解放，李琦带着妻子、女儿去石家庄看望先期到达那里工作的父母亲。父亲李新波也已加入中国共产党，仍在铁路系统工作，正在为恢复铁路交通紧张奔忙。母亲参加接管女子中学后，又很快转到她热爱的工作——参与创建石家庄保育院。

阔别重逢，要说的话很多却又不知从何说起。李琦看见父母亲的满头白发和苍老面容，心里有说不出的滋味。再次临别那天，母亲又拉着他的手，仔细地看着儿子，什么话也没有说。李琦理解母亲的心，她要叮嘱的事很多啊……

1952年9月5日，李之光在北京病逝，享年57岁。可以告慰母亲的是：她的喝过延河水的五个子女，个个在革命队伍中锻炼成长，为革命事业尽力尽心。大女儿李玎到延安后，由于长期在昏暗的油灯下和灰黄的草纸上做速记工作，致使眼睛失明，但仍顽强拼搏，研究制成盲文铅印机。这部铅印机印制的第一篇文章就是**魏巍**写的《谁是最可爱的人》，结束了多少年中国盲人手写的历史，盲人们欢欣鼓舞，奔走相告。二女儿李瑾，在母亲逝世那年到铁道部保育院工作，继承母亲的事业。李瑾唯一的女儿刘小英，高中毕业后毫不犹豫地报考幼儿师范，以外祖母、母亲为榜样，献身保育事业，现在已是公安部幼儿院的副院长。三女儿莎莱、四女儿李群先后经过在鲁迅艺术学院的学习，现在都成为有造诣的音乐工作者，李群的名字还列入了名人词典。特别可以使"妈妈同志"的英灵感到欢慰的是，接受过她伟大母爱和精心抚育的，在延安保育院和石家庄保育院生活过的孩子们，现在有许多已成为重要人才，有些已是党和国家的领导人了。

革命后继有人，祖国发展无限！

外祖父李锡九原来是秘密党员

李琦深切怀念外祖父李锡九，外祖父对他的母亲和他有着深刻的决定性影响。

李锡九，本名李永声，字立三。后来得知与湖南的李立三同名，就登报声明："河北立三，易名'锡九'。"

他早年追随孙中山革命，是最早的同盟会会员、国民党元老。1922年，由李大钊介绍，加入中国共产党，成为秘密党员，几十年如一日，从事党的秘密工作和其他工作，为革命奋斗了一生。遗憾的是，李琦的母亲直到逝世时仍不知道自己的父亲是共产党员。李琦在少年时从外祖父那里知道了世界上有"赤俄"，有中国共产党，有中华苏维埃，有《八一宣言》等，这对他在学生时代就投身革命起了巨大的促进作用。但是，李琦也是到了1980年公开了外祖父的党籍后才完全了解外祖父一生的。

1924年1月，中国国民党第一次全国代表大会在广州召开。大会确定了孙中山的联俄、联共、扶助农工三大原则，接受共产党人加入国民党，通过了《中国国民党第一次全国代表大会宣言》等决议案。会上国民党右派反对国共合作，制造事端。李锡九以国民党元老身份，坚决地站在国民党左派一边，在大会上严厉驳斥右派的反共言论。他的发言受到参加大会的毛泽东的赞赏。当天晚上，毛泽东登门拜访，进行了长谈，两人就是那时相识的。

1924年2月，在国共合作的形势下，李锡九等人在天津建立了国民党直隶省临时党部（后改为正式省党部）和天津市党部。又在赵世炎的主持下建立了中共天津地方执行委员会，内设组织、宣传、妇女等部，李锡九任组织部部长，邓颖超任妇女部部长，共同开展一系列革命工作。后来李锡九到北平工作，他的家成为中国共产党北方局情报工作负责人王世英的一个联络点。他还负责掩护北方局书记刘少奇等同志的活动。

1936年西安事变后，李锡九秘密访问了延安，见了毛泽东主席。一次，毛主席到红军大学讲授《辩证唯物论》时，这样说过："国民党除若干分子如宋庆龄、何香凝、李锡九等人而外，抛弃了真正三民主义这个传统。"这是对李锡九的高度评价。

抗战爆发后，李锡九按照党中央的指示，到国民党军队中进行统一战线工作。1937年9月27日，周恩来在致朱德、彭德怀的电报中说，已派边章五、李锡九等人分别与友军将领接头。后来，邓小平从延安经西安到河北前方去，在八路军驻西安办事处同李锡九见了面。李锡九向邓小平介绍了河北的情况，并给河北省有关人士写了介绍信，便于邓小平在当地开展工作。

抗战胜利后，李锡九参与了高树勋将军的起义工作。解放战争时期，他曾作为傅作义将军的秘密使者，前往平山西柏坡同党中央商谈北平和平解放事宜。他还去长沙，为程潜将军起义做了工作。

中华人民共和国的成立，使时年已77岁高龄的李锡九至为振奋，他担任民革中央委员、中央人民政府委员，积极为新中国献计献策。周恩来总理称赞他是"老成谋国"。1952年3月10日病逝于北京，终年80岁。周恩来总理参加了入殓仪式。中央人民政府副主席、民革中央主席李济深主持追悼会，他说：李锡九一生经历了反对清朝政府、反对北洋军阀、反对日本侵略和反对蒋介石独裁的几个历史阶段，在这几个历史转折点上，他总是朝着进步的方向走，这正是他的难能可贵之处。

1979年，邓颖超同志在核阅毛泽东著作编委办公室（后改称中共中央文献研究室）送来的关于大革命时期中国共产党同国民党的关系的文稿时，两次打电话给编委办公室的同志说：文稿中讲当时各省国民党的主要负责人，在北方建议加上李大钊和李永声（即李锡九）。她说，我那时在北方，对北方党的情况比较熟悉，李永声的工作很活跃，他一直是秘密党员，是有贡献的历史人物。

1980年，李锡九的中共党员身份正式公之于世。这时离他入党已五十八年，离他逝世也已二十八年。

我们深为李琦老人的叙谈所激动。这是一个多么令人羡慕，令人崇敬，值得后人学习的革命家庭啊！他却平静地说：这是当时中国社会的一个侧面而已。

（本文选自《中华魂》1997年第7期）

忆当年沂水青年奔赴延安

尹平符

> 尹平符，山东沂水人。1931年参加革命工作，1937年奔赴延安，并于1938年进入抗大学习，1942年加入中国共产党。新中国成立后任曲阜师范学院副院长。

1937年"七七"事变爆发，中华民族面临严重危机，日寇从平津一带入侵到黄河以北，威胁山东，韩复榘屈膝投降。在临沂乡师求学的王涛、周元同和在沂水瑞溥小学任教职员的李松舟和我，决定一起奔赴延安，参加抗日救国和人民革命。

北伐战争以后，沂水面貌依旧：土匪横行，军阀混战，土豪劣绅压榨，苛捐杂税加重，民不聊生。特别是国民党政府的严酷统治，更是使人窒息，白色恐怖越来越凶，以至于在1933年镇压刀会暴动，制造了"黄石山惨案"，屠杀无辜群众近四千人。这一年，沂水共产党领导的人民革命斗争处于低潮。西安事变后，出现了第二次国共合作、共同抗日的新局面。它带来的问题是：以谁为主领导抗战救国？抗战能否胜利？今后无产阶级革命斗争怎样开展？青年的革命理想及其应该走的道路是什么？这些问题都摆在有志青年的面前，看你怎样抉择。这就是我们向往延安的根由。

1937年10月，李松舟同志把延安抗大招生的消息告诉我，并说王涛、周元同准备去，征求我的意见，我自然欢欣鼓舞。于是辞职筹资离家登程。我们沿着去临沂、台儿庄、徐州的路线，靠着两条腿一步步走到徐州。在徐州火车站，北风凛冽，寒冷刺骨，煞是难熬。可是我们向往延安的心是火热的，哪里顾得天寒地冻和长途跋涉。在这自古以来兵家必争之地，我们见到了汹涌的人流，从华东、华北聚集来的人群，奔向阜阳，奔向武汉。其中有国民党的军政官员去寻找安身之处，更多的是前线溃逃下来的士兵夹杂在逃亡的青年学生之中。当我们买到火车票挤上车厢时，百般拥挤，吵嘴骂娘者有之，几天饿饭的有之，甚至竟然有人被挤下车道丧生而无人过问！真是一片混乱，不堪入目。

陇海线上的火车时开时停。火车行进到风陵渡时，为了安全通过，避免敌人的空袭或炮击，不得不在夜间偷渡，缓缓而行，好歹总算到达了历史名城西安。

故都西安经过了双十二事变的洗礼，更加闻名于世。城垣黑色砖墙上写着"团结御侮"四个大字，据说就是事变时青年学生们写上去的。现在虽是新的国共合作一致抗日的局面，但仍笼罩在国民党"限共、溶共"的气氛之下，即便是在八路军西安办事处门前，也有国民党设的特务纸烟店在监视办事处的活动。

我们一行在西安一家报馆里找到王光华同志。他是沂水1933年武装暴动失败后，辗转各地，终于和党取得联系而来西安工作的。他介绍我们到八路军西安办事处，然后又让我们到西安以北90里的三原县云阳镇。在云阳镇，有以西北青年救国会名义办的青年干部训练班，是我党中央派出冯文彬和胡乔木等领导同志主办的。青训班设在一座破庙里，聚集着来自五湖四海的热血青年。他们从上海、南京、山东、江苏，以及南洋新加坡等地，汇集到这革命的熔炉里。这些青年，看上去仍然是旧中国各阶层的缩影。有的身穿长袍，头戴礼帽，手提皮箱；有的短衣短裤，学生装；有的西装革履；还有身穿旗袍的妇女。听课时，大家集合在破庙的广场上，以砖代凳或在背包上盘腿而坐。睡觉就在庙堂的谷草铺上，早晨起来或是跑步或是唱歌。青训班的领导干部和教师，为我们讲解国际国内形势、抗日民族统一战线以及革命的三民主义等，讲得津津有味，我们也听得心领神会。大家都有一个崇高的愿望和信念：要抗日救国干革命，就要在这里得到丰富的精神营养。

这个青训班，实际上是抗日军政大学的预科，又是初步考察新学员的考场。

所以，在学习一段课程后，领导提出了抗大招生的问题。我们从沂水来的同学，很顺利地得到了去延安抗大的批准。可是也有不顺利的，有一位从日本归来身穿军衣的同学就没有获得批准。青训班指导员告诉他，去延安五六百里路程，路途上有国民党特务和土匪，有一定的危险性。但后来在抗大学习时，我们又碰到了那位不相识的同学，原来他不是乘汽车而是徒步来延安的。据说毛泽东主席曾讲，青年们冲过了重重封锁线来到延安，就是很大的考验了，不必再经入学测验，编入班内学习好了。可见，党是向着不顾个人安危、真诚干革命的一切进步青年敞开大门的。

延安抗大的前身是红军大学。当时校长在前线，教务长罗瑞卿同志领导教学。我们到抗大后，编入第三期（前两期是红大）。刚到这里，是住在红大二期学员自己动手挖在半山腰的窑洞里，不久又搬到肤施①县城里的城隍庙旧址。

这时我们见到王光华同志，他也是从西安来抗大三期学习的。同时，我们也发现了30年代在外地从事革命活动的杜剑华同志，此时他在中央党校工作。这样，从沂水来延安的同志已有六名了。

从1938年1月5日到达延安起，我们编班后穿上了灰色棉军衣，腰扎皮带，戴红色领章，成为光荣的八路军一员，开始了军政干校的学习生活。艾思奇和任白戈两同志为我们讲唯物辩证法，从事实出发，用启发引导的方式，厘清了我们一些唯心论的糊涂观念，极为深刻。尤其令人兴奋的是，党中央的领导同志对抗大的教学非常关心，或兼讲课，或作报告。毛主席那高瞻远瞩、知识渊博的见解，幽默诙谐、深入浅出的比喻，使人听了豁然开朗，顿开茅塞，久久不能忘怀。我们对于怎样打败日本侵略者、克服悲观论或速胜论，有了正确的认识。

在抗大除听课、学习讨论外，集合或休息时则歌声嘹亮，此起彼伏，《义勇军进行曲》《游击队之歌》《延安颂》和抗大校歌，一首接一首，啦啦队互相挑战，彼此呼应，真是声震山岳，呈现出一派团结、紧张、严肃、活泼的生

---

① 今延安市宝塔区。——编者注

动景象，培育我们具有坚定正确的政治方向、艰苦奋斗的工作作风、机动灵活的战略战术，为祖国的解放与崇高的革命理想而准备着一切。这就与当时武汉国民党中央所在地死气沉沉的气氛，形成鲜明的对照。全国人民的抗战大业与革命希望寄托在延安。

1938年4月，我们毕业了。不，应该说在抗大只学习了一半，还有一半应该在前线继续学习。同学们唱起了《毕业歌》："……别了同学们，我们相见在前线。"

中国抗日军政大学校门

抗大学习结业后，我们要走的大方向已定。但是，从沂水来的同学，还有个人的愿望未能实现。原来我们四人虽然情况不同，却有一个共同的要求，那就是除了抗日救国之外，都要入党或恢复组织生活，以便更好地为共产主义理想而奋斗。因为我们四个人都在白色恐怖下参加过一些革命活动，有的同学在武装暴动后失掉了组织联系。我们怎么能不为这最重要的问题而关心、着急呢？我们的要求都得到了解决，如王涛、周元同两同志留在延安继续学习，或不久即去第一一五师，我和李松舟同志为了便于解决入党问题，被批准回到敌后家乡进行抗战工作。

我和李松舟同志，经过西安乘车到达徐州，没有遇到阻拦。此时，苏鲁战区在徐州召开了台儿庄祝捷大会，同时也召开了牛振东旅长阵亡追悼会。

这都是为保卫徐州而进行的战斗，以阻止日寇迅速南下。在徐州，我们遇到了沂水老乡刘自然，他是代表王德林（原东北抗日联军军官）部队参加庆祝大会的。我们相约一道经陇海新安镇，走到临沂城内住下。此时，日寇正在围攻临沂城，城周围战斗激烈，整夜枪炮声不绝于耳，如同睡在被服厂的缝纫机旁一样。次日拂晓，敌机又来轰炸。我们住的旅馆旁边就因投来一颗炸弹而起火。我们紧急行动，顾不得整理服装，用长衫包起二十八册《解放》杂志，出城门奔向东南，然后通过敌人战线空隙，回到了沂水家乡，参加了我们刚拉起来的游击队——四支队六大队。

六大队队长鲁宾是新派来的干部。刚出狱不久的邵德孚同志担任政委，他对我们很熟悉，派我们到各地扩军拉队伍，开展对敌斗争，一直到抗战胜利。

半个多世纪，每当秋天到来，我们奔赴延安的情景就清晰地显现在我的眼前，当年延安艰苦奋斗的革命精神终生难忘。我已是90岁高龄的老人，谨以此文纪念奔赴延安。我们一定要大力弘扬延安精神，让延安精神永放光芒！

（本文选自《中华魂》2004年第2期）

投奔延安

丁 农

> 丁农，原名莫富图，广东东莞人。1938年8月参加革命，在陕北公学分校就读，同年9月入党。1939年5月至1945年在中央秘书处做文书工作，并任文书股长、副科长、机关党支部书记，参加党的七大秘书处的文书工作。1947年做任弼时机要秘书，跟随党中央转战陕北。1948年随中央到西柏坡做中央机关机要文书。1956年11月到国务院第六办公室做秘书，任综合组副组长。1958年至1978年在北京铁道学院、兰州铁道学院工作，1982年离休。1983年被中纪委聘为特约研究员。

我1938年8月参加革命，同年9月加入中国共产党，屈指算来，已经七十多年了。半个多世纪的经历，纷繁复杂，可惜我记性不好，能记下来的只是一鳞半爪，不成系统。现仅就革命战争年代在延安和陕北的战斗生活经历、耳闻目睹的片段，写成文字。所有这些都是我心中抹不掉的记忆，把它写成文字记载下来，并介绍给后人，应当是一件有意义的事情。

1937年"七七"事变后，日本侵略者的铁蹄自北向南践踏我神圣的领土，而腐败的国民党政府和军队节节败退。一大批不愿做亡国奴的血性青年，毅然奋起，投身到抗日救亡运动中去。我也参加了学校（仲恺农工学校）和故乡（广东省东莞县麻涌乡）的抗日救亡运动，接触了一些思想比较活跃的同学，看了一些进步的书籍和文艺刊物，思想上起了很大变化。在故乡，我和陈一虹（曾在中央军委办公厅工作）、莫荫荷（曾在总参工作）等七八个志同道合的青年学生组织了一个"新苗读书会"，大家凑钱买了几本哲学、社会科学方面的书。其中有《大众哲学》《新哲学大纲》《列宁主义概论》等，我们用通信的方式组织阅读。短短半年多，我变成了另外一个人，从过去的庸庸碌碌之人转变成一个关心国家民族命运、思想激进的青年。特别是阅读了斯诺的《西行漫记》之后，更使我一心向往革命圣地延安和中国共产党，认为国民党政府腐败无能，丧权辱国，不得人心，没有指望，只有共产党才能挽救民族危亡。恰在这个时候，麻涌抗日救亡工作团来了一位新的领导人——莫伯治（化名莫京，新中国成立后是广州市著名的园林工程师，白天鹅宾馆的总设计师。曾任广州市人大常委会副主任，中国工程院院士。我们参加革命较早的几个老同学，都认为他就是当年指导我们参加革命的指导老师）。莫京是麻涌人，广州中山大学毕业。在团里，他经常给我们讲国际国内形势和辩证唯物主义，提高了我们的政治思想认识，特别是新苗读书会的同志们，觉得深受启发。1938年六七月间，莫京告诉我们，广州八路军驻粤办事处招收抗日军政大学和陕北公学学员。获此消息，在乡下的几个知识青年都跃跃欲试。有的偷偷地拿了家中一些现款和金银首饰，我则征得了父亲的同意。7月下旬，我们一行七人到了广州，找到八路军驻粤办事处报名投考。主考人是云广英同志。结果，我们全部被录取到陕北公学分校。正当我们兴高采烈整装待发之际，我们中一位女同志的哥哥（广西大学学生）来找他妹妹，说陕北生活很艰苦，你们受不了。在广东也可以做抗日救亡工作，何必一定要去陕北呢？终于，妹妹被说服了，另外三位女同志没有什么主意，表示愿意留下来。当时我是七个人中自然形成的头头儿，思想很左，简单幼稚，没有做耐心的争取工作，就断然表示：既然你们动摇了，那我们就分道扬镳吧！就这样，把那四位女同志甩一边（这件事使我终生遗憾），我们三个小伙子（田心、陈一虹和我）第二天乘粤汉路火车赴汉口，然后转去西安。当时我们坐的是三等车，没有座位，又正是日寇攻占汉口的前夕，兵荒马乱，我们只好蹲坐在行李卷上。从广州到西安，整整走了七天七夜，双脚肿胀得非常难受。那会儿，我们三个人穿的都是"乡巴佬"的土布衣，行李中却藏着一些哲学社会科学方面的书。

旬邑看花宫（陕北公学分校旧址）

列车和车站上的国民党警察、宪兵对我们不很注意，查问我们是干什么的时，我们就耍了个花招，骗他们说是到太原投考阎锡山的民族革命大学，以此蒙混过了关。到西安后，我们立即找到七贤庄八路军驻西安办事处。办事处主任伍云甫同志接待了我们，给我们编了组。第二天，我们便出发步行前往旬邑看花宫陕北公学分校，行程约200里，走了四五天。

旬邑是陕甘宁边区辖下的一个县，由西安到旬邑要途经三原、淳化等县城，城内有国民党警宪驻守，弄不好，就有被扣下来的危险，我们只好绕过县城走。一路上遇到许多三五成群向往革命的青年，有的背着背包，有的推着小车。到了看花宫陕北公学分校，就感到进入了一个新天地。校长罗迈（李维汉）、教务部部长邵式平、校务部部长周纯全、政治部主任张然和，都是革命老前辈，他们没有官架子，可亲可敬。我们被分派到门家村二区队，我与田心在三十四队，陈一虹在三十六队。门家村是一个小村子，二区队共四个队（每队相当于一个连），约四百人，挤在几十孔窑洞里，满满当当的。我们学习的课程有马列主义、中国革命运动史、游击战争等。新的学习生活，人与人之间的亲密关系，一切都使我感到很新鲜。对年龄与我们差不多的队干部和讲授马列主义课教师的理论水平和工作能力，我由衷地钦佩。我如饥似渴地阅读革命理论。由于我是南方人，初到之时不大适应那里的生活，吃小米饭后肠胃受不了，有几天大便拉血，曾想过要回广东，但崇高的革命理想使我坚定地留了下来。队干部对我们这批朝气蓬勃、努力学习的年轻人比较关注。不久，我和田心、陈一虹都填写了入党申请书。1938年9月18日，是我终生难忘的日子，我们站在庄严的党旗下宣誓，加入了中国共产党。

1938年底，陕北公学结业后，组织上抽调一批文化程度较高的青年共产党员到安吴堡青训班学习速记，准备学成后分配到中央机关做会议记录等工作。我们一行十余人，在青训班干部带领下，于1939年1月上旬来到安吴堡青训班，进入了一个新的学习环境。速记训练班班主任兼教师为王仲方同志（曾任中国法学会会长），是一个热情和蔼的年轻人（过了许多年以后我才知道他比我还小一岁，那年他才18岁）。他教学很耐心，很有一套"办法"。当他讲到速记的作用时，举了英国前首相鲍尔温的例子。他说鲍尔温就会速记，他在国会辩论中，借助速记，对答如流，能够顺利地把他的政敌驳倒。他这一"宣传"，的确引起了许多同学对速记的兴趣。我们学的是汪贻创立的速记法，用简单的线条、符号代替汉字，确实比写汉字快得多，但时间长了，也就感到有点枯燥和单调。在班里，我是学业较差的一个。1939年三四月间，青训班班主任冯文彬动员青训班学员到关中地区开荒种地，解决粮食困难。当时正是国民党反动派发动第一次反共高潮的前夕，青训班这一行动可以说是很有眼光的。

3月末4月初的关中还是天寒地冻,我们的驻地荒无人烟,只有几孔没有门窗的破窑洞。开荒的地方又是老荒地,一锄下去,只有浅浅的一道印子,要使劲挥锄不息才能挖出一小块。我当时是速记班的排长,又是年轻力壮的小伙子,咬紧牙关带头干,每天也只能挖出一两分地。我们速记班在全校劳动中表现得最好。4月底返回安吴堡,我和速记班中大约1/4的同学被评为"劳动英雄",每人奖励印有"劳动英雄"四个大字的草帽一顶。

5月初,速记班结业了,我和周昆玉、孟淼令、谢潼关、孙剑冰、赵森六人被分到延安中央机关,孙剑冰、赵森到中央青委,其余四人到中央秘书处速记训练班继续学习。

7月,速记训练班毕业,我与周昆玉留在中央秘书处文书科做速记。后来,我因工作需要任文书工作。

(本文选自《中共党史资料》2009年第4期。原文题为《在延安和陕北的十年》,内容有删节)

一路风尘赴延安
余海宇

> 余海宇，女，1920年生于河南信阳。1938年7月参加新四军，1938年8月加入中国共产党。曾任中央社会部治安科科员、哈尔滨市公安局秘书、哈尔滨市委组织部干事、东北工业部人事科科长、南京市人民政府秘书科科长。1950年10月调公安部工作，任一局三处秘书科科长，文化保卫局办公室副主任、主任，文化保卫局副局长。"文革"后，任公安部126研究所负责人、治安局副局长。1982年离休。

1920年8月28日，我出生在河南省信阳县①一个贫苦的手工业者家中。家有祖母、父母、两个妹妹、一个弟弟，全家七口人就靠父亲养活。父亲没有念过书，但他勤奋好学，做得一手好裁缝活儿。他很关心我们的成长，送我去上学。我小时读书很认真，深知学习机会来之不易。上完小学又考取了河南省立信阳师范，因家里穷，读别的学校交不起学费，而师范学校是免交学费的。我学习很刻苦，总保持着好成绩，因学校每年毕业生的前三名可以留在本校附属小学任教，我当时的目标就是毕业后当一名教员，挣钱帮助父亲养家，而在省立学校当教员的工资比其他学校的工资要高。

我的家乡虽然紧挨着鄂豫皖苏区，但我所居住的信阳城却是国民党统治的。我们学校里也有地下党员，同学中私底下流传着一些进步书刊，大家也都知道延安有个抗大、陕公（即陕北公学）。1935年"一二·九"运动后，我们师

---

① 今信阳市。——编者注

范学校的学生运动也活跃起来，我们上街游行，抗日示威，办剧社、歌咏队，下乡宣传。大家认为，要抗日必须到延安，蒋介石的国民党政府是不抗日的。

抗战爆发后，我们学校的学生开始陆续奔赴延安。我和其他同学一样，也渴望去延安参加抗日，但走了两次也没有走成。第一批学生去延安，我也同行，可是我的父亲不让走。第二批学生去延安，我都登上了火车，可我的父亲追到了车站，同学们又把我的行李从车上拿下来了。父亲要我读完高三，取得毕业文凭，以后好找职业。我怜惜他养家之苦，终于同意了。

1938年1月，著名历史学家范文澜率领开封战时教育工作团来到信阳，住在我们学校里。我见到了初师时的同学刘东，她关切地问我学校有多少学生去了延安，并问我怎么没去。我把情况一五一十地告诉她后，她说战教团现在要下乡，你先好好读书，到时我来找你，我负责介绍你去延安。

同年6月，学校考完了试，我们要毕业了，学校也提出要我留校。放暑假时，学校组织了一个抗日巡回宣传团，由信阳县县长任团长，我们学校一个教师任副团长，下乡去宣传抗日，我也参加了。在乡下演出时，碰到了刘东，她给了我一个地下党的联络地点，让我去找他们帮助我去延安。我和地下党组织联系好后，就着手准备去延安。我为了去延安，已经积攒了十二元钱作为路费。但这时我妹妹考上了信阳师范初中，因无钱交学费，不准备上了。我对她说，父亲培养我们不容易，考上了就要上，学费我来想办法。于是，我从积攒的路费中拿出十元交给她作了学费。

没有了路费，怎么去延安呢？这时地下党组织的同志对我说，新四军四支队八团驻在确山县竹沟镇，四支队在那里办了一个教导大队正在招人，也是为了抗日，你去那儿吧。于是在1938年7月，我就到确山参加了新四军。四支队的司令员是彭雪枫，参谋长是张震。教导大队组织我们学习马列主义理论和党的基础知识。8月，我光荣地加入了中国共产党。在教导大队学了三个月后，学员们开始分配工作。第一次分配我到危拱之领导的一个孩子剧团，我说我不会演戏，没有去。第二次要我到国民党一个部队的战地服务团，我也不愿去。

我坚持要跟随已经开始东征的四支队到前方。当时我正患疟疾，我找到彭雪枫司令员说，我一定要跟着部队走，保证不掉队。司令员看我态度坚决，就说部队已经走了，你就坐一段火车去赶部队吧。但当我坐火车赶到漯河下车又赶到西华县时，部队已到了淮阳。我只好留在西华县国民抗敌自卫团民运科工作。同年11月底，我的疟疾病发展成了伤寒，病情加重，起不了床。西华县是黄泛区，缺医少药，组织上要我回家养病，但信阳已经被日军占领我怎么能去呢？这时我遇见了四支队教导大队的一位领导同志郑平，他一见到我就说，小胖子怎么变成了这个样子？我一下子就哭了起来。他问清情况后赶忙安慰我说，我想办法送你去西安八路军办事处治病。我一听马上就高兴了，西安离延安那么近，我又可以去延安了。

郑平同志帮我办好了有关手续，又安排我跟随一位叫柏青的同志去西安。当时正是12月份，天下着大雪，冰天雪地，路滑泥泞，我不能走路。柏青就雇了一辆独轮车，由老乡推着我从西华县到许昌，再到洛阳才坐上了火车。但火车到了潼关后就不能走了，因日本鬼子占了风陵渡，在那架起了大炮，专门炮轰从东往西的火车。乘客只有在潼关下火车，沿新挖的战壕走一段路，过了潼关站后，再上火车西去。

到了西安，我的伤寒病加重，八路军办事处马上安排为我治病。医生要求我卧床治疗。但日本鬼子的飞机经常来西安空袭，一响警报，人们都争先恐后地跑向防空洞。我因不能行动，无法去躲空袭，就对医生说，警报来了你们就去躲吧，不要管我。也算我命大，几次空袭我都安然无恙。经过医生们的精心治疗，1939年1月我的伤寒病终于好了。我非常高兴，看着办事处每天介绍大批的青年到延安，我恨不得插上翅膀和他们一块飞向延安。但是，办事处的同志却要我返回河南。我一听就急了，我找到八路军西安办事处主任伍云甫说，为什么不让我去延安？他说，你是新四军送来治病的，现在病好了，应该回到新四军去，即使去延安也必须征得那里领导的同意。这时，新四军四支队的副官雷震来西安办事处公干，我请他帮我请示上级。不久，他通知我可以去延安，我欣喜若狂。伍云甫主任给了我两块大洋作路费,他说你的病刚好,是走不到延安的,你就坐办事处往延安送汽油的卡车去吧!和我同行的还有三个人,有一对年轻的华侨夫妻,还有抗大的一个工作人员,叫王少庸。办事处的同志托王少庸路上照顾我。因我体弱爬不上高高的汽油桶,司机就让我坐进了驾驶舱。经过两天时间,我终于来到了日夜思念的革命圣地——延安。

王少庸同志送我到中央组织部报到后,我就在组织部招待所住了下来。2月中旬,被分配到中央组织部训练班学习。训练班是培训新党员的学校,这一期有一百多人,下设两个队,按顺序称为八队、九队,每队又分七八个组。训练班里设总支书记、组织委员、宣传委员;队设支部书记、组织委员、宣传委员;每组设组长。

我们这一期培训班是从3月到6月。3月份,我们这个班参加了上个班的毕业典礼,听毛泽东同志作《目前形势和我们的任务》的时事报告。这是我第一次亲眼见到毛主席,第一次亲耳聆听毛主席的讲话,我激动得手都拍红了。

培训班主要是学习党史和党的基础知识,教员大都是中央组织部的干部,中组部部长陈云、副部长李富春也亲自讲课。到了6月份,培训班结束了,我和另外七个女同学被送到新成立的中国女子大学继续学习。

1939年7月,延安中国女子大学正式成立,举行了隆重的开学典礼。毛泽东、周恩来、刘少奇、陈云、叶剑英、邓小平、董必武、蔡畅、邓颖超等当时在延安的所有中央领导同志都热情莅会祝贺,集中体现了党中央对我国妇女运动的重视、关心和支持。

毛泽东同志在开学典礼上发表了讲话。他说:"同志们!今天大家都很高兴,我也高兴。女大的成立,在政治上是有着非常重大的意义。它不仅是培养大批有理论武装的妇女干部,而且要培养大批做实际工作的妇女运动的干部,准备到前线去,到农村、工厂中去,组织二万万二千五百万妇女,来参加抗战。假如中国没有占半数的妇女的觉醒,中国抗战是不会胜利的。妇女在抗战中有非常重大的作用:教育子女,鼓励丈夫,教育群众,均需要通过

英姿飒爽的女学员

妇女。只有妇女都动员起来，全中国人民也必然会动员起来了，这是没有问题的……"

延安中国女子大学的最高领导机构是校务委员会，校长王明，副校长柯庆施，下设政治处、教导处、秘书处、校务处。正副处长有的是早期共产党员，有的是留苏大学生，有的是长征干部，除一名校务处长（管行政事务）外都是女同志。全校学员共千余人，平均年龄21岁，按文化程度和学员类型共分十三个班。

普通班：共分九个班，主要是来自全国各地的女知识青年，占全校学员80%。

特别班：学员为参加过二万五千里长征的女战士。

陕干班：学员为陕北土地革命中的基层女干部。

高级研究班：高级一班和高级二班，着重培养革命理论人才。

全校设总支委员会，各班设党支部和党小组，由全校党员选举产生，定期改选。

学生自治组织：全校还设有学生会，成员由全校学员选举产生，负责全校文体活动，宣传出刊、对外联络等。

为了加强学员的学习，除特别班和陕干班系统地讲党的建设、抗日斗争形势和文化学习外，其他班由学校聘请校外政策水平高、革命斗争经验丰富的老革命家兼任各班的政治指导员——我们称"大指导员"，以区别各班的脱产指导员——全面指导学员的学习，传授革命斗争经验，解答学员提出的问题，加强学员革命人生观的树立和党性锻炼。

女大的课程主要有：世界革命史、中国革命问题、中共党史、哲学、政治经济学、马列主义理论等。

女大的教员来源：一是外请，二是专家辅导，三是中央领导作报告。中央领导同志主要是讲国内、国际形势，毛泽东、周恩来、朱德、任弼时等中央领导都给我们作过报告。

此外，还可以根据个人的兴趣选课。选修课有会计、新闻、戏剧、音乐、卫生、缝纫、外交等，请专家授课。我选学的是日文。

除学习以外，还要参加开荒种粮、织毛衣、帮厨等劳动，参加政府的征粮团、选举工作团、妇女工作团等活动。

我先在普通班学习，被选为班里的支部书记和校总支委员，还是中央社会部设在学校"保卫网"的"网员"。经过一年半的普通班学习后，我又考上高级二班，继续深造，仍担任班里的党支部书记、校总支委员和"网员"。高级班学习以自学马列主义经典著作为主。一直学习到1941年8月女大结束前一个月，我被调到中央社会部工作。

在竹沟、延安的三次学习，为我建立革命的人生观，为共产主义事业奋斗到底奠定了基础。

（本文选自《人民公安》1998年第4期）

寻真理离故土奔赴延安
高 茜

> 高茜,1938年7月从上海奔赴延安。

国家兴亡 匹夫有责

我出生在一个破落地主家庭,父亲早逝,我与在中师任教的母亲相依为命。母亲望我学业有成,因此免去了一切女孩该学、该做的家务活,让我专心读书。为报答母亲的厚爱,我真的成了"两耳不闻窗外事,一心只读圣贤书"的好学生。功夫不负有心人,1935年,我以优异的成绩考入了当时上海仅有的两所公立中学之一的务本女中高中部,为孀居的母亲争了气。1936年初,我们班来了位充满新思想的语文教员陈康白老师,他是大革命时期上海大学的学生,他向我们介绍鲁迅先生的文章,介绍陶行知先生创办的晓庄师范及小学。这些前所未闻的新思想、新的办学方式,引起我极大的兴趣,令我向往。他还揭露社会上的黑暗现象。在陈老师的引导下,原本受母亲熏陶,早就对当时国民党统治下各种腐败不满的我,更加憎恨那些丑恶、黑暗的社会现象。1937年"八一三",日本的大炮炸开了冒险家的乐园——上海,侵略者的铁蹄踏碎了上海往日的繁华。市民们惊恐万状,纷纷涌入英法租界避难,乡下的有钱人也携家财逃往上海租界避灾。学校里失去了往日的宁静,再也听不到琅琅的读书声。我们学校很快也搬入了法租界。全市人民同仇敌忾积极行动起来,支援抗日军队,抗日情绪空前高涨。我们也在课余时间夜以继日地为前线抗日将士飞针走线地赶制棉衣、棉背心。"八一三"后,上海地下党办的《解放》杂志开始在我们班部分同学中悄悄传看，大家如饥似渴地阅读每篇文章，个个热血沸腾，人人誓死不做亡国奴。我和部分同学一起走上街头宣传抗日，支援前线，还参与演出反映抗日和反封建题材的活报剧《放下你的鞭子》《赔钱货》等。此外还阅读进步书刊，参加歌咏演出等抗日活动。这使我拓宽了视野，结识了一批进步青年，也翻开了我学生生活崭新的一页。

离别孤岛　奔向光明

1938年夏，我高中毕业在即，在升学与投笔从戎去前线，还是去延安学习革命本领三者之间，我选择了后者。因为继续读书是既坐不下来，也念不下去了。一个刚毕业的高中学生既无专长又无本事，如何去前线投身抗日战场？所以，我决定先去延安学习革命（当时对"革命"含义的理解还是模糊不清的）的本领，然后再报效祖国。

当时结伴决定同赴延安的有高我两届正在小学教书的我校毕业生庄涛、复旦大学毕业生周而复，还有我要好的同学吕金华及四位大学生和一位女营业员，五男四女共九人。

我本打算与母亲同去延安，因为母亲的学生中有中共地下党员，她也接受了一些进步思想，思想很开通，对国民党统治的种种丑行，深恶痛绝。但母亲胃病很严重，患病时痛得满床打滚，苦不堪言。考虑到她疾病缠身，一患病便离不开医生和医院的治疗，无法长途跋涉，因此商定的结果是母亲留在上海继续教书，我和同学去延安。作出这个决定，对我和母亲来说都绝非易事，今日一别，何时再相聚？国难当头，只好割舍母女亲情了。临别时母亲千叮万嘱要我注意身体，好好照看自己。望着母亲强忍泪水的双眼，听母亲絮絮的话语，我才真体会到"儿行千里母担忧"这句话的深刻内涵。

当时江浙苏北一带，我新四军正与日寇作战，交通中断，去延安只好绕道香港，经广九路、粤汉路再西行至西安，然后赴延安。

1938年7月21日，我们一行九人决定搭乘英轮"琼州"号离沪。我们中有些人是瞒着家人离沪的，所以为了避免家里发觉节外生枝，我们便于开航前在码头附近找了一家旅社歇脚，直到开船前二十分钟才登船。尽管我们谨慎从事，那位女营业员还是被她家人发现，押下船，拉了回去。出师不利，剩下的八人中只剩三个女同胞了。下午一时多，轮船起锚，我站在甲板上望着渐渐远去的码头。别了，生我养我的故乡；别了，我亲爱的妈妈；别了，我所有的亲朋好友。为了不做亡国奴，我将去求索，去奋斗。我觉得自己突然长大了，成熟了，虽然那时我还不满18周岁。

在海上航行了三十多个小时，当轮船抵达汕头时，我们这些无忧无虑的年轻人一上岸就立刻奔向饭馆，饱餐了一顿。填饱肚子后，我们在汕头市内逛了逛，那时汕头的规模与小城镇差不多。临上船前，我们买了一元钱的鲜菠萝，十来个菠萝装了小半箩筐，一路上我们吃得津津有味，那是我这辈子吃到过的最好的菠萝，以后我无论到什么地方都再也没吃到过那么美味的菠萝了。又经过两天一夜的航行，终于到达香港了。抵港时间是下午五时左右。由于香港当局要进行检疫，不准旅客登岸，我们只好又在船上多过了一夜。香港是个依山靠海的港口，在船上观看，香港的夜景很美，高高低低闪烁的灯火错落有致，宛若银河中闪亮的群星，别有一番景象，只可惜当时香港这颗明珠已成了英国的租借地。第二天早上经过港英检疫人员的检疫，我们才获准登岸。在香港我们游览了太平山山顶公园，当时上下太平山都有缆车，免去了徒步上下山之累。由香港坐渡船到对岸九龙，我们住宿在九龙青年会，该会也有抗日组织。该组织动员我们留下参加抗战工作，我们中有两个同志同意留在青年会。剩下的六名同志乘广九铁路到广州，稍事休息后即去瞻仰黄花岗七十二烈士墓，并摄影留念。在广州耽搁一星期左右，遂由粤汉线乘车北上长沙。在长沙我们游览了市容，去了岳麓山，在湘江划船去了橘子洲头，即毛主席年轻时常去游泳的地方。在长沙时，有位与我们同住一个旅社的桂系军队的师长，极力游说我们加盟他的军队抗日，并答应给我们安排相应的职务，给我们优厚的待遇。但我们一心想去延安，便婉言谢绝了他的好意。此时我们中又有一个人因写毕业论文，去湖南他的故乡考察留了下来，另一人去了后方重庆，同行者只剩下我们三个女同胞和一个男同胞四个人了。我们四个人继续沿粤汉路北上抵达武汉。我们找到了武汉战地服务团，负责人钱俊瑞同志去了大后方。在等他回来的时间里，我们每天和战地服务团的其他同志一起上街讲演，宣传抗日。在武汉期间，有从延安回武汉工作的同志动员我们加入民族解放先锋队，我们考虑还是去延安直接加入共产党，因此就没同意。到延安后才知道民先原来是党的外围组织。四五天后钱俊瑞同志回来了，他留我们在战地服务团工作，只有吕金华同意留下来，而我和庄涛、周而复决意去延安。我们三个人去武汉八路军办事处，办事处的同志让我们去陕北公学，我们也不同意，一定要去延安抗大。经过面试，办事处的同志同意我和庄涛去抗大，周而复同志去延安文协（文学艺术家协会）。我们三人继续北上到郑州。在郑州我们参观了名胜古迹后又到了洛阳。这时我们的路费已花得所剩无几了，我们只得去灵宝，找周而复的同学筹集路费。在灵宝县，周的同学留我们多住几天并劝我们去潼关登华山一游。经他资助，我们得以继续西行，抵达西安。从武汉到西安，一路上特别是在火车站，曾碰到很多国民党稽查人员，查问我们是否去延安。为了避人耳目，减少不必要的麻烦，我们谎说去大后方找工作，总算蒙混过去了。

到西安八路军办事处，办事处的同志说西安办事处常有卡车去延安，让我们等些天以便坐卡车去延安。我们足足等了二十多天，每天翘首以待，不巧那些天刚好没车去延安。我们在旅馆里等得像热锅上的蚂蚁似的，于是决定步行700多里去延安。路上雇了辆毛驴车拉行李，每日头顶火辣辣的太阳，沿着崎岖不平的山路前行。开始每天可以走二三十里，过了几天我们的脚都磨出了血泡，血泡碰在皮鞋上再被土块硌一下，痛得钻心，走起路来一瘸一拐的，脚底板不敢全着地，别提多痛苦了。一路上饿了就咬几块锅盔，渴了喝几口河水。有时累得走不动了，可又偏偏前不着村，后不着店，只好咬牙坚持。吃了这么多苦，我们却从没后悔过。经过十多天的艰苦行程，终于到了洛川。设在洛川的抗大分校的教务主任听说我们是去延安抗大的，就热情挽留我们在洛川分校学习，但我们那时是不到延安心不死，谁也留不住我们。在洛川分校休息了几天后，我们又继续北上，一路上我走坏了仅有的一双平跟皮鞋。历尽千辛万苦，十多天后我们终于胜利到达了向往已久的革命圣地——延安。

从上海到延安，一路上水陆行程万余里，历时两个多月。我们出发时九人，最后到达延安时只剩下三人。当时我们这些带着浓厚的小资产阶级情调的青年学生，对革命的理解是多么地模糊又肤浅，在抗战的危急关头，仍不忘游山玩水，哪像个真正的革命者，现在回想起来真是可笑！

（本文选自《延水情——纪念延安中国女子大学成立六十周年》，中国妇女出版社1999年版）

延安宝塔情

章 岩

> 章岩，河南开封人。1938年加入中国共产党，同年赴延安，先后入抗大、中央党校和中国女子大学学习。曾任中共中央办公厅速记员、陕甘宁边区政府秘书处组长、中共张家口市市委秘书、东北人民政府办公厅人事室主任。

1934年夏，我考入河南省开封女师（简易班四年制），在学校里受到进步思想的熏陶。老师有时在课堂或星期一周会上给学生讲形势，进行爱国反法西斯教育。在音乐课及课外活动中，也学唱一些抗日救亡歌曲，如当时流行的《开路先锋》《毕业歌》《新的女性》《五月的鲜花》等。这些歌曲都在政治思想上给我以武装，不知不觉地影响着我的人生道路。如《新的女性》这首歌教我懂得了什么是新的女性。歌词中说："新的女性是社会的劳工，是建设新社会的前锋，要和男子们一同，翻卷起时代的暴风，唤起民族的觉醒。不做奴隶，不分男女，世界大同……"这首激昂慷慨、为妇女解放所写的歌，唤起很多妇女摆脱封建牢笼，走上革命道路，对青年女性人生道路的选择，起到了引导与启迪作用。受北平1935年"一二·九"学生爱国运动影响，开封的"一二·一六"运动，爱国学生卧轨派代表向南京政府请愿，要求发布抗日令，直到1937年7月卢沟桥的抗日炮声唤起了全国人民的觉醒，当时的抗日救亡歌曲起了很大的宣传鼓动作用，如《义勇军进行曲》《救亡进行曲》等。

1937年11月5日，豫北重镇安阳失陷。学校当局决定搬迁到河南的大后方镇平一带继续办学。我当时想去抗日前线，苦无门路，又不愿随校南迁，便与同班一位要好的同学顶着严寒，踏着雨雪，到河南大学校园。几经辗转介绍，找到正在酝酿组织由青年学生参加的一个到农村宣传抗日的团体，我俩当即决定报名参加。这个团体名叫河南文化动员工作团光明话剧团，后来才知道这是当时共产党领导的统一战线救亡团体。

剧团成立时，团长林亮（中共党员）对成员宣布：这个剧团是自愿参加，自带行李，没有报酬，从事抗日救亡工作的团体，生活是艰苦的，你们要考虑好。在场的十八位青年学生热情很高，感觉报国有门了，还讲什么报酬。在团长的领导下，学唱复习抗日救亡歌曲，排练几个街头话剧，有《放下你的鞭子》《张家店》《顺民》等，集资买了一套锣鼓，于同年12月28日雇辆马车拉上行李，车前插着一面三角红旗，由开封步行出发了。第一站到陈留，离开封40里，以后一直在豫东一带的小城镇和农村活动。先后到杞县、扶沟、太康、两华、两平、遂平等十几个县演出，深受广大群众喜爱。

我参加抗日救亡工作，公开说法是到镇平念书，虽然父母亲去世了，但亲友们认为是一件大事，对一个十七八岁的姑娘出远门是不放心的。但决心已下，虽然亲友们只支援我十多元钱，我也毫无顾虑地走了。跟剧团行走在十几个县的山山水水、城镇乡村，夜宿城镇的中小学教室或农村群众家里，有一次还住在一个破庙里。吃粗粮啃咸菜疙瘩，开始是皱眉头的，发现身上有虱子，是含羞带怨的，但在工作中，每当演出受到群众的欢迎、赞扬时，心里是甜的。我们话剧团一没服装，二没道具，怎么演出呢？有办法，向群众借。除剧团的一块幕布是陈留县政府捐助的外，其他服装道具、桌椅板凳都是派人打前站，根据剧情人物需要，向群众借的。演出时，剧中人穿的服装和当地人一样，演出效果特别好。经过一段时间的磨炼，我的思想感情也起了变化。大家编的顺口溜说："吃红薯，啃金砖（苞米面饼子），生活虽苦心里甜。""不长虱子不长疥，革命不坚决。"我当时虽没长疥，却患了疟疾，可从来没有叫过苦，总觉得自己生活在一个战斗集体里，是很幸福的。特别值得一提的是，剧团在成立时，都以年龄大小排成序列，我排为十三，当我患疟疾，身体虚弱时，去便所大小便都由八哥背进背出，这种同志间纯真的革命情谊，是很值得怀念的。艰苦的生活锻炼着每一个人，在当年国难当头，政治、经济落后的中国，如果没有肯于吃苦的决心和勇气，抗日救亡工作只能是空谈。只要深入群众，依靠群众，和群众打成一片，什么事情都能办成。

我们剧团到西华县时，准备到三岗区去演出，城里有人传说那是"土匪区"，进不去，出不来。我们还是去了。走到三岗区的屈庄一看，与传说的完全不同。这里的农民，不要说青壮年，连妇女、儿童都是有组织的。

第二天剧团正式演出时，在一个村头的广场上用木板搭起一个演出台，从四面八方整队进场的队伍有"看家队"（即现在的民兵）、儿童团。村民们手持标枪，肩扛土枪，向会场集中，等到开演一声令下，全体就地而坐。我们先后演出话剧《九一八以来》《张家店》《顺民》《放下你的鞭子》等。根据剧情的发展，台上台下，上下呼应。群众有组织地高呼"打倒日本帝国主义！""武装起来保卫家乡！""决不做顺民！"等口号，那激动人心的场面，也教育了我们。大敌当前，只要党的政策和要求被广大群众掌握，力量就是无穷的。那些被国民党反动派诬称为"匪区"的地方，正是群众抗日救亡思想高涨、群众组织训练有素的"小苏区"。

我在这样的环境中工作，对政治的关心逐渐增强，加上我们经常看报纸、议论时事，对国共两党提出的口号，有时争论得面红耳赤，对有的问题我似懂非懂就问七哥，他很快拿一本《论政党》的书给我看，后又给我看一本油印的小册子《中国共产党党章》。几天后，他问我：这两本书读后有什么体会？我说，我明白了社会上存在着阶级，不同的阶级有不同的政党。共产党是无产阶级的政党，是为被剥削被压迫的穷人闹翻身求解放的，为领导全国人民抗日救国，将来为建设没有人剥削人压迫人的社会而工作的。他问：是共产党好，还是国民党好？我毫不迟疑地说：当然是共产党好啦！七哥说：你说共产党好，你想不想参加？我说：我想参加怕不够条件，也不知道怎么参加……这时他就笑了。原来我所在的光明话剧团就有共产党的支部，直接在中共河南省委的领导下。当我表示愿意加入党时，七哥让我写个家庭出身个人简历交给他。两天后，七哥既严肃又高兴地对我说：十三妹，你入党申请已被批准了，你已是"同志"了。我对"同志"二字感觉非常亲切，七哥紧握着我的手，我的激动心情可想而知。我永远记得1938年8月18日是党组织批准我为共产党员的日子，候补期为一个月。

　　在我入党后半个月左右，剧团的一位好友告诉我她要去延安，我高兴极了，因为这也是我的心愿。于是，我三番五次找到七哥，又经他找团长、支部书记，经过反复研究，最后才算允许我去，并交给我中共豫南特委写给西安八路军办事处林伯渠同志的我的组织关系介绍信，七哥嘱咐我拿好，不能丢失。我知道党的组织关系就是一个人的政治生命啊！

　　我们一行四人从遂平出发奔赴延安。乘火车向郑州西行不远，就赶上日本飞机狂轰滥炸。火车不得不停下，乘客跑出去躲飞机。这时，可看到紧张、气愤的场面，听到群众的一片叫骂声。三天后，到达西安。就在西安的前一站，车厢里上来几名穿军装的人，拉青年学生去国民党西北战地服务团。走到我们眼前，看着我们身穿一身河南土制紫花布的学生装，就用西北战地服务团每月发津贴、发军装，还要上前线等抗日青年向往的东西引诱我们去。我们心里有底，对国民党搞的这一套已看穿，不会为诱人的军装、金钱所动！到西安下车后，那几个穿军装的人又指着人力车，让我们上，我们毫不理睬，绕过他们直接步行进入古城西安的城门。看到一辆空行的人力车，我们才把随身带的行李放上，请车夫带我们到西安七贤庄八路军办事处。那几天生活是相当艰苦的，吃饭到离办事处一站地的大车店，住处是在七贤庄向右方向一两站地的公园内砖地上。

　　在西安八路军办事处报到，要去延安的人，来自全国四面八方，国内外的人都有。当时办事处一般是等到二三十人时，便送走一批，也有个别年老体弱的人等待由西安运货去延安的卡车前往。我们几个人是随大队步行前往的。在出发前，我把党的关系介绍信折叠成半寸左右的长方块，藏在我穿的童子军衣袖口里。

　　从西安到延安，我们一路上兴奋异常，沿途看到房山上、树干上、山崖上都用粉笔写着："打倒日本帝国主义！""前进吧！到延安去！""中国共产党万岁！""看到宝塔了，快走吧！"这些宣传口号，给我们增强了勇气和信心。途中我们受到国民党的种种刁难，我还不时地犯疟疾，犯病时行走困难，带队领导让我骑驮行李的牲口，我坚决不骑。遇到雨天，路上泥泞，滑倒了再爬起来，奋力前行。就这样，走了近二十天，终于来到了我盼望已久的延安。我仰望着巍巍的宝塔山，激情滚滚……

　　到了延安，住在抗日军政大学的招待所，实际

抗日口号

是几家群众连成一片搭上板铺的集体宿舍,吃上了金黄色的小米饭。我们是来延安求学的,不知何时考试入学,很快抗大的有关领导对我们说:毛主席说过,凡是来延安求学的,从西安到延安已经考试合格,延安人民欢迎你们,延安的学校大门向你们敞开……一阵热烈鼓掌表示感谢之情,紧接着我和我要好的朋友就被分到抗大八大队五队,搬进窑洞板铺,按班、排、连编制,每人发一身灰色军装,扎上皮带,正式过上军事生活。

我的党组织关系交给抗大党的组织,并在五队编入支部、小组过组织生活。不久,我按期转为中共正式党员。紧接着,党组织经过考试选送我进桥儿沟中央党校三十一班学习。

半个多世纪过去了,我对这段经历仍记忆犹新。因为那是我人生的重大转折点——一个贫苦的农家女儿、单纯的青年学生,几经磨炼,跨入了无产阶级先锋战士的行列。

(本文选自《共产党员》1994年第3期)

难忘的征程
平 浪

> 平浪，原名吴玉明，四川大竹人。初中毕业后曾任小学教员，后考进川东师范学校就读，又进入延安抗日军政大学学习。1938年6月加入中国共产党。

一、接受救国真理　决心奔赴延安

1937年，我考入川东联立师范学校体育专业。该校是由四川省东部三十六个县合办的，简称"川东师范"，是一所经费、设备、仪器、师资都比较充足的师范学校。在校学习期间，我由于经济上困难，平时一般不上街，星期天就到图书馆看书看报。那时我从报纸上看到日本鬼子在"七七"卢沟桥事变后，对我国的侵略日益猖狂，全国各地工、农、商、学、兵都动员起来，保卫国土，想想自己也应该投入到抗日救国的潮流中去，心里很不平静。

当时报纸上报道在重庆有个抗日救亡协进会，主要是宣传和组织抗日救国的活动，我就报名参加了这个组织。有一次，全市召开欢送川军出川抗日的大会，这次大会有军队、市民、学生共一万多人参加。会上，军队代表表示要出川英勇作战，打败日寇；各界代表一致控诉日本强盗的滔天罪行，坚决拥护川军抗日的正义行动，并表示有钱出钱，有力出力，共同支援前线。这次大会给我极大的鼓舞，使我产生了到前线去的强烈愿望。时逢成都的国民党军官学校在重庆招收愿意抗日救国的青年学生，我便下决心报名投考，但由于视力不好未被录取。

一天上午，王树嘉老师给大家上了一段生物课后，突然讲："听说我们体育组很多同学报考军官学校成都分校，这很好。过去不少人报考军校是为了升官发财,这次报考是要到前线抗日救国的,很值得敬佩。听说有些同学未能考上,这不要紧。我告诉你们,陕北延安共产党办了一个陕北公学,只要你真心抗日,一去就能考上。"我和其他同学觉得很新奇,但谁也没有作声,我也不敢多问,这是我第一次听到共产党抗日救国的事。特别感兴趣的是说只要你真心抗日救国,去了保证考取。我就去找王老师,从他那里打听到更多的情况,经过反复思考,感到还是去延安参加抗战好。从此,我特别注意到校外了解各方面的情况。

有个星期天,在一个书摊上,我突然发现有一本不裁书边的书,叫《社会主义入门》,就买回来偷偷地看。书中虽然很多名词都看不懂,但总的给人一个印象,是说苏维埃政府是由工人、农民、士兵的代表组成的,是为劳苦大众办事的政府。于是我逐渐识破了国民党蒋介石政府的那一套欺骗宣传,认识到共产党红军是真正抗日救国的。这样我就下决心要去延安陕北公学,找共产党,参加抗日救国的革命斗争。

不久,日本帝国主义进一步侵占了我国的大片领土,上海、南京先后沦陷。面对日本侵略者的野蛮进攻,广大人民群众非常痛恨,积极要求抗战,同时也非常厌恶国民党政府的无能。这种情况更加激发了我找共产党、参加抗日救国的迫切愿望。

后来,我从同学那里借阅一些进步书刊,其中有一本介绍红军二万五千里长征和苏区毛主席、朱总司令等的伟大革命事迹的书,这本书很好,我用三天的时间反复阅读,并进行思考,信念越来越明确,越来越坚定:投奔陕北延安,找毛主席,找共产党去!

二、跋涉艰辛 行程曲折

去延安的决心下了以后,我就着手进行准备,首先遇到的困难是路费问题。当时我卖了两件换洗衣服和一些书,共得三块钱,计划离开重庆后,经家乡准备点路费,然后从大竹经渠县、阆中、广元,最后到延安。1938年1月底的一个早晨,我背着沉重的行李,告别了川东师范。

几天后,我回到了家里。想到一年前,我怀着到大世界去经风雨见世面的志向,从家里私逃,今天为筹备路费又回来了,心里有说不出来的滋味。这时正值家家户户准备过春节,到家的第二天,我去买了些红纸,写了几副自己编的对联。在大门上贴的一对写道:辞旧岁应铲除旧人物破除旧思想,贺新年当拥护新英雄实行新计划。横匾为"自由之神"。大门的两侧写了副:打倒日本军阀,解放中华民族。到大年三十吃完团圆饭后,我向父母说:"春节后,为了抗日救国,我要到陕北延安,进陕北公学。那里是共产党红军领导的,他们领导抗日最坚决,打倒日本帝国主义,不愁没有事干,也不会失业。"我的这个打算父母都不同意,叔父更是反对。

大年初一,我到亲戚家里去借钱,筹备路费,想不到碰了钉子,只好失望地回家。看来找亲戚筹点钱去陕北是不可能的。天下无难事,只怕有心人,走出去再想办法吧。于是,大年初四,我背上简单的行李,告别了父母。出发时,父亲给了我三毛钱,母亲送我走了一里多路。

离家后,我很快就到了石桥镇。这天正是赶场的日子,旧时比较要好的同学都来了,大家见了面都很高兴。我把日本帝国主义要灭亡中国,现在已经强占了很多地方,中央政府已搬到重庆,全国工、农、商、学、兵都在动员进行抗战的形势,向他们作了介绍;并说共产党是真正抗日救国的,真正为人民办事的,我坚决去找他们,决心步行3000里路去陕北延安,找共产党、毛主席和朱总司令;且把目前缺路费的困难也告诉了他们。大家听了我说的情况后,表示积极支持,黄道文、周亲美等同学筹集了十来元钱送我,还有栈房房东也给了一元钱表示支持。第二天,我离开石桥镇去大竹县城,找到了三四个同学,又筹集了一些钱。为了路上方便,这时我改了姓名叫平浪。

离开大竹县城后,我继续上路。为了节省路费,避免检查被拘留,我不走马路,不过大城市,非过大城市时,也不住大旅馆而住栈房。这样,我走的路线是从大竹县城经渠县、阆中，翻越保宁梁子十二个冒古头的高山峻岭到广元，再经秦岭才到宝鸡，到宝鸡坐火车到西安，最后由西安到安吴青训班再到延安。

从阆中出发，我开始翻越保宁梁子十二个冒古头。这一路越走越是人烟稀少，高山峻岭，道路崎岖，特别难行。正走着爬着，突然见到前面石岩上用红漆写的很大的标语："打倒国民党蒋介石，消灭四川军阀刘湘！""中国共产党万岁！"等等。第一次看到这样大而又这样公开的革命标语，真是既惊奇又高兴，越高兴越走越有劲。越往前走，这一带沿途的标语越多，我感到共产党红军真了不起。

越过保宁梁子十二个冒古头，就到了广元镇。在路上我结识了一个回阆中过春节的国民党医官，他带我住进驻扎在这里的国民党军队营房。晚上在部队营房里，我和十多个士兵围在一起烤火，他们都争着问我从哪里来，要到哪里去。我看到他们与一般国民党军队不同，就放心地向他们讲了真情，并把共产党红军的真实情况向他们作了宣传。我说："共产党红军都是为老百姓办事的，他们抗日救国最坚决，他们的军队打仗最勇敢，无论是当官的还是当兵的，都来自受压迫的贫苦老百姓，官兵上下一致，吃穿一样，纪律很严明，不打骂老百姓，不拿老百姓的东西，不侮辱妇女，所以老百姓都很拥护共产党，拥护红军。"这些士兵听得很入神，很高兴，有的表示要与我一起去延安。我说："参加抗日救国是很好的，欢迎你们与我一起去。但是目前你们不能去，万一医官不让你们去，你们既去不了，我也去不了。等时机到了，再去也不迟。"

第二天早上，我吃过早饭后，就跟着医官到了车站。在车站凑巧碰见了大竹的雪江和从万县来的范霄、印景等四人，范霄和印景是女的。医官指着范霄对我说："这就是我昨天在路上提到的范霄，她也要去延安，现在你们一起去好啦，以后再见。"从翻越保宁梁子一直到广元镇，我一路上得到这个医官的许多关照，当时我打心里明白：在国民党军队里，也有愿意抗日的，爱国青年就更不必说了。

我上了汽车，看了一下，共有二十二人，除两个穿军装的以外，其他都是青年学生，他们也都是想到陕北的。大家互通了姓名，又说又笑，兴奋极了，一下子都成了好朋友。后来在路上我们又结识了一群也想去陕北的青年学生，他们是从成都来的。据他们说，开始也是不相认识，凑在一起互相认识后，就去找成都抗日救亡协进会，要求协进会给他们开介绍信，介绍他们到西安找抗日救国七君子之一的李公朴先生。我们和他们汇在一起后，大家都认为组织起来一同上路较方便，于是一致选举蒲希文同学负责，另外又选两个同学协助。

组织起来的第一天，由于交涉汽车，路又不好走，动身较晚。沿途都是奇山怪石、茂林修竹，覆上一片白雪，偶尔才能见到稀落的小村庄和行人。同学们时而畅谈，时而兴奋地高歌。大家欢笑高兴，心里都在想：为了挽救祖国的危亡，我们聚集在一起奔向一个共同的目标——抗日的前方，这是多么有意义的革命举动啊！

几天后，我们来到了世界有名的天险秦岭，这里真是大自然的杰作，雄伟壮观，令人神往。可惜我们急于赶路，无暇去欣赏这雄伟的山川。在路上，蒲希文对大家说："大家到了宝鸡就上火车，从宝鸡到西安不要很长时间。到了西安以后，就去找李公朴先生，要到陕北去的也行。"

我和范霄、叶昌渠、印景、牟琳、毛铁等较熟，都想去陕北。因此我们到了宝鸡就一同坐上火车到西安。到西安后，我们找到了八路军办事处，受到了办事处工作人员的热情招待，这是我第一次见到共产党的人，高兴极了。我细心地观察他们，只见他们穿着一样的军装，看不出谁是官谁是兵，态度都很和气热情。我向他们说明：我们都是从四川来的，为了救国，知道共产党八路军、毛主席和朱总司令抗日救国最坚决，所以要到延安，进抗大学习。他们说：同志们这样远来找共产党毛主席，说明大家抗日救国的积极性很高，对共产党八路军是很有认识的，值得称赞。只是最近上级来了通知，全国各地去延安的同志很多，现在抗大、陕北公学招收了很多人，而延安的地方又不大，已容纳不下了。现在安吴也是在共产党领导下，那里办了一个西北战时青年训练班，离西安只有100多公里路，我们可以介绍你们去安吴青训班。我们听后都同意到安吴青训班去学习。这样，我们历尽艰辛，终于开始了新的生活。

三、紧张的学习　莫大的收获

安吴青训班是由冯文彬、胡乔木等同志负责主办的。安吴堡离三原县城只有30来华里，是一个地方很大的庙宇，树林环绕，场地开阔，学习的环境非常好。我们一到这里报到，就受到训练班同志的热情接待。办事员看了我们的介绍信后，给我们编了队，并带我们去见队长和指导员。队长、指导员和其他一些负责干部都是老红军，对学员很关心、很热情。

青训班主要开设政治和军事两门课程。政治课的内容有抗日民族统一战线的基本理论、形势报告、民运工作、游击队政治工作，军事方面主要讲基本军事常识和游击战术等。

统一战线基本理论主要讲：国民党与共产党实行

安吴青训班受训地旧址

第二次国共合作，目的是为了抗日救国。西安事变的和平解决，标志着国共十年内战的结束，抗日民族统一战线的基本形成。我们党为了发展和巩固抗日民族统一战线，又提出抗日救国十大纲领，实行减租减息的新土地政策。同时，我们党领导八路军、新四军深入敌后，放手发动和组织人民，开展群众性游击战争，开辟了许多块革命根据地。这是我们党领导人民同蒋介石国民党顽固派进行坚决斗争的伟大成果，今后还要坚持斗争，直到把日本帝国主义彻底打败。

我们除了学习抗日民族统一战线理论外，还听各种报告。我们听冯文彬向我们讲了毛主席如何领导革命根据地军民多次粉碎国民党军队的围剿，讲了毛主席如何与王明"左"倾错误进行斗争，讲了毛主席如何领导红军进行二万五千里长征等革命斗争的历史。

民运工作主要讲共产党八路军是全心全意为人民服务的，人民的利益就是八路军的最高利益。共产党团结全国人民抗日，打倒日本帝国主义，就是全国人民的最高利益。过去打土豪分田地是为了人民；现在为了抗日，把没收地主土地政策改为减租减息政策，最终目的也是为了人民。

游击队政治工作的内容主要有两方面：一是阐明游击队的性质和作用；二是讲如何做好游击队的宣传组织工作，密切联系群众，维持地方治安，等等。

军事课的主要内容是讲授基本军事常识和游击战术。具体内容包括如何打麻雀战，如何站岗放哨、警戒敌人、侦察敌情，如何抓俘虏、摸敌人的岗哨，班、排、连的进攻战术，等等。

除了理论学习外，我们还进行实际工作的锻炼，把二十来天学到的抗日道理、民运工作、军事知识，结合农村的实际情况，进行一次总测验和总检查，这样就能把学到的知识记得更牢，领会得更深。

经过一个月的紧张学习，我们这一期青训班就毕业了。根据工作需要，我被分配到三原十七师教导团，叶昌渠分配到抗大，牟琳分配到八路军办事处，印景、范霄分配到山西战地动员宣传队，毛铁回四川。但是我们的理想是到延安，因此，我和牟琳、印景、范霄等商量后，决定一同奔赴延安。

四、实现理想　开始新生活

离开安吴青训班，我们一行四人向延安进发。路途中，牟琳、印景和范霄乘坐一辆汽车先走了。我经过几天旅途的劳累也到了延安。在离城几十里外的地方，我就看到了清凉山上高高耸立的宝塔，心里非常激动。一路上，我又看到树上、墙上张贴着很多标语："巩固和扩大抗日民族统一战线""打倒日本法西斯"等。到城里后，我见到一队队穿着整齐、威武雄壮的儿童团、民兵、自卫队、八路军，他们肩上扛着枪，腰间别着大刀、手榴弹，呼喊着响亮的口号，认真地进行操练。这是我第一次见到中国人民抗日的队伍，雄赳赳、气昂昂，好不壮观！

到延安后，我找到了印景、牟琳、范霄三个同学。她们三人都已进抗大，这真使我羡慕不已。我想：我也应该想办法尽快进抗大，这是我奔赴延安的最大愿望。

一天下午，我在街上碰见了破坏大队的一位同志，他告诉我：明天可能有个首长要来给我们讲话，你可以请这位首长给你写介绍信进抗大学习。我听后感到很高兴。第二天早上，我到破坏大队找刘队长，向他打听确切消息。刘队长肯定地告诉我说：首长已决定今天来这里作报告，等他作完报告后，我们可以请他给你写个介绍信。果然，话刚讲完，我就看到三个八路军骑着马来了。过了不久，那位首长开始作报告。等到报告结束后，刘队长带我去见他。首长问我："你是从哪里来的？"我极其高兴地回答道："我是从四川来的。"首长又问："为什么来这里呢？"我回答他说："我听说共产党毛主席领导抗日救国最坚决、最正确，为抗日救国，我就来这里了。"首长还问我是怎样来的，最后他说："为了打日本救中国，不辞劳苦，来找毛主席，进抗大学习，这很好。我给你写个介绍信。"于是他向我要了一张明信片，在上面写了几句话，就给我了。事后，我才知道给我写介绍信的这位首长就是刘少奇同志。当时我觉得刘少奇朴素、平易近人，不由得产生崇敬之感。

我拿着这张介绍信，很快就进了抗大。当时我被编在抗大一大队三支队一中队。5月10日，我们整队集合，到一个指定地点听报告。我们都猜测可能是毛主席来给我们作报告，人人心里都很激动。果然，来给我们作报告的就是毛主席，当时我们都感到无比幸福。毛主席身材高大，眼光敏锐，精神饱满，他向大家挥手致意，以洪亮的声音说："同志们，你们都是从全国各省市不远万里来到延安的，有些人还是从海外来的。你们不怕困难，不辞劳苦，为的是来找共产党，进抗大学习，打日本救中国，这很好，我代表党中央向你们表示欢迎。"接着毛主席扼要地回顾了自卢沟桥事变后全国抗战形势的发展，阐明了共产党采取的各项政策。最后，毛主席讲到延安目前由于人数越来越多，吃、穿、住、用暂时发生困难，为了给大家一个良好的学习环境，希望我们到瓦窑堡去，努力学习马列主义，树立坚定的政治方向，学习军事，学习灵活的战略战术，学习共产党及其领导下的人民军队的传统作风，将来到抗日前线去，打倒日本帝国主义，解放中华民族。

后来，我随抗大三支队到了瓦窑堡，从此，我们转入了正规的学习。

根据上级规定，我们这一期预科（也叫政治队）学习三个月，毕业后绝大部分转入本科（也叫军事队）。预科学习的内容，政治方面有哲学、中国革命基本问题、连队政治工作；军事方面有步枪、手榴弹的卸装保管使用，班、排、连的进攻防御，遭遇战和转移，等等。

当时大队政委胡耀邦给我们讲中国革命的基本问题，大家都很喜欢听他讲课。他讲得很有道理，很生动具体，又很富鼓动性。通过学习，我懂得了中国革命的特点、对象和动力，并了解到现阶段主要任务是打倒日本帝国主义，解放中华民族。

在瓦窑堡学习期间，我与沈小队长一起学习和生活，在他的帮助和引导下，我有了很大的进步，并光荣地加入了中国共产党，这是我人生中的一大转折。从此，我就把自己的命运和前途跟中国共产党的命运前途紧紧地联系在一起，在革命斗争中坚持锻炼自己，不断追求进步。

1985年6月19日邓文君整理于漳州师专

（本文选自《党史资料与研究》1985年第6期。标题有改动）

宝塔山下的小女兵

赵馥南

> 赵馥南，1938年从上海辗转广州、武汉、郑州奔赴延安，并进入抗大生活学习。

我当一个女兵，那是在1938年10月。

1937年7月7日，日本侵略军进攻卢沟桥。8月13日，又发生淞沪会战。日军在上海登陆，利用海陆空军优势，对我们贫困落后的祖国，实行残酷的全面进攻。这时，有爱国心的人民，同仇敌忾，慷慨激昂，纷纷要求赴前线抗日救国。

那时，我正在上海复旦大学读书。因日军进攻，学校不能开学上课，而我家就在长江之滨的江苏省常熟县，日本飞机经常在上空侦察，扫射，投弹。后来南京、上海相继失守。谁愿意当亡国奴呢？于是，我和母亲两人，开始向内地逃难。

30年代的青年人，由于1931年"九一八"日军侵占东北，国难当头，并受中国共产党和爱国民主人士的影响，容易接受新民主主义革命思想。我在省立上海中学高中学习时，邹韬奋主编的《生活》周刊，以及生活书店出版的进步书籍，给我的启发很大。那时，学校也经常请爱国民主人士给我们作报告，我的思想开始"左"倾。曾积极参加学生会活动，到南京请愿，要求蒋介石国民党政府开放民主、抗日救国。高中毕业那年，还曾发起联合几个省立高中，共同反对蒋政府为钳制学生思想而搞的毕业会考。

复旦大学在国民党控制区里是比较开明的高等学校。我在经济系学习，系主任李炳焕教授就公开介绍马克思的经济学观点，介绍马克思的《资本论》。

我们的国文教员汪馥泉教授，思想比较进步。那时我接触社会较少，只是喜欢看进步书刊。即使这样，在白色恐怖笼罩下的上海，还是被国民党的特种人物注意。有一位女同学向我忠告："有人怀疑你是共产党，你得小心！"

在这样的思想基础上，在我和母亲逃难流亡的过程中，虽然困难重重，但我还是积极参加救亡活动，在长沙，参加一政剧团，在广州，参加新哲学研究会，接触到一些共产党员和进步人士。

我母亲，那时已是花甲之年，背井离乡，语言不通，经不起颠沛流离之苦，乃于1938年8月，在九龙一病不起，与世长辞。至此，家破人亡，我对旧社会已一无留恋。"去延安参加革命！"这是必然的道路。

那年"九一八"，我路过广州，看望一些熟人，并参加了群众性的抗日纪念活动。真巧，这次集会，宋庆龄和邓颖超同志都在广州，也都参加了群众游行。她俩是女中英杰，是我敬慕爱戴的人物。我幸运地见到了她俩，并请邓大姐在我的纪念册上题字。邓大姐热情地接待我，鼓励我，并挥笔在纪念册上写下："为妇女解放而奋斗！"我多么高兴呀！中国妇女受了几千年的封建压制，现在，该是争取民族解放和自身解放的时候了。我把它珍藏起来，并要为之实现而奋斗！

那时，在广州主编《救亡日报》的夏衍同志，知道我要去延安，热情地帮助我，并为我写了介绍信，还让我捎点文化用品给周扬同志。那时延安的物质条件很差，周扬同志任陕甘宁边区教育厅厅长；文化人常用的笔墨纸张，都是宝贝！

刚开了"九一八"纪念会，我即踏上去革命圣地延安的征途。

从广州坐火车经武汉、郑州到西安，那时还有遭日本飞机轰炸的危险。因日军从长江下游向上游进攻，向中国国土的中心进攻，武汉是水陆交通要道，是个战略重点。当时我们已提出"保卫大武汉"的响亮口号。我们坐火车通过武汉时，气氛很紧张，完全是战时状态。幸好，没有遇到敌机侵扰，安全地渡过了。从郑州到西安，我们在火车上，夜晚不能开灯；通过时，也没发生问题。

在西安，我们到八路军办事处接洽。那里是去延安的联络点，有时有汽车直达延安。我们等了几天，不见有汽车。年轻人没耐心，就买了草鞋，学习红军，徒步奔延安。同行的有三十多位男女青年，编成一个队。

10月，我们到达延安。当宝塔山上宝塔尖儿显露在我们眼前时，我们这些年轻人，多么高兴呀！延安，我们早已神往的革命圣地，我们向你朝拜来啦！

延安，是中共中央所在地，是我们理想的王国，我们来到这里，该多么幸福呀！

经过一定手续，我进入抗日军政大学。该校是培养抗日军政干部的学校，采用军事编制。开始，我被编入三大队九队。九队，是一个女生队。这个队，有三个区队，每区队有四个小组，全队大概有一百二十人。

那时，从全国各地方来的女同志，陆陆续续地编入这个队。这里有从抗日前方来的，有从敌人沦陷区来的，也有从国民党统治区来的，她们讲着不同的方言，穿着不同的服装，也有不同的生活习惯，但她们有一个共同的心愿：拥护共产党领导抗日救国。

我们这些被安排去九队的女孩子，知道九队队址在延安城北门外的一个山沟里时，就扛起行李，往城外走。

在由西安到延安步行途中，我结识了一位女同志小周。她是由武汉上火车的，我们在一个车厢。交谈中，都说到西安寻亲访友，后来才知道都是要去延安的同志。那时，在国民党统治下，要说到延安，还被视为危险人物，国民党千方百计限制你。在西安到延安的途中，还设有国民党的"三民主义青年团"招待所，威胁利诱，拉拢青年，阻止青年前往延安。她和我还有一起从九龙动身的两位上海青年同路来到西安，因为她们要等着坐汽车，没和我一道步行，后来就被国民党拉走，未能到达延安，至今不知下落。

我和小周走到山沟里，打听九队的地址，这时便有几位热情的小女兵，从山上奔下来迎接我们，为我们扛行李，拉着我们的手，问长问短，我们好像回到了家，一点不觉得陌生。

九队坐落在山沟的半山腰里。原来，延安城是坐落在黄土高原上，群山起伏，都是岩石和黄土，很少树木。它两面依山，东南北三面都是水道，就是延河。雨季时节，上游洪水汹涌而下，波涛滚滚，延河两岸交通断绝；天旱时，人们可以踩着石头过河；平时，则脱了鞋，挽起裤腿，也就可以过河了。那时还没有桥。

延安的人民，都住在崖下的小山沟里，选择较平坦的地方，挖洞而居，即窑洞。窑洞是人们用镐子把土挖出一个窟窿，上呈椭圆形的顶，比人高一点，下面一旁留点土为床即土炕，外边有门有窗。窗是用木条制成的，糊上纸，可以透点光，那时没条件安玻璃。靠窗放一张长条桌，桌旁放几个凳子。这里既是住房，又是学习室。窑洞虽小，冬暖夏凉，也别有风味。

我们先到队部，见到队长、指导员，她们热情地欢迎我们，把我们安排在不同的小组、不同的窑洞里，用意在扩大我们的接触面，不要形成小团体，只和老同乡、老战友、老熟人在一起。

一个窑洞住一个小组，有十人，睡在一个土炕上，每人铺位距离只有一尺五寸，只能放一床被子。有人笑着说：我们要翻身，得有人呼口号"向左转""向右转"大家一起翻，不然，就要头碰头，脚压脚。

当我脱下旗袍，穿上一套又肥又大、灰色粗布的棉军装时，心里多么高兴呀！我当上了八路军！

我穿上军装，特意跑到延安城墙上，照了一张相，背景有宝塔。我是宝塔山前的小女兵！

由于女同志逐渐增加，抗大校部决定组成女生大队，排列为第八大队。大队长是张琴秋同志，她是经过二万五千里长征的女英雄。八大队共有五个队。我们三大队九队改为八大队三队，地址移到延安城东门外的清凉山上。

我们在抗大，过着团结紧张、愉快活泼的生活，和往昔的老百姓生活完全不同。

天刚蒙蒙亮，就有值班同志吹哨子："起床！"于是赶紧穿衣服，打绑腿，理被褥，要理得整齐。几分钟后，就在窑洞前集合、唱歌，这时有年轻的小指挥给你教，大家放开嗓门就唱。那时，抗战歌曲流行全国，青年人大多是歌唱家，不管你入调不入调，反正热情一致，豪放不羁。没有歌本，教唱人唱一句，你学一句。当时流行的歌曲，差不多每个青年都会唱。开起会来，总是歌声阵阵，此起彼伏。

早晨，唱完歌，就拿起洗漱工具，奔下山去，在延河边，用水漱口洗脸。随后，在厨房门口平台上吃早饭。小米稀饭加土豆儿，吃得挺香。有时有小米锅巴，又脆又香，大家争着吃，还得轮流享受呢！

每天上午上课，听教员讲马列主义政治课；有时也有党中央领导人作时事报告。我们听课，就在队前的平台上，教员站着讲，旁边放张小凳子，放一杯白开水，算是对教员的优待。学生往往席地而坐，因为没有那么多凳子。每个学生听课都很认真，都做笔记。上午，复习时，拿出笔记本，互相校正。那时没有讲义，也没有课本，有笔、有笔记本已是很不错了。战争年代的生活，远不是现在青年所能想象的。

晚上我们往往在豆点似的煤油灯光下，组织讨论，

在延河边洗漱

把学习的内容理解好，互相交换认识，把学到的东西扎实地吸收过来。讨论会也使同学们增进彼此的了解，因为原有政治水平、认识水平参差不齐，经过讨论，使认识提高，趋于一致，也就有共同的语言了。

每个星期六的下午，开小组生活会，叫生活检讨会，大家坐在窑洞里，互相谈心，开展批评与自我批评。我对你提点意见，你对我提点意见，有啥就讲，不拘形式，不讲面子，使原来有不同生活方式、不同生活习惯的我们，融合起来，打好团结的基础。

星期天自由支配，愿进城买东西，愿下沟洗衣物，寻亲访友，都随便。延安地区盛产红枣，物美价廉，几毛钱可买一大堆，回来大家分着吃，真有点"共产主义"的味道。

抗大生活还有一个特点，就是官兵一致，上下平等，同甘苦，共患难。那时无论校长、队长、教员、学生，都穿一样的军装，吃一样的小米饭，都住在窑洞，每月都有一块钱的津贴，可以买点日用品，衣、食、住都不须个人操心，更没有权利之争。

学校教育还强调团结互助。那时八路军还比较困难，虽已为国民党政府所承认，允许到前方、到敌区打日本，但编制有限，军饷有限，主要靠国内外主持正义和爱国人士的捐助。学校也希望新来的学生资助革命。我那时卖了一些衣被，全家最后一点财产，其中有我母亲的遗物、金耳环。学校号召时，我把金耳环捐献给了学校，并获得一张以校长名义发的奖状，上面写着："主为革命而学，环为革命而用。"（可能认为是我戴的耳环）同学中有从敌占区来的，缺穿少被，我也尽力帮助。有难同当，有福同享，同志间相处融洽。

抗大的政治生活很丰富，文化生活也很活跃。除了每天早晚在队部前唱革命歌曲外，差不多每个星期六都有晚会，演的都是短小精悍的街头剧。会场上都能听到歌声，还有啦啦队助兴。"××队，来一个！""好不好？妙不妙？再来一个要不要？""要！"于是逼着你再唱一个。特别是男生队淘气，逼着女生队多唱。当然，女生队也不示弱，唱完即拉别的队唱。

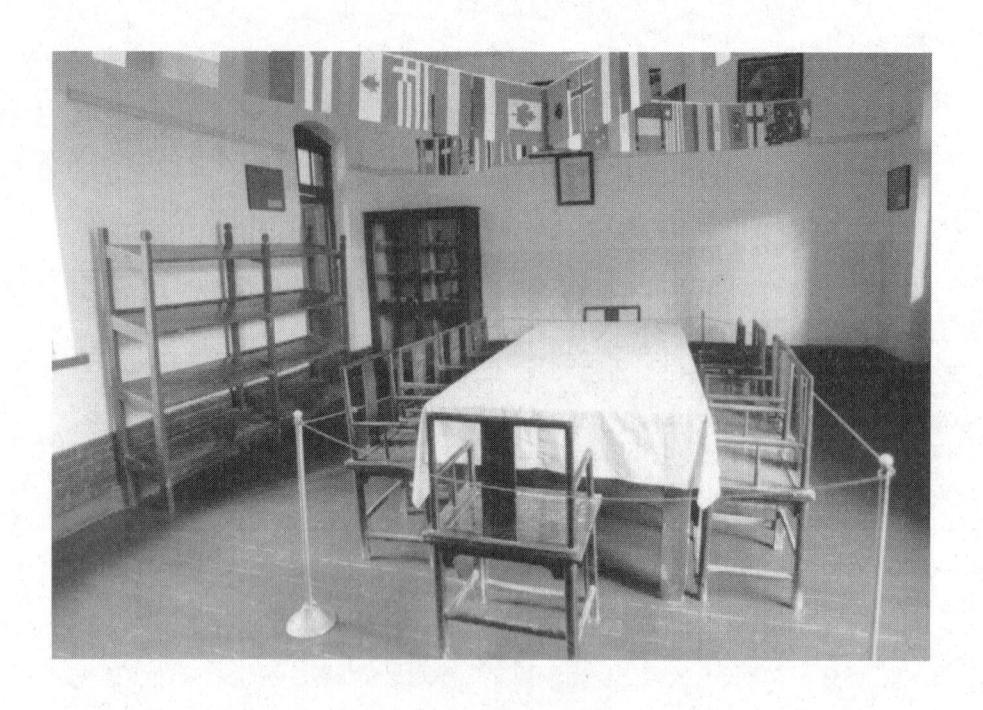

抗大救亡室

延安的歌声，是举世闻名的。要是延安开大会，各单位都参加，成千上万人在一起，啦啦队一拉，歌声四起，响彻延安山谷，真是气壮山河！

每个队都成立救亡室，这是学生的自治组织。救亡室设主任委员、学习委员、文娱委员、生活委员等，分管各方面的活动。在八大队三队时，我被推选为救亡室主任，在队长、指导员的帮助下，组织推动各项学生活动的开展。

1938年11月下旬，日本飞机对延安实行轮番轰炸，扔了不少炸弹。我们队在清凉山上，紧靠延安城。那天，我队就有一位同学惨遭炸死，一位同学受伤。第二天，我们就转移上课的地方，背着粮食和锅铲等，到远处的山沟里上课，天黑才回窑洞。后来，校领导考虑这样下去不是办法，影响学习，对我队实行了改编。大部分同学随总校挺进前方,到敌人后方去;部分同学进卫生学校、通讯学校,也有转入其他学校的;我则转入陕公高级班。

我在抗大当小兵,生活时间不长,但却是我革命生涯的起点。抗大的校训是"团结、紧张、严肃、活泼",它深刻地铭记在我的心头。革命人生观的建立,不是一朝一夕之功,但像抗大那样严格的军事纪律,浓厚的政治空气,人人平等、团结互助的生活作风,的确给人们打下了深刻的基础。

愿延安抗大精神永放光芒!

(本文选自《延安教育学院学报》1994年第2期。标题有改动)

永生难忘的延安岁月

口述：任 斌　　整理：傅 兵

> 任斌，1940年5月从内蒙古奔赴延安，并在延安度过五个春秋。从1940年到1945年，任斌先后在陕北公学（五十五队）、延安民族学院、三边公学民族学院、城川民族学院学习生活，是内蒙古早期参加革命活动的蒙古族优秀女领导干部。新中国成立后曾任内蒙古自治区政协常委、建设厅副厅长。

奔赴延安

我的家乡在大青山脚下美丽的土默川平原。20世纪20年代，我出生在人口众多的荣氏蒙古族革命家庭。荣氏家庭为内蒙古的革命和解放事业舍生忘死，作出了突出贡献。按照家族排行惯例，我排行老六，上有三个堂哥和两个表姐，他们的民主进步思想和矢志不渝追求革命真理的精神品德，对我以后走上革命道路影响很大。

1938年秋天，李井泉、姚喆领导的八路军大青山支队与山西战地游击队第四纵队冲破日军的封锁，从晋西北挺进大青山，按照党中央指示开辟大青山抗日根据地，并与我堂哥勇夫领导的地下党组织接上了头，我家便成为他们秘密联络的地点。第二年秋天，日本鬼子得知村子里有地下党和八路军活动后，对村子进行了血腥的清剿。国恨家仇激发了村里进步青年的抗日救国思想。一天，从小在我家长大的表姐巴珍秀向我母亲告别，要去延安寻找八路军。母亲变卖自己的嫁妆和家中一些贵重物品，换了七块大洋给表姐作盘缠。表姐的举动给我留下很深的印象。1940年，日寇活动猖獗，白色恐怖笼罩在我的家乡。

地下党组织决定在当年的3月和5月分两批护送一些进步青年到延安。当年5月，在勇夫的安排下，14岁的我离开家乡，随第二批进步青年一起奔赴革命圣地——延安。

历经近两个月艰难、惊险的跋涉，1940年7月初，我们到达了陕西清涧县。带队领导告诉大家再有一天的路程就能到达延安，见到毛主席了。一提到延安和见毛主席，大家既兴奋又激动，队伍顿时沸腾起来。那一夜我们都兴奋得几乎彻夜未眠。第二天当落日的余晖映照着宝塔山，我们迈着铿锵的步伐，在嘹亮的号角声中从北面进入革命圣地延安，那是我终生难忘的一天。

初识延安

我是在土默川平原长大的孩子，从没见过延安的黄土高原和那神奇、独特的窑洞。我好奇地问部队领导："窑洞里能住人吗？"领导哈哈大笑起来说："这样的房子便于隐蔽，而且冬暖夏凉，以后你就要在这样的房子里学习、生活。"我环顾四周，只见窑洞里星星点点的灯光格外引人注目，穿着浅灰色军服的八路军官兵穿梭于山上山下的各个窑洞之间。当时正值晚饭时间，下课号声和开饭号声此起彼伏，不仅吹散了我一路奔波的疲劳，而且让我感受到了这里的朝气和活力。

我们沿着一条小溪，走在通往西北局招待所的路上，部队领导指点着周围不时地向我们介绍着："这是抗大，那里是女大，那边就是延安宝塔山，那边是毛主席居住的杨家岭……"我一边走着，一边听着、看着，越听越看心里越兴奋。延安，对我这个14岁的小姑娘来说早已不陌生。1935年10月，红军长征到达陕北；1937年1月，中共中央机关进驻延安。从此，延安就被誉为中国的红色之都，成为无数革命青年魂牵梦绕的一方圣土，也是中华大地上所有受日本侵略者凌辱的蒙古族同胞心目中的一盏明灯。

我们这些从内蒙古来的蒙古族青年被安排在西北局招待所里。我平生第一次住窑洞，感受窑洞的土炕，一切都充满了新鲜感。晚饭以后，西北局的领导同志亲自来窑洞看望我们，送来了一些生活必需品，并且告诫和鼓励我们："延安的生活很苦，一定要作好思想准备，迎接挑战，这也是考验你们意志和艰苦奋斗精神的一个机会，你们一定要好好学习，为蒙古族的抗日解放事业努力奋斗。"领导的话让我激动不已，我暗下决心："我是带着家乡父老的期望和寄托来到这里的，不能辜负他们的厚望，一定要在这里好好学习本领。"

学习的日子

陕北公学位于杨家湾，离延河很近，当时的校长是李维汉。为了培养少数民族干部，1939年秋天，陕北公学专门成立了蒙古青年队，编号为五十五队。到达延安的第二天，比我早一年来到这里学习的表姐巴珍秀领我到五十五队报到，我成为该队三班年龄最小的学员。为了祝贺我新生活的开始，也为了以后工作方便，表姐还特地为我起了一个新名字——任斌。"任"与本姓"荣"音接近，"斌"字意在文武结合，寓意我在革命大熔炉里获得新生，并在艰苦环境中锻炼成为一个能文能武、合格的革命事业接班人。

我们的课程是从最基础的语文、数学、地理、历史、自然开始，然后上马克思主义思想理论课。每一门课都是那么新鲜，向我展示了一个又一个未知的世界。祖国悠久的历史、灿烂的文化，让我感到作为一个中华民族子孙的骄傲，更加坚定了抗日救国的信念。

1941年初，根据抗战需要，党中央作出统一部署，将蒙古青年队和从事少数民族工作的汉族青年合编成立了陕北公学民族部。同年8月，党中央根据形势要求，又在民族部的基础上成立了第一所由共产党领导的少数民族最高学府——延安民族学院。学院坐落在延河南边最宽敞、最繁华的

陕北公学旧址

大砭沟。9月18日，学院举行了开学典礼，毛主席和党中央其他领导同志送来贺词，中央有关部门、西北局和各兄弟院校都派人参加了开学典礼，人们载歌载舞，兴致勃勃地庆祝延安民族学院的诞生。

　　大砭沟是当时延安城里最具有文化气息的一条大沟。所有的大型活动，如毛主席等中央领导的报告和演说、五一集会、春节文艺表演等，都在这里举行。此外，八路军大礼堂、中山图书馆、文化俱乐部和西北文艺工作团等机关单位也坐落在这里，因此，这里是延安最热闹，也是文化和民主氛围最浓厚的地方。在这里，我又结识到更多的有志之士，聆听到更多更新的革命道理。特别是在1942年，经

过延安整风运动的洗礼，我的政治思想觉悟有了明显的提高。经过近一年的整风运动，我的思想成熟了许多，提高了明辨是非的能力，坚定了共产主义信念，而且把批评与自我批评、团结同志的工作作风一直保留下来，即使在"文革"期间和平反以后，我也始终保持这一工作作风，始终坚持实事求是的原则。

延安民族学院学员

1943年春天，延安民族学院和延安其他学校合并，成立延安大学民族学院，驻雀儿沟。1944年春天，抗日战争已进入最后阶段。为了做好抗日宣传工作，延安大学民族学院从雀儿沟迁到定边县城，改称三边公学民族学院。经过四年的学习和磨炼，我虽然稚气未脱，但已成长为学员队里的"老同志"了，能够独立完成一些工作。定边县位于延安西北，地处陕宁绥三省交界，老百姓生活非常艰苦，封建迷信思想严重，生病后无钱看病，就到庙里磕头，接一些供奉的香灰饮用治病，或靠抽签预测命运。我们接近并帮助他们，让老百姓看到生活的希望。我记忆最深的一件事是，医生让我们化装成百姓站到庙门旁边，主动接近那些前来磕头求药的老百姓，了解病人的基本症状，回来告诉他，他开出药方或给我们一些西药片转送给他们。前来抽签的老百姓有不识字的，我们就主动替他们念签文。经过一年的工作，这里的老百姓非常信任我们，党在这里的各项工作也随之顺利开展起来。

1945年春节过后，抗日前线捷报频传，抗战胜利的曙光已经照到这里。这时又有一大批学员毕业开赴抗日最前线，学员人数明显减少，少数民族后备干部比较缺乏。为了吸收更多少数民族青年来这里学习深造，党中央和西北局决定把三边公学民族学院迁到蒙古族比较集中的伊克昭盟鄂托克旗城川寨子，学校更名为城川民族学院，培养了一大批优秀的蒙古族武装干部。迁到这里以后，我们把延安的传统和精神也带到了这里。无论是宗教节日，还是民族的、国际性的节日，学院师生都要上街搞宣传，张贴标语，组织文艺演出活动，让当地各民族群众了解我党的思想原则和政治路线，调动大家的抗战热情。这一年，我向党组织郑重递交了入党申请书。也是在这一年的"五一"国际劳动节，我和刘景平在大家的祝福声中结为革命夫妻。第二年，我光荣地加入中国共产党，根据组织安排，我随丈夫刘景平一起离开了延安，调到驻张家口的晋察冀中央分局工作。

从1940年到1945年，从陕北公学五十五队到延安民族学院到三边公学民族学院再到城川民族学院，五年的理论学习武装了我的头脑，革命觉悟显著提高，为我以后从事革命工作打下了牢固的理论基础。应该说，延安是我成长的摇篮。

（本文选自《中华魂》2007年第2期。内容有删节）

女扮男装赴延安

王淑敏

王淑敏，1938年从河南奔赴延安并进入陕北公学学习。

"七七"事变时，我刚满17岁，正在河南唐河县女子师范学校读书。那时，为了动员和组织广大民众进行抗日，共产党在各地展开了积极的抗日救亡运动。我们学校也有两位思想进步的教员，经常给我们讲一些革命道理，介绍俄国十月革命后苏联的妇女生活，还推荐许多进步书籍让我们看。我在阅读了《读书与生活》《活跃的肤施》《世界知识》《两万五千里长征记》等书以后，眼界大大开阔起来。特别是书中一些红军女战士的形象，深深地印在我的心里，使我产生了做当代的花木兰，投身革命、拯救中华的强烈愿望。

1938年五六月间，就在我们即将毕业的时候，学校门口贴出了陕北公学的招生广告，但需要有人介绍才能报考。我和几位同学商议，到南阳去请葛继武老师帮助。我们准备一起出走的有四个人，三个女同学，一个男同学。大家相约走前谁也不能走漏风声。我家是个小康人家，母亲常常用"三从四德"等封建礼教来管束我，不许我在外抛头露面，除了学校哪儿也不让去。

学校考完试的那天上午，我们分头回家收拾行装。为了要些路费，我对母亲谎称想买几件新衣服。一拿到钱，就悄悄地溜出了家门。我们在街上会齐后，一口气跑到县汽车站。这时，一辆满载乘客的大轿车就要开车了，我们赶紧跑到司机跟前央求他打开车门。司机说："人太满了，不行！"我们一听就急了，围着司机拼命说好话。我忽然发现车顶部的行李架是空的，就嚷起来："咱们干脆坐在那上边吧,反正能凑合到南阳就行了!"说着我就往上爬,他们几个也跟着爬了上来。司机追过来大喊大叫,非让我们下来不可,不下来他就不开车。我们说:"你就行行好吧,我们今天有急事,必须赶到南阳。"司机看我们赖在上面不下来,只好说:"那好吧,不过话说在前面,摔死了我可不负责。"说完就开车了。一路上,我们几个姑娘唯恐被熟人看见惹下麻烦,都用衣服把头包起来。迷迷糊糊的颠簸了一个多小时,来到了南阳。跳下汽车,我们互相拍打着身上的尘土,不知是谁说了一句:"总算逃出了虎口!"大伙听了,"扑哧"一声都笑了起来。这时,我心里有一种说不出的感觉,又高兴又后怕,也许因为这是第一次离经叛道吧。

到南阳的第二天,我们在街上吃饭,听到人们议论说:唐河县有三个女学生被一个男学生带走了,家里的人到处在找,弄得满城风雨。听到这些话,我们顾不得吃完饭,匆忙回到住处商量对策。议论来议论去,大伙想出了两个主意:一是改头换面,女扮男装;二是少坐车,多步行。主意一定,我立刻向旅店借来一把剪刀,我们三个姑娘互相剪短了头发,又脱下裙子换上了男装。装束完毕,大家你看看我,我看看你,止不住都哈哈大笑起来,刚才还是满头秀发、贤淑端庄的姑娘,转眼变成了血气方刚的"英俊少年"。那个男同学风趣地说:"你们现在个个都赛贾宝玉,我要是个姑娘,非你们不嫁。"说得大家又是一阵捧腹大笑。

我们在新知书店找到了葛继武老师,他看到我们这副打扮,又惊又喜,当即给我们写了介绍信,要我们尽快去西安八路军办事处报考。为了路上安全起见,他又安排我们和武汉来的一批青年同行。去西安要到洛阳乘火车,我们步行两天来到洛阳。这一路,只要见到有行人,我们就板起面孔、闭上嘴,不说话。

进了洛阳城,不管是买东西还是在街上做别的事,全由那位男同学出面,我们几个人一律当"哑巴"。尽管我们极其小心谨慎,还是差点被人发觉。有一次,我们在一个小摊前买东西,一位女同学指着一块花布说:"用它做件衣服多好看呀!"我和另一位女同学都说不好看。正在我们唧唧喳喳议论的时候,突然发现旁边站着一个警察，在好奇地围着我们一边转一边看。立刻，我急得浑身直冒汗，心都要跳出来了。警察冲着我问："你们几个是干什么的？"我正不知所措，那位男同学从我身后抢上前去说："我们是城里的学生，随便出来转转。"又朝我们打个招呼："咱们再到那边去看看！"随着他的话，我们就走。警察听了他的话，又上下打量我们几眼，撇了撇嘴，背着手走了。看到警察走远了，我长长地出了一口气，再看看那两位女同学，一个个都脸色煞白。此后，

七号院招生委员会旧址

我们再不敢大意，更加小心了。

在洛阳等车的那几天，敌机轰炸了洛阳城。每天，火车站都挤满了人，站台上更是拥挤混乱不堪，只要是向后方去的车，人们就争先恐后地往上挤，哭声喊声响成一片。我们担心铁路被炸坏走不成，顾不得等着买车票，钻进车站，随着人群拼命向开往西安的火车上面挤。

上车后，我们蜷缩在蒸笼般的车厢里，闷热难忍，既不能解衣纳凉，又不能聊天解闷，好不容易才熬到西安。下了火车，我们径直来到八路军办事处，一位20多岁的年轻军人热情地接待了我们，他边看我们的介绍信边询问路上的情况，随后告诉我们准备在这里参加陕北公学的招生考试。

考试是逐人进行的。当时我被叫进考场的时候，心里扑扑直跳。负责考试的同志温和地问我："你叫王淑敏吗？"我说："是。"他看了我又问："你怎么打扮成这个样子？"我脱口答道："不这样就来不了了，我们是好不容易才跑来的，你们一定要收下我！"真怪，这句话讲完，我也不觉得紧张了。他笑着说："好，女扮男装，有叛逆精神！"他这一句话倒把我说得不好意思起来，不由得用手搓搓只长着寸把头发的头顶。接着，他又了解了我的家庭情况和思想倾向，让我填写了一张表格。

考完以后，考官满面笑容地从屋里走出来说："你们都被录取了，赶快收拾一下东西，明天就出发。"说着，又用手指指我们几位女同学："你们可以换换衣服，不必这样打扮了。"没等他的话讲完，我们几个就情不自禁地抱在一起，又蹦又跳，放开憋了多日的嗓子又笑又喊："我们要上延安了！我们胜利了！"

第二天清早，我们和另一批青年学生编队向陕北公学进发，一天要走百十里路，连走三天，来到陕西旬邑县职田镇看花宫陕北公学分校。7月11日，我填写了入伍登记表，正式参加了八路军，随后被分配到女生队学习政治，三个月后又到富县张村驿八路军卫生学校学习。1939年底，学校迁到了延安，校名改为延安中国医科大学。为了激励我们学习，毛主席为我们写了"救死扶伤，实行革命的人道主义"的题词。

我们住在离宝塔山不远的地方，学校的条件很差，全校只有几间破民房和十几孔破窑洞，土墩上搭几块破木板就是我们的课桌和板凳。冬天，教室里四面透风，仅靠一小盆木炭火取暖，屋里冷得握不住笔，常常上不了半节课就得停下来到屋外跺跺脚、跑跑步。生活也相当艰苦，顿顿是小米、盐水煮灰条菜或猪毛菜，偶尔吃顿土豆、白菜就算改善生活了。有一次，我们几个女生偷偷跑到街上买回来一包猪油渣，放在缸子里煮一煮就吃开了，觉得比山珍海味还鲜美。那时虽然很苦，但我们始终充满了高涨的革命热情，心里只有一个念头：尽快学好本领，早日上前线。每到课余时间，除了开荒生产，学校经常组织大家唱歌、跳舞、打球、演戏，开展丰富多彩的文体活动。有一次纪念"五四"青年节，学校组织跳集体火炬舞，要求姑娘们打扮得漂亮一点，这可把我们难住了。条件那么差，拿什么打扮呢？我们队有几个机灵鬼把自己的白被里拆下来，做成了几十条裙子，我们在舞会上穿着它们，就好像一只只白天鹅，在熊熊燃烧的火把照耀下翩翩起舞，使舞会的气氛特别活跃。

三年的学习时间很快过去了。1941年7月，在一个阳光明媚的日子里，学校为我们第十四期学员举行了毕业典礼。毛主席也参加了典礼仪式，还给我们讲了话。我永远也忘不了他以一种异乎寻常的语气向我们提出的希望："……同学们，我最后的希望就是：你们将来不要做庸医！"毕业后，我被分配到晋绥一二〇师野战医院，带着毛主席的嘱托，走上了抗日前线。

（本文选自《抗日战争时期的西安八办》，陕西人民出版社1995年版）

一个艰苦的锻炼过程

刘鸿志

> 刘鸿志，陕西凤翔人，青年时期一直积极参加抗日活动，1938年奔赴延安并进入陕北公学学习，结业后转入抗大第四期三大队三队学习。新中国成立后组建我国第一个飞机设计研究所，曾任国防部第六研究院第一研究所所长。

西师的抗日宣传队

1937年7月7日，日军进犯卢沟桥，抗日战争全面爆发。第二天，我党发出《中国共产党为日军进攻卢沟桥通电》，向全国人民呼吁："平津危急！华北危急！中华民族危急！只有全民族实行抗战，才是我们的出路！"号召"全中国同胞，政府，与军队，团结起来，筑成民族统一战线的坚固长城，抵抗日寇的侵略！国共两党亲密合作抵抗日寇的新进攻！"在我党催促下，国共两党重新合作，中国抗日民族统一战线形成，西安事变提出的"联共抗战"主张终于实现了。全国人民高兴，抗日民主的热情高涨。面对日军猖狂进攻、黄河沿岸吃紧的形势，西安加紧备战。学校里到处是"到前线去、到农村去"的呼声。梁宏进告诉我们，学联、民先队组织学生农村工作团，于是我们就报名参加。

在此之前，我已参加了西安新文字协会。

西安新文字协会是一个左派文化组织，提倡学习、推广新文字活动。我是1937年8月参加新文字协会的，协会成员多系左派青年学生。协会搞抗日救亡活动，常驻工作人员很多是共产党员、民先队员。协会派了教员到各学校上课。当时延安也设有新文字学校，校长是吴玉章。

报名之后，我们全班停课，联合女校组织宣传队去黄河沿岸华阴、朝邑、韩城等地宣传。国民党省党部企图阻挠，抗敌后援会不给我们派车，经我们请愿斗争，才终于给我们安排了一辆装煤的敞篷车。就这样，我们冒着大雨出发了。在华阴，我们下了车，步行至黄河岸边。虽然很苦，但大家情绪高涨，热情似火。宣传队分话剧队、宣传队。话剧队有二十多位同学，女同学是培华女中的。我们紧张地准备了二十多天，排演了五六个街头剧，练了几首歌。虽然是仓促出场，但每天晚上的演出都很受群众欢迎。这一带是沙土地，出产花生。演员吃花生吃得嘴上火，说不出话，又得找胖大海。后来，我们就定了一条纪律：不准吃花生。我所在的话剧队谁是队长记不清了，很可能是梁宏进，要不是他，不会有人把我推去担当像现在节目主持人的角色。那时话剧团的报幕、总务、化妆都是我。可能是我读了几本话剧方面的书，又听过上海救亡剧团的报告，而平时又好发表议论才招来这个差事。

演《放下你的鞭子》的"演员"是符忠孝，后来改名符浩。他比我大几岁，1916年4月出生，是陕西省礼泉县西张堡村人，家境很贫寒。后来我们一起去延安，1938年一起入的党。他先后任八路军团政治处干事、股长，军区政治部科长、部长等职务。解放战争时期，先后任军区和军政治部、组织部部长，北平军调处执行部（国、共、美三方）派驻德州第十五小组中共上校代表，人民解放军第九十八师政治部主任。1950年他调外交部工作，成为新中国第一代外交家，曾任中国驻印度大使馆政务参赞，驻越南、日本大使，后来任外交部副部长。当时我们的话剧团里，他是很受观众欢迎的演员。

宣传队除走家串户、访贫问苦、了解民情、宣传动员外，每个同学都得抓紧学习，话剧队规定每天早饭后学习两小时。梁宏进搞来延安出版的《解放》周刊、列宁的《国家与革命》以及邹韬奋主编的《抗战三日刊》等给我们传阅。

宣传队在黄河沿岸活动了一个多月，这一段时期的宣传实践活动，使我的政治思想水平有了很大的提高。

决心追寻共产党

宣传队返回西安后，我们面临着是继续上课还是参战的选择。

晋中激战后，转眼间就是黄河沿岸吃紧，日军的侵略目标显然是想西进陕西西安，这样一来西北将战火遍地，想继续上课已不可能。我和梁宏进、符忠孝（符浩）、强毓英（胡明）等几个同学商量，决定不回校上课，决心去延安入陕北公学或者上抗日军政大学，投奔毛泽东、共产党和红军，争取赢得抗战胜利，走向幸福光明大道。

回忆起来，我最终下决心奔赴延安的思想变化过程，大致有这么几个阶段。

大革命时期接受三民主义的宣传教育，赞成、拥护、崇拜孙中山。那时我胸前佩戴的是中山像章，教室里悬挂的是孙总理遗像。"九一八"事变以后，蒋介石专制独裁，内战不断，对外屈膝投降，丧权辱国，搞假三民主义，被帝国主义吞并的危险一天比一天严重，国难深重，人人都在想救国之道。在这个时期，我相信过读书救国、梁漱溟的乡村建设救国，也想过"工业救国""航空救国"。在西安事变和卢沟桥事变以后，现实给我的教育使我认识到，上述想法都行不通，只有走苏联十月革命的道路，武装夺取政权，救国救民，才能最终走向世界大同的美好社会。而在当时的中国，只有中国共产党才能领导人民实现这个目标，因此，我下定了决心——去延安，找共产党。

云阳青年干部训练班

但去延安并不那么容易，首先遇到的难题就是找不到关系。恰在这时，伯父刘定五从华北前线回来。我想，要去延安得争取伯父的支持，也相信会得到他的支持。伯父是爱国民主派，他曾经安排我的大哥刘仁民在冯玉祥的抗日军官学校学习过。

一天，我对伯父说："伯伯，西安师范我打算不上了，想去延安陕北公学、抗日军政大学学习，我找不到关系，想先去云阳青年干部训练班（简称'云阳青训班'），然后再转到延安。"我讲的时候，伯父聚精会神地听着，稍停了一会，他很严肃地对我说："你有决心去延安学习很好，但那里生活很艰苦，天气也很冷，二十多年前我在陕北延长办过石油……"听伯父这么一说，我心想，伯父是在考问我去延安的决心。于是，我便详细讲述了这一段自己思想变化的过程，再一次表达我去延安的决心。伯父听了之后，高兴地笑了一笑，对我说："延安我有几位熟人，林伯渠、吴玉章、董必武、周恩来等。我和林伯渠是在广州北伐时期的熟人，我领你去八路军办事处找林老，介绍你直接去延安。"伯父又

伍云甫（左一）、彭德怀（左三）、彭加仑（左四）、叶季壮（左五）、曹根全（左六）等在办事处

问了我这个时期读书的情况，我指着他书架上的《列宁传》、《斯大林传》、《解放》周刊、《大众哲学》和桌子上斯诺的《西行漫记》《毛泽东自传》等说："这些书我都看过。"我还告诉伯父，我听过彭德怀、冯文彬的讲话。伯父听了十分高兴，他说："毛泽东先生艰苦卓绝，有胆有识，事业一定会成功。"

伯父答应帮我直接去延安，我高兴极了，几乎一夜没有睡着。第二天清早，伯父领我一同去西安七贤庄八路军办事处，出了大门后，我给伯父叫了一辆人力车，请他坐车，我跟着车跑。伯父不同意坐人力车，说坐上人拉的车实在难受。我劝他说，路远，去晚了怕找不到人。伯父这才坐上了车，很快就到了七贤庄八路军办事处。

办事处的处长是伍云甫，他是经过长征的老红军。长征途中他先后任中央军委三局副局长、政委，中央军委二局政委，中央军委直属第二政治处主任。1935年，红一、红四方面军会师后，到左路军工作，同张国焘分裂主义进行了坚决的斗争，想尽一切办法，保障了一、二、四方面军的无线电通信联系，对二、四方面军与中央红军的胜利会师起了重要作用。新中国成立后，他曾任中国人民救济总会秘书长兼党组书记、中国红十字会副会长兼党组书记、卫生部副部长和党组成员。

伍云甫对伯父很热情、很尊重，告诉伯父说林老（伯渠）有事外出不在西安。伯父指着我说："这是我的侄子刘安民（我当时的名字），他想去延安学习。"伍云甫问了我的情况，我说："我17岁，在西安师范读书，刚从黄河沿岸韩城、朝邑宣传队回来，想去延安陕公、抗大学习。"伍云甫对伯父说："现在去延安交通不便，可以先去云阳青训班学习，交通方便时再去延安。"

云阳青训班是中国共产党中央委员会开办的，实际上是国民党统治区的青年投奔延安的中转站。冯文彬任主任，胡乔木任副主任。

伯父表示同意伍云甫的意见。于是，伍云甫就给青训班主任冯文彬写了一封介绍信。我们离开办事处时，伍云甫处长热情地送出大门，并对伯父说："定老有事要办，给个信，我们即办，不必亲自来跑了。"

我随伯父绕公园步行回家的路上,伯父告诉我说历史上重要人物都是经过一个艰苦的锻炼过程的,这就是孟子说的"故天将降大任于斯人也,必先苦其心志,劳其筋骨,饿其体肤,空乏其身,行拂乱其所为,所以动心忍性,增益其所不能",教育我必须有这样的锻炼和修养精神。

拿到去青训班的介绍信,我十分高兴。第二天,我就把在师范学校的东西整理好放在伯父新城二号家中,从西安北门搭车,一行四人去云阳。当晚住泾阳县城,夜宿小店。半夜,三个国民党宪兵来店检查。说也奇怪,三个人三个态度:一个说云阳是共产党、红军的老巢,你们去干什么,把东西打开检查检查;一个说你们这些中学生啥也不懂,不好好上学乱跑什么;一个说小共产党有志气,学本领,打小日本吧!天亮就快走,遇到坏人可就糟糕了。他们说完扬长而去。

我们四个人互相张望到天亮,就赶快离开泾阳县城向云阳急行,一个多小时后进了云阳青训班大院。办完手续入班坐在草铺上,反复思考昨晚三个国民党宪兵给我们上的"社会课",兴高采烈地准备迎接新生活。

奔赴延安

青训班学习结业后,组织上通知我去延安陕北公学学习,并给我开了介绍信,让我从西安八路军办事处乘车去延安。我太高兴了,即刻返西安准备冬装,联络车辆。八路军办事处有人告诉我,最近有车去延安。我留下伯父家中的电话后就回到伯父家中等候通知。

由于我没有把具体情况向伯父报告清楚,伯父对我产生了误解。他怀疑我吃不了苦跑回来了,态度严厉冷漠,我向他鞠躬问好,他都不理。当我告诉他我在青训班结业了,组织上保送我去延安陕北公学学习,过几天八路军办事处就通知我乘车去延安时,伯父顿时高兴地连声说:"好,好!"看来伯父对我的误会消除了,我就把在青训班学习的情况向他作了汇报。当我说到在青训班学过游击战、政治经济学和统一战线、民众运动时，伯父对我说："要认真学习军事，毛先生（毛泽东）游击战讲得好、用得好，如果日本鬼子打到陕西，伯伯也上北山打游击去。"伯父还问了我对课程听懂的程度和理解情况。我说能听懂，教员都是做群众工作的长征干部，讲得深入浅出、通俗、生动、易懂。我还说了长征干部张琴秋、刘瑞龙、冯文彬的讲课情况。伯父听得很认真，也很喜悦。他说："好，毛先生的办法好，人才多，要好好地学习。"

两三天后的一个清晨，接到八路军办事处的电话，叫我立即赶到，很快就开车。我急忙整理好行装，向伯父行礼告别。伯父来到我房间，查看我的行装，给了我二十元钱，送我到大门口，一再叮咛我要艰苦奋斗、努力学习、胆大心细、小心谨慎。

1938年1月，我到了延安入陕北公学学习。学习四个月结业转入抗日军政大学第四期三大队三队学习。从1937年11月入青训班到陕北公学结业，是我满17周岁向18岁过渡的一年，是很不寻常的一年，是我为社会主义、共产主义奋斗开始的岁月。经过这一段的学习，我不仅对党的政策、党的抗日救国主张有了进一步的理解，而且对党的奋斗目标、中国国情以及在中国如何走苏联革命道路也有了较深刻的认识。在思想上对社会及党的认识清楚多了，解决了两三年来的思想矛盾，我便勇敢大胆地提出入党要求。1938年2月写了入党申请书，1938年3月经廖仁、石羡芝介绍加入了中国共产党。

（本文选自《回忆与思考——刘鸿志回忆录》，航空工业出版社2010年版。标题为编者所加）

我的一段风雨历程
吴介民

> 吴介民，广东增城人。1940年毕业于延安马列学院，历任西北局宣传部秘书、延安中央研究院文艺理论研究室研究员、陕甘宁边区政府研究室研究员等职。1945年6月赴东北，历任东北民主联军第二十四旅第七十二团政治处主任、中共中央东北局文委秘书等职。1959年到北京，历任《红旗》杂志社编委会委员、党委书记、副秘书长。1966年2月任中央交通部办公厅主任。1978年1月到中国社会科学院工作，历任中国社会科学院外国文学研究所党委副书记、书记兼副所长，中国社会科学院党组成员，中国社会科学院副秘书长、秘书长。

叛离家庭　奔赴延安

1945年解放战争初期，我在东北民主联军第二十四旅第七十二团任政治处主任的时候，团长颜德明同志原是第三五九旅的副团长，是一位身经百战、亲历二万五千里长征的工农干部。我们初次相识，在一次谈到各自身世时，他讲自己是穷苦农民、放牛娃出身，吃不上穿不上，还受地主老财的气。共产党在他的家乡打土豪、分田地，农民翻了身，他为了找生活出路，也为了保卫革命胜利果实，参加了红军。说到这里，他话头一转，向我提出一个迷惑不解的问题：生活富裕的知识分子为什么要到革命队伍里来？这位团长向我发问：你出身地主家庭，吃穿不愁，还能读书上学，前途无量，为什么有好日子不过，舍弃了优裕的生活，冒着生命危险，跑到延安吃苦受累，究竟为了哪般？

我为什么参加革命？这是个严肃的话题。不错，我的家庭是地主，生活十分富有，除了家庭成员，还收养了两个丫鬟侍候，过着饭来张口、衣来伸手的"少爷"生活。从6岁开始念书，到了读中学的时候，受到进步思想的启蒙，渐渐关心世事。国民党达官显贵贪污腐败，欺压百姓，强取豪夺，而广大民众食不果腹，衣不遮体，挣扎在死亡线上，人们十分不满，怨声载道。特别自1931年"九一八"事变，日本侵占东三省后，又步步紧逼，把魔爪伸向华北，要侵吞整个中国，亡国灭种的危险迫在眉睫。因此，激起全国民众的愤恨，纷纷喊出救亡图存的呼声，社会各界组织救亡团体，举行救亡运动。可是，国民党政府却采取"先安内，后攘外"即先消灭共产党、再谈抗日的妥协投降方针，严厉镇压抗日救亡运动。在中华民族面临生死存亡的关头，中国往何处去？出路在哪里？这一问题紧紧萦绕在全国人民的心间。

我极度苦闷彷徨的时候，联络了一批同学，组织读书会，相互交流对时局的看法，从一些进步的书刊中，我懂得了要推翻吃人的黑暗的旧社会，只有打倒日本帝国主义，才有中华民族的光明前途。但是，谁带领我们干呢？这时一本引起轰动的佳作出现了，它就是斯诺的《红星照耀中国》（《西行漫记》）。我们反复研读，心里豁然开朗，得出的结论是腐朽透顶的国民党反动派是中华民族的败类，只有中国共产党才是抗日救国的中坚力量，它的根据地在延安，延安是革命的圣地，是中国人民希望的所在。

就这样，我们几位志同道合的伙伴，下决心要到延安找共产党。对我来说，首先是如何逃出家庭的问题。我是家中的骄子，从南国去遥远的大西北，肯定是不会被放行的。当时的广州，天天遭日寇飞机轰炸，华南告急，我就读的中学，已迁移到香港去了。于是，我编了个谎言，说要到香港读书，向家里骗取了一个学期的学费两百块大洋，和同学徐辛雷、徐亮、王彦鸿、甘霖一起奔赴延安。

我们定下去延安的目标，于是便找寻实现的途径。1936年张学良、杨虎城发动兵谏的西安事变，迫使蒋介石采取停止内战、联合抗日的方针。"七七"

事变爆发后，国共两党达成协议，中国工农红军主力改编为国民革命军第八路军，并在国民党统治的若干大城市设立了八路军办事处。我们看到当时共产党主办的《救亡日报》刊登了延安抗日军政大学、陕北公学的招生广告，于是找到在广州设立的八路军办事处，取得了广州八路军办事处给西安八路军办事处的介绍信，向延安进发了。

进步青年奔赴延安途中

一伙没有出过远门的青年学生，要到一个遥远神秘的地方。日寇飞机向铁路沿线日夜轰炸，国民党军警对前往延安的人士封锁拦截，随时都有生命危险，前途未卜。但是，我们立下抗日救亡的志愿是坚定的，早就把生死置之度外，唱着"同学们快拿出力量，担负起天下的兴亡"的《毕业歌》和"冒着敌人的炮火前进"的《义勇军进行曲》，我们满怀豪情和坚定的斗志，经过一个多月的长途跋涉，终于在1938年9月到达了目的地——延安。

谈到这里，我对颜德明同志说，我和你出身的阶级不同，从不同的道路出发，为了一个革命的目标——民族解放事业，走到一起了。这叫作殊途同归。老颜点头称是。

下定决心　光荣入党

路经西安时，八路军办事处同志向我们介绍，到延安有两个学校可供选择，一个是抗日军政大学，课程是七分军事，三分政治；一个是陕北公学，课程是七分政治，三分军事。我们选择了陕公。

这里集合了全国各地的青年，生活条件是十分艰苦的。没有地方住，同学们就拿起锄头、铁锹挖窑洞，打地炕，在地炕上面铺了一层麦秆，十来个人就挤在上面睡觉。吃的是没有油腥的大锅饭，上课在大树荫下坐个小板凳垫着大腿做笔记。白天在烈日曝晒下上操，夜间扛着三八大盖枪放哨，但大家从不叫苦。我们来自五湖四海，带着不同的地方口音，却有同一的抱负，所以很快就熟悉了，交换各自不同的经历、见闻。劳动或课间放开喉咙唱着抗战歌曲，激昂热烈的歌声高高飘扬，大家尽情释放从国民党统治区带来的抑郁，愉快地呼吸着民主自由新天地的空气。

一个月左右，我渐渐察觉到，在同学中有些先进分子行动异样，他们时常秘密集合在一起开会。为什么不通知我？要好的同学透露，那是共产党的集会，当时党组织是不公开的。于是，我冒昧地向队里政治指导员提出要参加共产党的想法。在一个深秋黄昏，指导员把我领到一堆麦秸垛旁边，各自拾了一捆麦秸坐下。他直截了当向我发问：你为什么要远离家乡到陕北来？我答复：为了打日本救中国找共产党。他又问：你想参加党吗？我回答：这是我梦寐以求的愿望。这时，指导员庄重起来，指出参加党意味着把一切交给党，为党的事业献身。接着，他向我提出两个问题：

（1）入党后要服从党的需要，不能考虑自身的安危，比如组织上决定让你上前线去打仗，随时有牺牲的可能，你能办到吗？

（2）入党后不能有个人打算，计较个人得失。比如组织上需要你到国民党统治区去工作，要同你爱人分离（我是和爱人一起到陕公的），你看怎么办？

对这两个问题，指导员要我好好想一想，给他一个明确的答复。他反复强调参加共产党组织，是决定一个人政治生命的大事，一定要慎重考虑，还给了我一个油印的小册子——《中国共产党党章》，让我认真读一读。

经过几天的思考，抱着为中华民族解放事业献身的决心，我毫不犹豫地肯定回答了指导员的问题。一个月色朦胧的夜晚，在一方苞米地里，我同十来位同志一起，对着鲜红的党旗，庄严宣誓，愿为共产主义事业奋斗到底！从此，我光荣地成为中国共产党党员。时间是1938年10月18日。

那时，召开全校党员大会可隆重了。好几百人首先唱《国际歌》，然后进行其他议程。当唱到"莫要说我们一无所有，我们要做天下的主人，这是最后的斗争，团结起来到明天，英特纳雄耐尔就一定要实现"的时候，热血沸腾，大家作为共产党员，以解放全人类为己任的自豪感油然而生。

延安马列学院旧址全景

整风学习　　改造思想

入党了，是个共产党员了。然而我参加党，是缺乏坚实的思想基础的。为什么？正如后来所理解的那样，我这个共产党员，只是组织上入了党，思想上还没有完全入党。这个从组织上入党到思想上入党的过程，是经过延安马列学院学习打下了基础，最后在延安整风运动中完成的。

我在陕北公学高级班完成学业以后，1939年秋考上了延安马列学院。

通过马列学院学习，我了解了马克思列宁主义的基本原理，资本主义的形成和发展过程，资本主义的实质，它必然为社会主义、共产主义所代替的社会发展规律；了解了中国共产党领导中国革命的历史，新民主主义是社会主义革命的必经阶段，共产主义是中国共产党的最终奋斗目标。在这之前，我的抱负是打日本救中国，认为日本帝国主义打倒了，革命任务也就完成了，对什么是社会主义、共产主义，为什么要进行社会主义革命和实现共产主义的途径在思想上是模糊的。学习了马列主义理论，有了精神支柱，眼界开阔了，目标明确了，一个共产党员不仅要积极投入抗日救国的斗争，而且要在中国这块土地上推翻私有制，消灭剥削，消灭阶级，实现共产主义，为全人类的彻底解放而奋斗。从而树立起远大理想，坚定了埋葬旧社会、创造新社会的胜利信心。

通过马列学院学习，我懂得了中国共产党是无产阶级先锋队的组织，是以中国人民的彻底解放为己任的政党。在这以前，我只知道中国共产党是由有知识、有本领、有正义感的人组成的。我从《红星照耀中国》一书中知道中国共产党的领袖毛泽东、周恩来、朱德、张闻天、彭德怀、贺龙……到延安以后，目睹他们的风采，对这些才智出众的中华民族精英非常敬仰。但由于当时思想上根本没有什么阶级概念，自然也没有把他们和"阶级"这个词联系起来，更不知道他们是什么社会力量的代表。我出身于地主家庭，上学、念书没有接触过社会底层，对那些"无知无识"手足胼胝的劳动者，从心眼里是瞧不起的。学习社会科学理论，认识了劳动创造世界的真理，无产阶级是当今最先进的、最有组织的、最有前途的革命阶级,是资本主义的掘墓人。只有无产阶级,才能担负起建设社会主义、共产主义的历史使命。以实现共产主义为目标的中国共产党,成为无产阶级的先锋队,是理所当然的。观念转变了,加上在马列学院参加生产劳动的实际体会,对劳动者——工人、农民产生了亲切的崇敬的感情,也进一步体会到自己成为无产阶级先锋队一员不仅是光荣的,而且还肩负解放中国人民这一沉甸甸的责任。

1941年5月,在马列学院的基础上,组建延安中央研究院,我进入文艺理论研究室。

(本文选自《中华魂》2007年第9期。内容有删节)

到革命圣地去

陈慕华

> 陈慕华，浙江青田人。1938年6月加入中国共产党。1938年至1945年先在延安抗大学习，后任三分校训练部军事佐理员、延安留守兵团警备五团教育参谋、兵团司令部教育科参谋、延安联防司令部后勤部家属招待所所长兼指导员、后勤部经建处秘书。新中国成立后曾任中华人民共和国国务院副总理，全国妇联主席、党组书记，中国银行董事会名誉董事长。

1986年金秋时分，我有过一次延安行。

当我远远地望见宝塔山，当我俯瞰汩汩流去的延河水，当我寻找到近五十年前曾经住过的土窑洞，感到分外亲切。那山那水，草草木木，勾起了多少生动深切的回忆。我站在这个哺育我成长的地方，摄下了弥足珍贵的镜头。

延安，好比是我人生之路的分水岭，令我终生难忘。在去延安之前，我是一个仅仅具有朴素爱国主义思想的青年，经过延安这座革命熔炉的锤炼，我逐步成长为一个共产主义者。要问我半个世纪前怎么去的延安，说来话长了，是偶然，又是必然。

不受欢迎的人

1921年初夏，我出生在浙江青田县附近的一个乡村。故乡的景色很美，四周是郁郁葱葱的青山，穿流着清澈见底的河水。人乘竹筏在江上行，犹如置身在绝妙的山水画中。青田又以石刻而闻名于世。祖父曾经是竹筏运输工人,后来又做起石刻生意,稍稍积了点钱,即开始置田产,营造房屋。但是好景不长,房子刚刚盖了半截,祖父因生意亏本连急带病,离开了人世。

祖父留下了三男二女。父亲是长子,按旧时习惯,应该传宗接代,继承祖先香火。他和母亲结婚后,第一胎得了个女儿,也就是我姐姐。到第二胎,全家人都盼着母亲能生个男孩,没想到我出世了。祖母很不满意,母亲在家中的地位也因此而一落千丈。她终日受气,看着婆婆的脸色行事。到我两三岁时,她狠了狠心,把我送到外祖母家去了。

我的童年是在外祖母家浑浑噩噩地度过的。祖母不喜欢我,父亲也把我遗忘了,母亲是爱莫能助。所幸外祖母一家对我还好,我对自己的家已经没有什么印象了。父亲常年在外谋生,开始时经商,后来生意没做成又去投军,在军阀部队中混,慢慢混出了军阶,由尉官渐渐升为校官,后被蒋介石军队收编。父亲是家庭观念淡薄的人,他挣了钱,只顾自己挥霍,只有到了年关,才会记起要给家中寄几个钱回来。

到我9岁那一年,家中不知怎么想起了我,才从外祖母家把我接回去。发生这样大的转机,不能

1938年,陈慕华在西安留影

不提一提我的叔叔陈栖霞。说实话，从我生下来到长大离家，和生父在一起的时光大约仅有半年。

我的叔叔

叔叔是个有头脑有远见的人。听人说，他年纪很轻就离开了家，和人搭伴到安南（即今越南）经商去了。后来生意不顺利，他由安南经河口辗转流落到了云南。适值云南军阀在法国人的支持下开办航空学校招收学员，他即前往报考。虽然他只有在家乡读了几年私塾的底子，却居然榜上有名，被航校录取。当时航空学校招收两种学员，一是训练程度较高的飞行员，一是训练修理机械的机械师。叔叔最初学机械修理，后来飞行员训练班淘汰了部分成绩较差的学员，叔叔因为成绩优异被选进了飞行员训练班。几年下来，毕业时他终于成为一名飞行员。20年代，他被送往法国留学，回国途中路过莫斯科，逗留了一些时日，和共产党早期派赴苏联留学的人有过接触，并且对新生的苏维埃有了一定的了解。

叔叔学成归来，不满于军阀统治，又跑到上海，在国民党空军中当了教官。这期间，他回故里省亲，得知我这个没见过面的侄女被遣放在外，而二姑姑生的外甥却被留在家中，对有重男轻女思想的祖母很不满意，同时也不满意家中为他自小订下的婚事，和祖母大吵了一场。争吵的结果是祖母让了步，我被接回了家。但是，叔叔却不得不做了封建包办婚姻的受害者。在他某次回家时，祖母搞突然袭击，强迫他成了婚。在旧社会是没有解除婚约的说法的。他们没成婚前，我曾见过未来的婶婶。她来过我家，跟精于剪花、刺绣的大姑姑学过绣花。她长得不美，又是文盲，但是为人还不错。婚后因难产出血过多不幸死去，留下一个男孩。她算是封建婚姻制度的牺牲品。

叔叔多年在外，接触过许多有新思想的青年男女，他认为女的也应接受教育。按照他的意愿，1929年秋天，我和姐姐都被送到青田县立女子小学读书。

我们姐俩一边上学，一边帮家里干活，到稻田看水，收割稻谷，到菜园子种菜锄草。家里到底缺乏劳动力，不久姐姐辍学，但是叔叔坚持让我必须读书。

在我读到小学四五年级的时候，叔叔被调到杭州国民党中央航空学校当少校教官。他把我和他3岁的儿子都接去了。一来出于对我所处境遇的同情，二来也因为婶婶故去时我曾为她扛幡。从此，我辞别故里，来到西子湖畔，住到笕桥中央航校的所在地，并进入笕桥航校子弟小学读书。不久，叔叔经云南朋友介绍，和一位湖南籍的女学生结婚。

动荡的中国，动乱的家

30年代，正是日寇大举进犯中国的年代。继1931年"九一八"事变，国民党奉行不抵抗政策，丢掉东北三省，华北又岌岌可危。华北事件使得无数爱国学生走上街头，从平津遍及全国，这就是著名的"一二·九"学生运动。学生们发出震动山河的呼号："打倒日本帝国主义！""誓死不当亡国奴！"此时，我在杭州惠兴女子中学读书，记得学校教导主任方度曾在课堂上慷慨激昂地讲解祖国的危急形势，动员我们上街游行。我们全校几百名学生都上了街，到日本驻杭州领事馆去抗议示威。那天天气很冷，我那挥臂呼口号的手被冻得冰冷。回到家里时已是万家灯火了。我不明白祖国的大好山河为什么会一片片都被日本鬼子抢走……在我年轻的心中，萌发出朦胧的爱国意识。

叔叔虽然身为国民党航空学校的教官，但他并不满意军统和"CC派"的特务统治，和搞政工的周至柔也很不相容。不久对方寻衅整了他教过的学生，他和对方理论，被打得鼻子出血。他挨了打，又被校方排挤出学校，到试飞验收所当了试飞员。我们家也被迫搬出笕桥，不得不另觅居处。叔叔平时很严肃，不大谈论世事，只是勉励我好好读书，将来独立，不依附他人。

1936年，蒋介石控制了两广，国民党又在广州办起航空学校分校。校长晏玉宗动员叔叔去广州分校任教育科长。既然杭州施展不了才智，叔叔便决计到广州任职了。那年下半年，我在杭州忙着搬家，寄存家具，收拾行李，然后陪婶婶和两个幼小的堂弟乘火车到上海，搭船到达香港，再经九龙乘火车到广州东山找到了叔叔。来到广州后，我们碰到的最大问题是语言不通。我们找了个50多岁没结过婚的"自梳女"帮助做饭，我用三个月的时间跟她学会了广东话，然后进了教会学校培道女中读书。

我的家随着时局的变化漂泊不定。1937年5月，叔叔接到调南京当空军侦察大队大队长的命令，我们又随叔叔乘火车北归。到达南京后不久，"七七"事变就爆发了，华北危急不说，南京的形势也非常紧张，城里日夜防备日军空袭。看看形势日趋恶化，叔叔让我们回老家避难。我又急急收拾行李，带着婶婶和两个堂弟离开南京。记得8月13日晚上，我们乘船驶向黄埔江口，江面上已停泊了许多日本军舰，出江口不远，后边的船只追上来告诉我们，日本鬼子正在狂轰滥炸上海。我们在海上漂荡了两天，在温州下船，又换乘小火轮沿瓯江驶回青田。

当年11月间，继上海沦陷之后，杭州、金华也遭到轰炸。叔叔派人找到我们，通知立刻北上，因为在陆军中任职的父亲已调到中条山作战，叔叔自己也调到华北战区任空军北路司令。他们怕我们陷于敌占区，派了两个人来接家眷。于是，我们一家人匆忙上路，卷进逃难的人流中。我们刚到金华住进旅馆，就碰上日本鬼子的飞机轰炸，我还记得母亲一边念阿弥陀佛，一边把刚懂事的大弟弟塞到桌子下躲避的心酸景象。从金华到九江，再乘轮船到汉口，沿途全是逃难的人群，火车拥挤不堪，卡车也人满为患，偌大个中国陷于兵荒马乱之中。在汉口，我们又乘上去郑州的火车，辗转来到洛阳——叔叔办事处所在地，在郊区租到三间民房住下。好像是在1937年底、1938年初，我又护送母亲和两个弟弟西行到西安，找到了父亲所在的第三军办事处。其时，父亲正在中条山作战，任第三军少将参议。转年，由于风陵渡失守，叔叔的司令部也迁到西安来。

就这样，有半年多的时间，我和家人都是在颠沛流离中度过的。到达西安后，我们两家总算安顿下来。每天，我在城郊两家之间奔波，白天到叔叔家去，

青年们坐上卡车，离开办事处，奔赴延安

晚上回到母亲这边照料。可是，我的思想并不安宁。我在想：为什么好端端的中国会变得满目疮痍？怎么才能把夺我山河的日本鬼子赶走？

在为弟弟寻找读书的小学时，我接触到学校的一些进步老师，他们多半是抗敌后援会的成员。受他们的影响，更出于对日寇的强烈仇恨，我也加入了抗敌后援会，和他们一道上街，宣传抗日救亡的道理。

出路在延安

调到北方后，叔叔和第二战区司令朱德以及周恩来、林伯渠、宣侠父等人接触频繁，受了他们思想的影响，在家言谈之间常常流露出对他们的敬佩之情。记得他对我提到，他曾接待过丁玲率领的战地服务团，对他们的抗日主张深表赞同，也称赞了丁玲等人的泼辣、朴实。有一次，他还和我谈到他出访苏联时的印象，妇女和男子一样劳动，到处都在进行建设。

一次，我到邮局去订报，看到《新华日报》比较便宜，就订了一份。那时并不知道《新华日报》是什么背景。看着看着，无形中受到了党的教育。从报上，我知道了延安是抗日根据地，知道了党的救亡图存的主张，明白了要抗日，要寻求民族独立，就应该跟共产党走。再说，共产党还提倡妇女解放、男女平等，这也赢得了我的心。我生在旧社会的大家族中，从小就尝到了歧视妇女的苦头。我自己生而为女性，就被从家中除名。等我长大，渐通人事，看到妇女在家中没有地位，在家靠父母，出嫁靠丈夫，即使她们当中有少数人能在社会上谋得职业，也不过和客厅中的花瓶一样，是个摆设。我不甘心当花瓶、当摆设，我要自主，为此也要找共产党。

我既然知道了"延安这个地方不错"，就萌生了到那儿去找共产党的愿望。说来也巧，党在这时也正动员思想进步的叔叔到延安去搞空军建设。叔叔当时颇费踌躇，表示说："我拉家带口去延安有困难，就让这个孩子（指我）去吧。"这是后来叔叔的朋友告诉我的。所以当我在家中提出到延安学习的要求时，并没有遭到亲人的反对。当时我稍稍讲了点策略，故意对叔叔说："共产党主张抗日，又讲男女平等。我到延安去受训，短期学习后，再回来到你的司令部工作好吗？"叔叔没有异议。

我那时年轻，有股天不怕地不怕的冲劲。常常搭上叔叔接送我的车，就去八路军驻西安办事处，认识了宣侠父同志，也到过他的家。我向宣侠父同志打听怎么去延安，什么时候走，要办什么手续，等等。也怪我当时年少无知，不知道此举为叔叔闯了大祸。由于我乘坐叔叔的汽车出入八路军办事处，就被密布的特务盯了梢。在我离家后，他们就加害于我的叔叔。1939年，因为叔叔批评了国民党，加上他默许我投奔延安，国民党特务就以此为由把叔叔监禁起来，直到1945年日本投降后才释放他。这已是后话了。

我可以去延安的通知终于到了。好像在1938年"三八"妇女节过后不久，林伯渠同志找我谈话，殷切地叮咛我，到延安后，要好好学习，要有事业心，不要过早地谈恋爱。总之，讲了许多勉励的话。

母亲舍不得我走，她一边流着泪，一边为我整顿行装。我劝她别哭，安慰她说，估计学习半年就会回家的。听说延安的生活费用每月是十元，家里给我准备了六十元的费用，还为我准备了一身中山装。

3月下旬，天气还很凉，西安街头的树木仍然是光秃秃的。我穿了棉旗袍，套上罩衫，带了一个箱子一个铺盖卷，辞别亲人离了家。怀里揣着两封介绍信：一封是八路军办事处开的，介绍我到抗日军政大学学习；另一封是朱光同志开的，介绍我到鲁迅艺术学院。我一门心思要学军事，同时认为自己没有什么艺术天资，当然想进抗大。

在八路军办事处，我搭上八路军的运粮车，同路还有六七个人，其中包括周恩来同志的警卫员。我坐在粮食包上，怀着无比兴奋和激动的心情走上了延安之路。

（本文选自《抗日战争时期的西安八办》，陕西人民出版社1995年版。标题有改动）

辗转奔陕北
王腾波

> 王腾波，原名罗学儒，女，四川合江人。1936年11月，经中华民族解放先锋队总部成都领导人肖玲等人介绍，加入中共外围组织中华民族解放先锋队。1937年寒假，辗转到达延安，被分配在中央机关卫生部医政科工作，并被送到抗大女生队。1938年5月加入中国共产党。1941年任陕甘宁边区妇联巡视团团长，后任延安市妇联主任。1949年随第二野战军进军西南到达重庆，随后任川东区民主妇联主任。1952年负责筹备四川省妇联。1953年任四川省第一届妇联主任。"四人帮"垮台后，任四川省政协副主席。1985年7月任中共四川省顾问委员会常委。

1937年冬，有一家报纸登载西安一学校招考航空地勤人员。这一消息使我们这些早已向往通过西安奔赴延安的民先队员喜出望外。我便以要去报考该校为由，写信向哥哥求援。哥哥东拼西借迅即寄给我四十元，这对于我简直是一笔巨款，无异于雪中送炭。

出发日期即将到来，我特意去向我所信赖的刘石荣老师告别。至今我还记得他临别时的话："应该去。组织决定我留在这里，想去不能去。"我意会到他所说的组织是共产党。他是陕北榆林人，他说："陕北是个苦地方，穷山恶水，一下暴雨飞沙走石，你们要有思想准备，要坚强地对待和克服困难。"他的话对我后来在陕北对付生活上的艰难困苦很有作用。他还告诉我，他有一位"表妹"在西安，"你们遇到困难，她会帮助的"。

我们能去延安，还多亏车耀先的多方设法。当时，阎锡山部队在成都招收抗日的学生兵和卫生兵（护士）。车耀先和民先以组织青年报考为名，把去延安的同志集中送走。汽车是阎锡山部队招收学生的卡车。车耀先和民先组织用一百块大洋买通了司机，还送给司机一大篓红橘。

车耀先对革命的忠诚，对革命青年的关怀和热情，使我受到很深刻的教育。1947年，解放战争中，我爱人阎红彦接到中央发来的电报："罗世文与车耀先被杀害。"他问我："你认不认识这两个四川人？"我回答："知道罗世文是中共四川地下省委书记，但不认识。车耀先不但认识，而且在成都对我有很大帮助。"他俩牺牲的消息使我震惊并感到万分悲痛。我与红彦同志在战争硝烟中，默默地向他们致敬，默哀！

在一个冬日的拂晓，我们出发去延安。民先干部肖玲赶来为我们送行。她双手拥着我和赵春碧的肩头，说了不少叮咛的话。她还低声哼唱了一首歌："你们前去吧！我们就跟上……"流露了她向往延安的心情。1938年，我们确实在延安重逢了。

临行前，组织者让大家把阎锡山派来招学生兵的负责人的名字写在手上，反复熟记，以备盘查。四十来位热血青年挤满了一车，其中就只有我们两个女性，年龄又是最小，所以被照顾坐司机台。就这样，我告别了成都，告别了家乡，带着同志间的深情厚谊和对民先的组织生活、救亡活动……的深刻记忆，向革命圣地延安进发。

我从未坐过汽车，这次又是长途，道路糟透了，汽车颠簸得很厉害，一路上我又晕又吐，幸好吃住都有人统一安排，用不着自己操心。司机一路上也十分小心负责，沿途总是尽可能绕开县城和哨卡，一路只经历了几次小盘查。几天后，全车人安全抵达西安。为了打掩护，全车人住进了西安当时的一个一流旅馆。

从成都出发时，车上临时负责人提议要每个人都把身上的钱交出来统一使用，全车人要做到"有福同享，有祸同当，有力出力，有钱出钱"。我们当然拥护这个提议。幸好赵春碧当时提醒我说："我们还得留点钱，以备万一。"不过留下的毕竟很少。为节省开支，我们搬到了八路军办事处所在地的街上的

一个小旅馆里。这一带国民党特务多,我们每出门去,箱子常常被人翻动。

林伯渠(左)、朱德(中)、吴玉章(右)在办事处

住旅馆要登记姓名和籍贯。一天,突然有一中年男子来旅馆"拜访"我们,声称在合江做过事。寒暄一阵后,他和我们大讲三民主义。他说:"孙中山的三民主义与共产主义没有多大区别。国民党的旗帜不就是青天白日满地红,也要红一片呀!与

共产党一样。"他大约以为我们两个小女子尚不谙事理，所以才不着边际地对我俩乱谈一通。此人一共来"拜访"过我们两次。第二次，在谈话中，他提到他认识合江的周孝亨。恰好周是我家那位阔亲戚的女婿。我赶忙说："周孝亨是我的表姐夫，他在合江县党部工作。我与我的同学是来西安报考学校的。"显然这个身份不明的人是来侦察我们的。我这样一说，他似乎也放心了，之后再没有来找我们的麻烦。

旅馆里还住着国民党政府一个下级职员的妻子，她是出省探望丈夫后返回四川路经西安的。她主动前来拉家乡人关系，见我们生活狼狈，一定要借钱相助。我们再三婉言谢绝，她都执意要借，她说："在家靠父母，出门靠朋友，你们出来考学校，家里要寄钱的，寄来再还嘛！"那时我们确实吃饭都有困难，经多方观察，感到她确有诚意，便接受了，并留下了她的通讯地址，说清楚以后一定付还。哪知到了延安后，由于国民党的封锁政策，延安与外面的通信很困难，无法及时奉还她的借款。后来竟连她的通讯地址也遗失了。不过，对她雪中送炭的情谊，我们总记在心里。

既要支付旅馆费，又要吃饭，很快我们又处于困境，不得不当掉了我的被子。最困难时，我俩曾一天只吃七分钱带壳的花生。就这样，也丝毫没有动摇过我们去延安的决心。

1937年，正值国共合作的初期。八路军办事处一同志见我们生活确实困难，建议说："你们先去阎锡山部队参加抗日吧！以后再想办法去延安。"我比赵春碧小两三岁，一听此话急了，还流了泪，很不满意地把他顶了回去："我们不但要抗日，还要推翻旧社会，还要革命，一定要去延安。"办事处那位同志说："你们人小志大，好嘛！我们给积极联系。"

八路军办事处当时的总负责人是林伯渠。办事处同志曾分别找我们每个人谈了话。后来才知道，全车人除我和赵春碧外，都是失掉了党组织关系而去延安解决组织问题的。不几天，其他人都走了，只剩我和赵春碧。我们急得跑到七贤庄八路军办事处去询问。第一次和我谈话的是王平，以后几次是其他的工作人员。

即将奔赴延安的办事处汽车

他们的回答是"你们没有单独组织的介绍信"。出发时，民先的肖玲告诉我们"统一开了一张介绍信在带队的同志手里，你俩什么都不必管，一路上办手续都由带队的同志负责"。到了这里才知道一张统一的介绍信是不行的，必须有各自的介绍信。我们立即写信回成都，索要民先介绍信。办事处的同志也表示要写信询问。

因为这一疏漏，我们在西安滞留了将近一个月。那真是焦虑不安的一个月。我们一趟趟跑八路军办事处，不停地申诉、请求、催促。办事处的同志仍坚持等民先介绍信，那时的交通不畅，信件往返速度极慢。

又是一个酷寒的日子，饥饿和寒冷伴着我们，我们照常到八路军办事处去。我们还没有开口,办事处的一位同志便满面笑容地说:"好消息,好消息,成都不仅送来了你俩的介绍信,还派人来了……"我头脑里的第一反应是民先组织没有忘记我们,民先的战友仍然关心着我们。当时,我俩真激动,高兴得直抹眼泪。那位同志为使我们的情绪平静下来,故意逗趣说:"到延安,离家那么远,你们不想妈妈吗?……"他告诉我们:"明天办事处有辆卡车去延安,你们马上回去准备一下,明早起程!"我们欢欣雀跃,向他表示感谢后,赶快回去作准备。在往回走的路上,愉快的心情驱散了饥饿和寒冷,抬头望见那晴朗的蓝天白云,初次感受到大西北的魅力。

这次,我俩又被照顾坐司机台,只是加了一位从法国留学归来的中年男子。他说,此行去延安的目的,是见毛泽东。我和赵春碧一路上不停地唱歌,把我们会唱的抗日救亡歌曲、四川小调唱了一遍又一遍,那位中年男子也情不自禁地与我们合唱。

就这样,我们由西安一直兴奋地唱到延安。在西安滞留的艰苦日子,我们永远铭记在心,因为它考验也锤炼了我们的革命意志。解放战争中,我与赵春碧各奔西东。1952年,我们重聚于成都。我去看她时,她专门以花生招待我。从此,我俩每次聚会都要一起吃花生,以纪念我们青春年少时那段不寻常的经历。

(本文选自《抗日战争时期的西安八办》,陕西人民出版社 1995 年版)

招生工作追忆[①]

王邦屏

王邦屏，曾在八路军西安办事处工作。

1965年4月20日王邦屏到八路军西安办事处重访，赋诗一首："廿七年前此故宅，爱国青年如潮来。关卡警宪何所惧，我党号召如警雷。"并作了如下回忆。

1938年初，正处在国共两党建立统一战线的初期，我们的工作阻力较小。这时招收青年学生的工作任务日益繁重，罗成君和布凤友已应付不了，组织决定让我参加招收工作。当时，招收工作还在一号院秘书室的领导之下，由熊天荆亲自负责，凡接待工作中遇到处理不了的问题都直接向她请示。

青年学生来办事处后，先在会客室进行登记，交出介绍函件，再约定谈话时间进行个别谈话。等待招收的青年学生很多，他们大多住在距办事处不远的革命公园内的简陋宿舍里。

1938年五六月间，我们每人每天接谈七八十人。投考的学生、青年络绎不绝。在此新情况下，由抗大、陕公、鲁艺等校派人和办事处联合成立了招生委员会。抗大派来参加招收工作的是柏克（抗大学生会主席）、鲁明等，陕公派来的有张涛。办事处伍云甫参加招生的领导工作，我具体进行组织。上述的六七人成立招生委员会后移住七号院办公。

青年学生持介绍信来时由一号院鉴定核实后，交招生委员会。当时，介绍学生的一是武汉、洛阳等几个办事处，二是陕、豫、川等几个地下党组织，

[①] 这是作者1965年4月所写的回忆文章。

1.1938年秋，林伯渠等在办事处一号院后院的合影

2.1938年5月—8月经西安办事处输送青年人数统计表

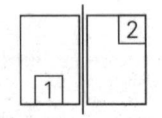

三是各地党的负责人如四川的罗世文、豫西的刘子久、长江局的博古等人，四是一些名人，如李公朴、邹韬奋，五是一些群众团体，如民先，六是一些友军地方部队，要求我们为其培训人才而介绍来。

前三类介绍来的往往直接提出介绍谁进入抗大、陕公或鲁艺，我们都尊重其意见照办。他们写来的信往往让交林伍同志，很明显是交林伯渠、伍云甫的，而持信者是不知道的。故我都以林伍名义出面，青年学生都称我"林伍同志"。

还有没有持介绍函件，自己来投考的青年学生。这些一般先送安吴堡青训班，边学习边审查。据我所知，1938年5月以前，招收工作审查较严，以后根据中央大量吸收青年知识分子参加革命队伍的指

示，而放宽了尺度，基本采取了来者不拒的政策。但是，我们为了顾全国共合作的大局，对以下几类人拒不招收。

一、国民党嫡系部队的现役军人。若我们招收现役军人，国民党人会说我们是在瓦解他们的军队，使我们处于被动。当时，国民党的现役军人不少私下来找我们，要求去延安，我们给以拒绝。如，九号院国民党电台一个青年军人，屡次要求去延安学习。此人后通过地下党关系到了延安。对国民党非嫡系部队，要求我们为其培训干部的，当然例外。如，山东的范仲先就送来十多人，其中还有他的女儿。二、在国民党各级党政机关任职的官员。三、对政治面貌、社会关系特别复杂，可能来意不纯的分子，加以婉词谢绝。

经西安办事处输送青年统计 一九三八年五至八月

单位	人数
武汉办事处	880
西安办事处	801
兰州办事处	30
湖南通讯处	120
广东通讯处	78
东北救亡总会西安分会	50
新四军驻赣办事处	37
陕公同学会西安分会	35
民先总队部	107
第一游击纵队	150

在招生委员会成立之前，即在一号院时，我们给审查合格的学生开通行证，直接介绍去延安各校。通行证是油印的两联单，既起进入边区的通行证，又起到校报到的介绍信作用。学生去延安，开始是直接用车送，乘坐我们在西安采购物资向延安运送的汽车，去青训班的是步行。以后人数日益多起来，靠汽车运送已不可能，除少数年老的妇女，特殊统战关系，或地方党介绍的，为保证安全，乘坐汽车，其余均步行。由于国民党在路途拦劫，我们就将五六十名青年学生编为一队，指定负责人，开通过国民党关卡的护照。为防止出事和出事后办事处能及时得到消息，要求他们在路上把队伍拉开，前呼后应。分配到抗大的学生，从办事处启程前就发军装，佩戴符号。

（本文选自《抗日战争时期的西安八办》，陕西人民出版社1995年版）

紧张的招生接待工作①

刘 潜

> 刘潜，山东昌邑人。1938年2月参加革命，同年加入中国共产党。先在延安抗大学习，后在八路军西安办事处任股长。1942年任陕甘宁边区绥德专署副专员、专员，1948年任热河省农林厅厅长，1950年调任中央农业部计划司副司长、局(司)长，1958年任黑龙江省农业厅厅长，1964年当选为副省长。1967年任黑龙江省革委农林组副组长、农办副主任，1975年任黑龙江省视察室副主任，1979年当选为黑龙江省第五届人大常委会副主任。

1938年大批青年学生来办事处投考抗大、陕公等延安的学校。我们每天接待少则六七十人，多则一百几十人。多数学生都是经过谈话，次日就动身北上。报考的人来自全国各地，特别是东南、东北、华北沦陷区和川陕地区。这些学生一类是由各地的八路军办事处和地下党介绍来的，一类是由我们的统战知名人士介绍来的，也有直接持学校介绍信或结业证书来的。对前面的两种人，其来路清楚，经过谈话和一般审查，就送延安各校。对第三种人，由于对其政治面貌搞不清，要进行个别谈话。谈话中了解他们在八路军队伍中有无亲友，要他们回答投考抗大等的目的，谈对共产党、八路军抗日救国的认识。我们通过谈话了解到百分之九十以上的青年学生不愿做亡国奴，要求抗日救国，不满国民党的卖国政策，崇敬八路军，信赖共产党，向往革命圣地延安。对谈话后还摸不清政治面貌的，就暂送安吴堡青训班，在那里边学习边审查。对个别有严重问题或对抗日无一点认识的，我们就婉言谢绝，请他们离开学校。

---

① 本文根据作者1972年8月的回忆整理。

在对投考学生的审查上，不可能通过谈话、填表就能完全搞清楚，我们一方面提高警惕，严防坏人钻进来，另一方面又没有因噎废食，把投考的青年关在门外，青年到抗大学习就是一个教育、锻炼、提高的过程。事实证明，到延安学习的绝大多数青年学生都是好的和比较好的，混进的坏人只是极少数，这些人在学校期间就被清查出来了。

1939年，国民党的政策由联共转化为限共反共，到处制造摩擦，对青年北上参加抗日进行百般阻挠破坏。有的特务装扮成学生、商贩，跟踪盯梢来西安办事处的学生青年。路途抓到青年时，送三青团招待所，进行威逼利诱，这种手段骗不了多数人，他们想法跑出来坚持奔向延安。

1938年，英国《每日简闻报》记者詹金斯拍摄了这张照片，照片中是爱国青年蜂拥七贤庄的场景

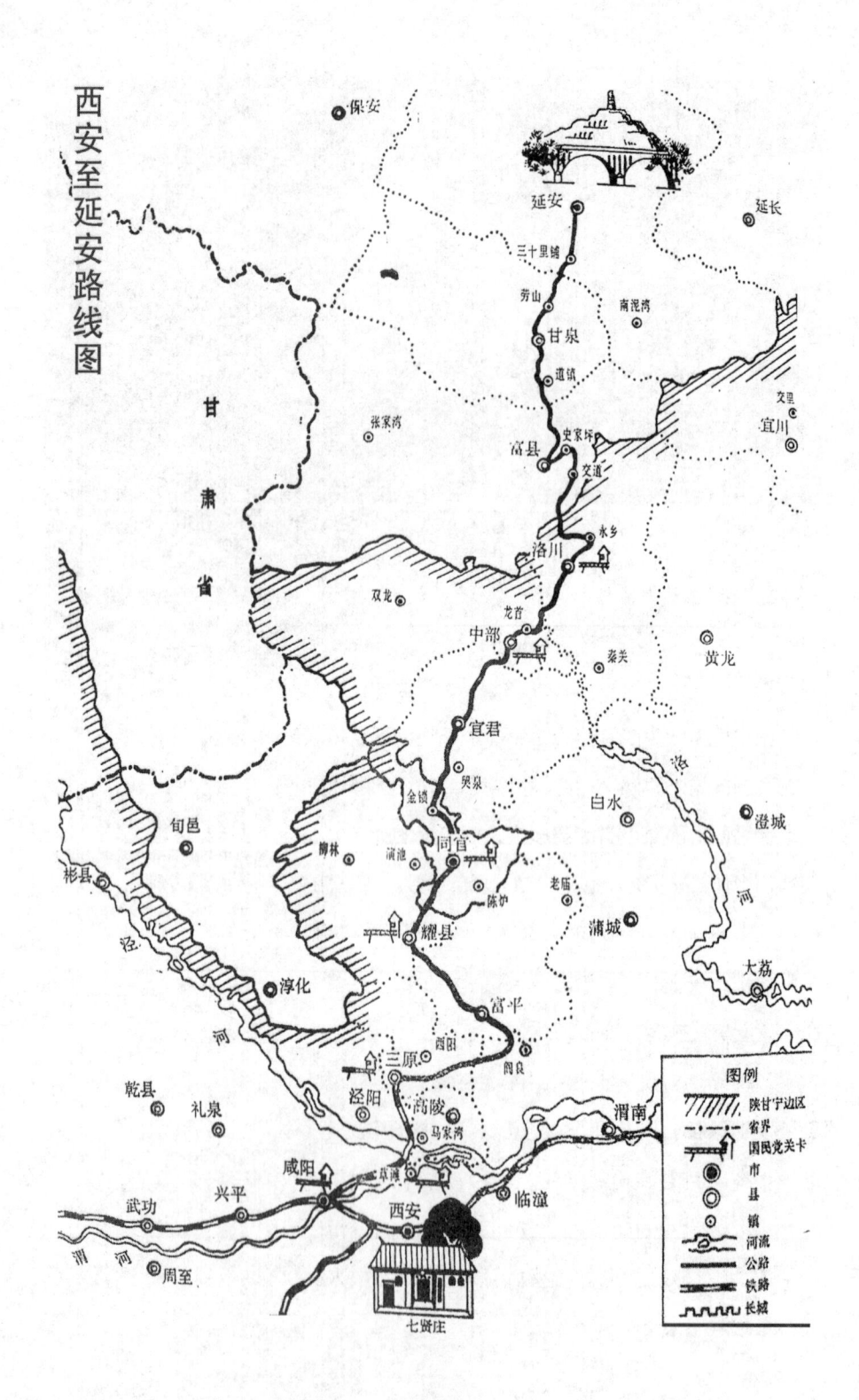

西安至延安路线图

国民党顽固派看到这种方法不行，公开了他们的镇压迫害进步青年的面目，把抓到的青年押送战干四团，进行残酷的肉体折磨和精神摧残，迫其就范。无论施尽什么手段，对坚决抗日救国、寻求革命真理的广大爱国青年都无济于事，很多人同国民党顽固派进行了不屈不挠的斗争。

鉴于上述种种情况，1938年青年学生北上延安，不发军装，只发护照。1939年上半年以十八集团军的名义发护照，青年学生穿军装，佩戴臂章符号编成队，指定班长率领前往。1939年下半年，国民党顽固派公开了其反共真面目，凡从西安八路军办事处出去的人，他们就扣留，这时候我们接待的青年学生大大减少了。

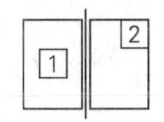

这种形势下，我们将接待的青年学生向晋东南抗大分校输送，所走路线由西安乘火车到潼关，经渑池到晋东南。1939年的下半年，输送青年到延安的工作越来越困难。

1. 西安至延安路线图
2. 革命青年夏似萍携弟妹赴延安途中

（本文选自《抗日战争时期的西安八办》，陕西人民出版社1995年版）

经西安办事处输送青年统计

一九三八年五至八月

武汉办事处
西安办事处
兰州办事处
湖南通讯处
广东通讯处
东北救亡总会西安分会
新四军驻赣办事处
陕公同学会西安分会
民先总队部

回国抗战，
汇聚宝塔山

从马来亚到陕北高原
陈 明

> 陈明，祖籍福建，马来西亚华侨。抗日战争全面爆发前期从马来西亚奔赴延安。

我的祖籍在福建省永春县。原来出生在一个姓张的贫苦农民的家里，5岁多时卖给了陈家。1925年，父母为了谋生，领上我和妹妹漂洋过海，来到马来亚吉隆坡附近的一个乡镇，投靠在那里居住多年的姥姥家。靠姥姥家的帮助，我家盖了房，又开设了一个小商店，从此，我家就以经销小百货日用品为业，维持生计。

马来亚属于热带雨林气候，橡胶有着得天独厚的生长条件。这里到处可见橡胶园、茶园、金鸡纳霜园。到了橡胶收获的季节，父母日夜收购农民的橡胶，然后运到工厂卖掉，买回日用百货。由于父母的苦心经营，我们一家才有吃有穿，算得上一个小康之家。

1931年，日本帝国主义侵占了我国东北。这一事变震动了中国，震动了每一个侨居国外的中国人。人们每天抢着看报纸，打探国内消息，为祖国的命运日夜焦虑。在华侨小学里，我们的班主任陈老师，天天给我们讲日本进攻中国的近况，东北人民遭受日寇屠杀的惨痛情景。

1935年，我考上了槟榔市专为华侨开办的钟灵中学。槟市是马来亚北部一个大城市，又是马六甲海峡岸边的一个大港，这里有着四季如春的气候和终年葱绿的草木，被人们称为东方的花园。我们的学校就设在这样一个环境优美的花园里。

比之华侨小学，钟灵中学的抗日救亡活动开展得更为活跃。成立的组织有时事研究会、读书会、歌咏队、剧团，各个组织围绕着抗日开展了各项活动。这些活动的主要内容就是向社会宣传，唤起民众。我们在学校里写好讲稿，排好节目，深入街头巷尾，向广大爱国华侨宣传抗日救国的道理，揭露日寇侵略中国的罪行，争取侨胞的支持，捐钱捐物，支援国内抗战。再就是抵制日货，号召群众不要买日货用日货，商人不要卖日货。对那些不听劝告，胆敢出售日货的商人，则采取果断的行动，封他们的店铺门面，或是夜间用粪便抹满商店的门窗。每次我都是各项活动的积极参加者。

陈明和未婚妻1937年于吉隆坡

在我爱国进步思想的逐步形成中，教我们国文的林老师，对我思想的熏陶最为深刻。以后我回想，他很可能是我们党的地下党员。他对颜扬启、陈人颂和我特别关心。我们对待商人的那种过激行为就是他制止的。他耐心地教育我们说：你们这是小资产阶级知识分子的狂热性，不利于争取社会上各方面人士的团结抗日，就是内陆都不这样搞。在林老师的指导下我开始阅读进步书籍。我们想方设法搜寻当时公开和秘密发行的各种进步书籍，如饥似渴地阅读这些书籍。记得有邹韬奋主编的杂志、巴金的小说、斯诺的《西行漫记》、艾思奇的《大众哲学》，偶尔还有延安发行的《解放》周刊，书中讲的抗日道理，介绍的革命思想，使我这个寻觅人生真谛，思索怎样生活的青年，好像久旱逢甘雨，于阴霾中看见了光明。每当寻到一本书我就爱不释手，恨不得一口气看完，经常是通宵达旦、废寝忘食。读得多了，要求也逐渐提高，林老师根据我们的理解能力又给带来了马列著作和毛泽东同志的著作。为了不引人注目，我们五个志同道合的同学在学校附近一个偏僻的居民家里租了一间房，一上完课我们就来到这间房里学习讨论。

我们同学中数颜扬启年龄大，思想也更成熟。他到过上海，又参加过北平"一二·九"学生爱国运动。思想进步，待人忠厚，凡事都肯帮人。我们都视他为兄长，都很尊敬他。我之所以走上革命道路，与他的帮助是分不开的。

学习进步书籍和参加抗日救亡活动的实践，使我逐渐成长起来，我决心回到祖国，投身民族解放斗争的战场。在我把这一心愿倾诉给林老师时，他十分高兴地说："我知道你会有这一天的，作为一个青年，就要有献身祖国的理想和抱负。你这样做很好，有几个同学已经走了，你既有此心就赶快去作准备吧。"林老师还告诉我，陈人颂同学也要去，还有他在广州上学的妹妹陈莉丽同我们一块去延安。当我把自己的心愿和林老师的话告诉颜扬启时，他用双手搂着我的肩膀说："你个小鬼头，有志气，我衷心地祝贺你！"有林老师慈父般的指点，颜扬启兄长般的鼓励，又有陈人颂做伴，我心里真高兴极了。

至于准备工作，我有出国护照，这是最大的幸运，也是回国的先决条件。前年我去上海时，曾经办理过为期四年的护照，上面写着可以到上海及内陆各地，想不到两年后的1938年我又用着它了。真是有心栽花花不发，无心插柳柳成荫。正当别人为护照奔走时，我却不必为此操心。剩下的就是学校和家庭的问题了。

4月27日，我去找陈聪恩校长，告诉他我要回国，到南昌去上海暨南大学附中学习（战争时学校搬迁南昌），1936年我在上海时在此校上过半年学。该校条件比较好，名气也比较大。他一听就爽快地答应了，还以教导的口气敦有介事地说:"你要回母校念书那很好。现在有些人一有风吹草动,就连学也不上了,要去什么陕北延安,那是些什么地方?到那些穷乡僻壤去寻什么真理,走什么抗日道路,真是胡闹!当学生就是要认真读书上学,别的事都不用操心。你这个行为就很好嘛!"说完给我写了个条,让我到教导处去办离校手续。拿上条子我心里好笑:这个老古董显然是听到了一些学生偷偷离校去延安的消息,这显然与他的"读书救国"论是背道而驰的,难怪他要大发雷霆;却把我当成他的追随者而大加赞赏,岂不知我也是他"读书救国"论的一个小叛逆!回到宿舍,我把同陈校长的谈话告诉了颜扬启和陈人颂,他们也都觉得好笑。

我知道,学校一批准,就要将退学通知送到家里,于是当晚就赶回家中。几个月没回家,父母亲和弟弟看见我,又惊又喜,问我为什么突然回家来了。我编造说:"近日学校救亡活动搞得很紧张,当局当面干涉,校长决定放几天假。"他们都信以为真,都为我回来而十分高兴。特别是妈妈,立即做好吃的来款待我。

第二天,我时刻注意着门外,果然这天下午邮差就送来了退学通知单。我接到手一看就悄悄把它撕得粉碎,手一扬纸屑便随风而去,心里说着:"钟灵中学,再见了!"

第三天晚上,全家坐在院内聊天,我借机就说:"爸爸,再有两个月就要放假了,这次去学校,让我把生活费都带上,免得中间你还要寄上两次,多麻烦。"我知道家里可以拿出这些钱。果然父亲听后欣然同意了。我离家时,父亲给了我四十元钱,由妈妈亲手装在我的贴身口袋里。家里这一关总算顺利通过了。

5月1日,我告别了父母来到槟市,班上的同学在公园里为我举行了送别茶话会。之后,我登上了赴吉隆坡的火车。4日,我和陈人颂提着简单的行李到了新加坡。为了等候去香港的船,我们在那里住了一天。这时,我给父母亲写了一封信,信中我追忆了他们对我的养育之恩和我对他们的眷念之情。但是,在国家处于亡国灭种的危急关头,我这个血气方刚的五尺男儿应该去报效国家,宁死疆场,想父母会体谅与赞许儿子所走的是一条完全正确的道路。

我们顺利地由新加坡经香港来到广州。在这里我们很快找到了陈人颂的妹妹陈莉丽。我们见面的时候，她高兴得跳了起来。她还约了她的好友陈日梅与我们同行。她们俩已从广州抗日后援会为我们办好了去武汉八路军办事处的介绍信。陈莉丽举着"武办周恩来先生收"字样的信封说："有了这，我们一切就好办了。"又说："车票我们也买好了，路上还是用你们的护照，那是咱们的护身符呢！"说着格格地笑起来。

来到武汉办事处确实一切都很顺利，接待人员对我们十分热情。一个年纪和我们差不多的八路军同志拿来了给我们写好的给西安八路军办事处伍云甫处长的信，说："你们有护照，倒是个有利条件。到了西安，要有人问，你们就说到西北联大上学。西安办事处在车站西南方向不远的七贤庄。"临走又嘱咐说："越是北上，困难会越多，国民党在沿途设有关卡，又有不少便衣特务，专门挡截去延安的青年，你们一定要见机行事，提高警惕。"

越是北上，战争带来的灾难越明显。土地荒芜了，被成群结队逃难的人流践踏着，人们的脸上布满恐怖、忧虑的阴云。他们不知从什么地方来，也不知跑了多少天，人人蓬头垢面，个个扶老携幼，他们将走向哪里，大概连他们自己也不清楚。这就是我们的同胞。看到这种情景，不觉心中有些酸楚。到了郑州，车站被日机轰炸，几于瘫痪。夜间，我们四个人冒着危险偷偷钻进即将西去的铁皮军用车上。内外一片漆黑。徐徐单调的车轮滚动声，偶尔还夹有远处传来的隆隆的炮声。我们四个紧紧地挤在一起，焦急地等待着黎明的曙光。

大约到了华阴车站，我们才转了客车。车内拥挤不堪，难有让人插脚的地方。好不容易过了五个多小时，我们来到了西北的最大城市，实有古代灿烂文化的西安。

两排宪兵把住车站口，一个个凶神恶煞似的搜查着旅客，衣服边、帽子沿都要捏捏。看到这种场面，陈莉丽惊恐地对我瞟了几眼，担心会从我身上搜出给"八办"的信。其实她的担心是多余的，一切我早就准备好了。

轮到我时，一个宪兵喝问道："干什么的？"

我不慌不忙地拿出了护照，以从容而傲慢的声调说："到联大上学。"这一招还灵，瞧瞧证件，相相面，看不出什么破绽，照例是一阵检查后，我们安全地出了站。几乎是不约而同，四个人都深深舒了一口气。我们在距车站不远的尚仁路一个山东客栈里住了下来。

小店内客人不多，我们要了一个小房间，先有个落脚的地方。这小房间不敢让人睁眼瞧，满墙横着蚊尸和臭虫的血迹，那床上的被单就不用提了。无聊的旅客在墙上写了不少打油诗，陈人颂阴阳怪气地念了几句，惹得我们都哈哈大笑。两个女同学斜躺在床上，我和陈人颂横卧在地上。到了后半夜，疲劳征服了我们，顾不了干净不干净，我们都朦朦胧胧睡去了。天不亮就起来分头寻找七贤庄。

我和陈人颂走着，环顾市容，真是看景不如听景，灿烂辉煌的古代文明消踪匿迹，进入眼里的是一个满目疮痍而显凄凉的冷清城市。街上逃难的、要饭的、提担叫卖的、算命卜卦的，真使人脑子烦乱。"政府领导的抗日救国在哪里！"我不禁有些愤慨。陈人颂警惕地看看周围，低声说："小点声，别惹起麻烦误了我们的事。"

我们边走边看，问路又怕撞在便衣特务手里，看见小巷想进，又怕越走越远，就这样迟迟疑疑，大半个上午快过去了。就在这个时候我们看到前面一座粉墙青砖的大门外，有人来来往往。陈一阵惊喜，悄悄对我说："你看，那儿莫不就是办事处？"我们加快脚步，走在对面便道上，侧着脸向对面瞅着，看见两个身着八路服装的哨兵面目和善地站在大门两旁，那蓝底白字"国民革命军第八路驻陕办事处"的牌子，一下子跳入我们的眼帘。"终于找到了！"我和陈人颂三脚两步跨到门前，突然听到一声："看把你们高兴的！"我们才看见陈莉丽、陈日梅站在面前，她俩比我们还早到。还有一些从各地来的男女青年，有的提着箱子，有的拎着提兜，一个个风尘仆仆，又都是兴致勃勃。看到周围这一张张热情的笑脸，我们没有再开玩笑，我说咱们赶快进去报到。

站岗的同志看到我们展示的信件，和蔼地用手势指了方向说："进去吧，

1939年，八路军西安办事处工作人员和去延安的青年在革命公园的合影

就在那间房里。"

办事处朝东那间接待室，已经坐了好几个人，一个瘦高个男同志与他们谈话。一会儿，那几个办好手续的青年起身告辞，我们才知道搞接待的是王同志。

王同志送走了他们，转身来看我们的证件，看完后，笑嘻嘻地说："好啊，你们是从海外回来的，一路辛苦了。"说着递给我们每人一张履历表。我们按要求填好了。王同志看了我们填的表后说："你们漂洋过海，这一行动本身就说明你们有献身祖国的思想，这是非常宝贵的。可你们没有去过延安，那里很艰苦，一些人去后生活、工作和学习上都有些不习惯，你们考虑过吗？"

我说："延安是我们向往已久的地方。延安的情况已经有人告诉我们了，经过反复考虑，我们认定了要走这条路，思想上有充分的准备，你就批准吧！"

王同志又问了沿途的一些情况，这才笑着说："好吧，你们很幸运。明天就有去延安的汽车，有几十个新四军的同志和你们一道走，隔壁有一个简单的招待所，你们就在那里过一夜。"

我们一听十分高兴，行李就是一个包，都带在身边，无须再去小旅店。我们和王同志告别后，就直奔招待所。

晚上我们躺在铺有厚厚稻草的地铺上，久久不能入睡，白天和来自各地的同志聚谈的情景一幕一幕出现在眼前。为了抗日，为了追求革命的真理，因为共同的信仰，大家汇集到一起来了，这是多么地令人欢欣鼓舞啊！我们是5月2日走上来延安的征途，今天是5月21日，已是整整二十天了。经过二十天的波折，我们终于找到了自己的家，来到了家门口。实现了几年来的心愿，心情怎能不激动呢！朦胧中我好像到了延安，可是热烈欢迎我们的掌声却把我惊醒了，原来是一场梦。睁眼看窗外已经大明，门外飘来一阵阵饭菜的香味。

在奔赴延安的两天里，新四军的同志们对我们这些刚刚踏上革命征途的青年同志十分关心，让我们坐在汽车前面的座位上，停车休息时先招呼我们洗脸吃饭。在黄陵过夜时，他们联系了学校，把教室里的桌子拼起来，让我们睡在上面，他们睡在地下。这一切都使我们饱尝到革命大家庭阶级友爱的温暖，尤其是两位女同志，看到他们睡在地下，都感动得流泪了。

23日下午，汽车转过了一座山头，象征革命圣地延安的宝塔山遥遥映入我们的眼帘，新四军同志兴奋地高喊"到了！到了！"即刻全车沸腾起来，陈莉丽、陈日梅眼里滚动着泪花。我们把头伸向窗外，深深地吸着这最清新的空气，凝望高耸的宝塔，心里万分激动。我从心底迸出一句："延安，我的母亲，您的儿女终于来到了您的怀抱。"两眼就随之而模糊起来。

（本文选自《抗日战争时期的西安八办》，陕西人民出版社1995年版）

忆由泰国奔赴延安

马　松

> 马松，1938年从泰国奔赴延安。

1938年，我们九人从泰国出发，跋山涉水，历尽千辛万苦，终于回到苦难的祖国，五人去了新四军，我与另外三人则来到了革命圣地延安。

我们是受泰国侨党派遣回到祖国参加八路军、参加抗日战争的归侨。

我于1920年9月出生在泰国曼谷一个首饰商人家里，母亲是泰国人，父亲是广东华侨，共有三个弟弟、两个妹妹。父亲为了让我继承华裔传统，在我8岁那年，让母亲带我回广东潮阳老家住了一年，入了中国籍。此后，我就一直在华侨学校读书。1931年父亲因做生意亏本，把首饰店卖了还债，不久病逝。母亲笃信佛教，每天拜三次佛，念三次经，父亲去世后，还把我送到庙里剃度，当了半年和尚以还愿。非常庆幸的是，我从小学到中学到师范班，都是在暹罗侨党领导和支持的进步学校里读书的。在协盖小学（被查封后改为培尼小学）读书时，受到了侨党党员刘潋石校长及李雪涛（李华）老师的培养教育。1934年，我14岁，由杨老师介绍，加入了"反帝大同盟"，并在泰国赤色学生联合会执委会工作。1936年转入树人中学，在侨党党员黄耀寰、吴琳曼老师的关怀教育下学习，并担任刘潋石、黄耀寰等领导人的交通员。1936年，由朱南和同学介绍加入了青年团，并在抗日救国会中担任工作。1937年转入启明学校师范班。1937年4月转为党员。

侨党领导和支持创办的华侨学校，如培民（前期叫协益）、醒华、崇实、启明等学校，都是面向工农和贫民子弟的。为了让穷苦孩子都能念书，不仅收费很低，还有半费生、免费生、工读生、旁听生和夜校部。学校教学认真，治学严谨，校风好，深受华侨大众的欢迎，有些富裕的华侨子弟也被送来读书，有的学校学生多达千余人。这些学校的教学，除文化课外，还对学生进行爱国主义和社会主义的革命思想教育。如在启明学校师范班，除学语文、历史、地理、代数、几何外，还学艾思奇的《大众哲学》、里昂节夫的《政治经济学》，以及选读巴黎版的有关反法西斯主义、宣传中国抗日救国的理论文章和报导等。学校还教唱许多革命歌曲，如《义勇军进行曲》《在松花江上》《打回老家去》等，使我们这些蒙昧无知的青少年，既接受了文化科学知识，又学到了革命道理，开始真正认识社会，树立革命人生观，从而积极参加爱国救亡活动。这是我们接受知识、接受启蒙的一个重要起点，是我们走上革命道路、树立革命人生观的第一个阶梯。

1937年"七七"卢沟桥事变后，祖国人民掀起了全民抗战热潮。暹罗爱国华侨也在侨党领导下，成立了暹罗华侨各界抗日救国联合会，许多进步学校的领导人，也是该救国会的领导人。各界救国会下设工人抗日救国会、学生抗日救国会、妇女抗日救国会等。许多党团员师生都是这些工、学、妇救国会的领导和骨干。在暹罗华侨各界抗日救国联合会的"祖国需要钱，我们出钱；祖国需要人，我们出人"的号召下，崇实、启明等进步学校的师生，纷纷组织宣传队、潮乐队和歌咏队等走上街头，不畏赤道炎热，不辞辛苦地走街串巷，到处宣讲，演出节目，向各界侨胞宣传抗日救国、抵制日货、募捐等。有的利用过年之机，组织舞狮队，到各大商号门前舞狮拜年募捐。还有的组织了缝衣组，组织女生们从家里搬来缝纫机，把募集来的布匹，剪裁后缝制伤员内衣。在不到半年的时间里，各学校募集了大批捐款、衣物、药品等，由师生们一一清点，一分不差地汇集起来，一批批地寄到香港廖承志领导的八路军办事处，转交给八路军、新四军，支援祖国抗战。

在暹罗华侨各界抗日救国联合会和进步学校的支持下，启明学校还创办了汽车司机、无线电通讯、战地救护等训练班，为祖国培训具有专业技术的有志青年参加抗战。从 1937 年至 1938 年初，学校协助有关部门，动员组织了三批（每批百人左右）泰国华侨抗日义勇队回祖国参加抗战。其他还有不少一二十人一小批的，三五成群结伴而行的。大批回国的抗日义勇队是由侨领出资乘船，小批走的都是个人自筹路费。有的同学，参加了抗日义勇队回国，到广州后，被分配到国民党的战车团。可是大家一心向着共产党，一心向着八路军、新四军，谁也不愿留在国民党军队里，于是，纷纷开小差跑出来。路费不足，互相帮助，有的甚至一路擦皮鞋维持生活、筹集路费，历尽千辛万苦。还有些同学因广州的道路被阻，取道越南，经昆明、重庆再辗转到达延安。

1938 年 2 月，组织批准我随庄江生、苏青、唐

泰国华侨张声良、庄江生、苏青在抗大

道民等九人一道回国。我因是家中唯一的男孩，母亲死也不肯让我走。拿不到盘缠，是刘漱石、黄耀寰、李华老师凑钱，帮我解决路费的。我们回国后，在汕头市接上了组织关系，决定让我们跟随新四军第二支队北上。到新四军后，有五名同志随新四军军部东进抗日，我们四个同志，经新四军组织批准到延安抗大学习。

1938年6月，我很荣幸地同郑隆老师，庄江生、苏青、张声良同志，到瓦窑堡抗大第四期一大队第七、第八分队学习了半年。当时一大队队长是苏振华，政委是胡耀邦。那时抗大生活比较艰苦，学校无课堂，大荒草甸或树林是课堂，土地是板凳，大腿是书桌。衣服只发一套，无换洗的，只好在星期天到河边脱光衣服，一面在河里洗澡，一面洗衣服，等衣服干后穿上才返校。每月只发一元钱零花钱。但是，我们丝毫不觉得苦，愉快地学习。1940年2月，我又很荣幸地同郑隆老师，庄江生、苏青同志，经八路军总政治部批准，在延安军政学院第一、第二队（知识分子队）学习了整整两个年头。这里的生活也比较艰苦。住的窑洞要自己挖，吃的粮食和烧的柴火要到几十里地以外去背扛，吃的多数是小米饭和山药蛋（土豆）。每个学员一入学都要剃光头，有的知识分子还为剃了光头而哭鼻子。军政学院是八路军的最高学府，除培养知识分子干部两个队外，还有两个红军干部队。八路军总政治部主任王稼祥是院长，教员都是中央的负责首长和有造诣的、有名望的学者。朱总司令、陆定一同志、谭政同志是我们的军事和政治教员，王若飞同志给我们讲中国近代史，邓发同志讲工人运动问题，张如心同志讲联共党史，艾思奇、何培元同志讲哲学，王学文同志讲政治经济学，徐老特立、吴老玉章都给我们讲过课。1942年2月，我们从军政学院毕业后，被分配到山西省兴县晋绥军区。庄江生在司令部工作，我在政治部工作，苏青在第三五八旅司令部工作。这个时期，日本侵略军实行"三光政策"，根据地逐渐缩小，庄稼收成也不好，食粮很困难，我们吃的是喂牲口的黑豆、小豌豆和榆树钱。后来，响应毛主席的号召，开展大生产运动，我们都积极参加突击队，通过开荒生产、纺线、拾粪、种菜等克服困难。抗战胜利后，响应毛主席不让蒋介石"下山摘桃"的号召，我参加了干部大队，挺进东北开辟革命根据地。此后，参加了解放战争。解放海南岛后，又奉命调回东北，参加组建抗美援朝野战军的后勤工作。南征北战当了五十余年的普通一兵。1953年被授予上校军衔（正师级），1979年被提为副军级，1987年离休。在五十年的革命生涯中，我始终服从命令听指挥，组织调到哪里就去哪里，从不讲二话，从不考虑个人安危，从不谋私利。在战勤工作中常常是夜以继日地工作，也从未觉得苦。

崇实、启明等学校回国参加抗战的师生，回国后，都受到了中国共产党的长期培养教育，受到革命院校的教育和长期革命战争及各种革命工作的锻炼和考验，有些人成长为各个革命战线的领导或骨干。不少人在与敌人的战斗中英勇牺牲，不少人在社会主义革命和建设中积劳成疾而献身，幸存的一部分同志（大约三十人），也都已是古稀之年，虽然绝大多数人已离休颐养天年，但还有些同志在继续发挥着余热，做一些有益于社会的工作。

崇实、启明等侨党领导下的进步学校，为祖国人民的独立解放事业，为祖国的社会主义革命建设事业，作出了不可磨灭的贡献，他们的不朽功绩将永远载入中国人民的革命史册。

使我永远铭刻在心而终生难忘的是这些学校的领导。他们对革命事业是极端地负责任；他们全心全意、完全彻底地为人民服务，为华侨教育事业服务；他们对祖国、对人民无限忠诚。他们有的一生都是在反动军警的追捕中度过的，经常东躲西藏，不停改名换姓；有的屡次坐牢，直至被亲日反动当局宣布为"不受欢迎的人"而驱逐出境。他们工作上兢兢业业，任劳任怨，廉洁奉公，不谋私利。他们对同志、对人民极端热情，毫不利己，专门利人。他们在生活上艰苦朴素，勤俭节约，每月只能拿到极其微薄的几铢（泰币元）钱的生活费，有时无米下锅，有时衣兜里分文皆无。他们为革命事业忘我工作积劳成疾，不是患胃病，就是患肺病，自己买不起药，也舍不得花组织的钱买药治病。中国革命胜利后，黄耀寰、李华老师分别于1950年、1964年相继回国，在中侨委和全国侨联工作期间，生活上仍然非常艰苦朴素，尽管生活待遇上各个方面未能获得应有的照顾，但他们从不计较，很知足，常常和我们说："比过去好多了。"他们的革命精神和品德，堪称万世师表、光辉的典范，永远是我们学习的榜样。黄耀寰、李华、吴琳曼等学校领导已为党的事业光荣献身了，但他们坚强的革命精神和共产党人的高尚品德，将永远留在我们的心中！我们将永远缅怀他们，学习他们！

（本文选自《党史纵横》1994年第9期。标题有改动）

海外赤子的延安之路
白 刃

> 白刃，福建石狮永宁人。1936年开始发表作品，参加编辑《救亡月刊》。1937年从菲律宾回到延安，1938年进抗大学习，同年加入中国共产党。1939年毕业于抗大化学队并参加革命工作，历任八路军第一一五师司令部参谋、《鲁南时报》总编辑、《战士报》主编、滨海军区《民兵报》总编辑、《山东画报》副主编、新华社记者、总政治部创作员、解放军艺术学院研究员等职。1949年加入中国作家协会。为中华归国华侨文艺协会顾问，中国作家协会第四届理事、第五届名誉委员。

在菲律宾向往延安

延安，中国革命的圣地，像一块大磁石，吸引着海内外青年，投进革命的洪炉里，锻炼成无产阶级坚强的战士，为中国革命的胜利，贡献出自己的力量。

在菲律宾，我就向往延安，像游子怀念母亲，希望早日投入她的怀抱。

1935年，我在马尼拉华侨中学半工半读。级任老师董冰如先生，是个矮矮胖胖的湖北人（新中国成立后重逢，我才知道他原名董锄平，1922年的中共党员，曾参加大革命和南昌起义）。董老师在华侨中学，领导进步师生组织"人人日日抗日救国会"。在董老师的培养教育下，我成了救国会的常委，参加编辑《救亡月刊》。1936年，董老师知道我一边读书，一边做工卖报，就把每期两百份《救国时报》交给我推销，并嘱咐我不能像卖《华侨商报》和《前驱日报》那样沿街叫卖，只能半公开推销，卖不掉的可以送给进步的同学、工人或店员。

《救国时报》是在巴黎出版的，报上登了许多抗日反蒋的文章，也有中国工农红军和东北抗日义勇军的消息。报上经常刊载王明的文章，王明名下括弧里印着陈绍禹。当时我不知道王明是何人，只对他同时用两个名字感到奇怪。到延安后才听说，这报纸是中共在巴黎办的，主编是吴玉章同志。

每期《救国时报》来了，我都贪婪地阅读，像吸水的海绵，汲取抗日救国的革命道理。这些理论变成《救亡月刊》的灵魂，我们常用它的观点，撰写自己的论文。

1936年西安事变以后，董冰如老师趁年假去香港，回来后对我们说："国共又要合作了，今后要宣传全国一致抗日，不再反蒋了，要团结蒋介石的军队共同打日本。"

1937年1月号《救亡月刊》，我们发表了一篇《国共合作的一线曙光》的社论，我还写了一篇揭露汪精卫（西安事变后，汪匆忙从德国归来，曾路过马尼拉）勾结日寇和何应钦，阴谋进攻西安，发动大规模内战的文章，登在同期的《救亡月刊》上。这一期，还用了一幅绥远傅作义部队在百灵庙抗战的照片作封面，照片上两个士兵在阵地上握着机关枪向日寇射击。《救亡月刊》是16开铅印本，经费来源靠刊登广告和爱国华侨捐助。

不久，听说中共中央和中国红军总部移到延安。延安成为中国的红都，成为抗日救国青年向往的革命圣地。

到延安去！一粒希望的种子在我的心中萌芽。怎么去？不知道。因为道路遥远，如何筹备回国旅费，回国后如何通过国民党统治区到陕北，都没有把握，何况当时还有个对我很好的女同学，怎舍得断然离开！

这时候，我已经到了《华侨商报》编辑部当学徒。总编辑是江西人来远甫、福建人于以同（这两位先生在太平洋战争爆发、日寇占领马尼拉后被日军杀害）。每天晚上，我学习翻译合众社、路透社、哈瓦斯社……的英文电讯，有时和记者到警察局采访社会新闻，或到火灾、抢劫现场采访调查。从外电里，读到日寇得寸进尺，不但占领了东北四省，伪化了冀东，而且在北平城外丰台、廊坊进行军事演习，践踏祖国的土地，摧毁农民的庄稼。译电讯时，我常常感到心潮起伏，义愤填膺，恨不能早日回国，拿起刀枪杀敌人！

恰好有一天，叔父和两位同乡来到马尼拉，他们响应宋子文开发海南岛的号召，集资组织一个民生公司，想到那里种植热带作物。叔父说，他们不懂国语，不会说广东话，想叫我当翻译，旅费由公司负担。

我正愁着没有回国的旅费，便高兴地答应了。我把这件事告诉了董冰如先生，他很赞成，并给海南岛的专员黄强写了一封介绍信。黄强原是第十九路军的参谋长，蔡廷锴等在福建成立人民政府时，董老师曾代表侨领许友超，到福建参加会议，和黄强有交情。

1937年3月初，学期考试完毕。一天下午，我提着小藤箱，乘马车到巴石河码头。为了不耽搁师友和同学们度暑假，我只在电话里向他们告别，没有说明开船时间，自然不会有人来送行。邮船缓缓离开码头，船上的乐队奏起《一路平安》的乐曲，旅客和送别的亲友，互相抛掷着彩色的纸带，双方各拉着一端依依告别，喊着"再见"。孑然一身的我，对此情景，不由感到无限的惆怅。

轮船开出马尼拉湾，时近黄昏，晚霞映着海水，海鸥绕着白帆，风光绚丽，景象迷人。我站在甲板上，任凭晚风吹拂，最后一次欣赏马尼拉湾的落日。望着越来越远的仓礼沓公园，想到今生恐怕不会再到这异国来，禁不住伤感地哼起了《告别南洋》①这首歌。

第二天上午风平浪静，轮船在太平洋上航行。我意外地发现董冰如老师站在上层甲板上，倚着栏杆望着海洋。我高兴地跑上去。董老师说，他要回湖北，是临时决定的，想不到竟在同一船上。

船到香港，和董老师分手时，我问他今后如何联系，他给我写下汉口永安堂药房的通信地址。上岸后，我找到叔父住的客栈。几天后，乘船去海口。由

---

①《告别南洋》是上海"一·二八"抗战之后，由田汉作词、聂耳谱曲的抗日歌曲。歌词是：再会吧，南洋！你海波绿，海云长，你是我们第二的故乡。我们民族的血汗，洒遍了这几百个荒凉的岛上。再会吧，南洋！你椰子肥，豆蔻香，你受着自然的丰富的供养。但在帝国主义的剥削下，千百万被压迫者都闹着饥荒。再会吧，南洋！你不见尸横着长白山，血流着黑龙江。这是中华民族的存亡！再会吧，南洋！再会吧，南洋！我们要去争取一线光明的希望！

于有黄强专员的介绍，我们来到儋县那大镇，花了几千银圆买了一片荒山野林。抗战爆发后，民生公司没有派人去开垦，那片山林也就扔了。

到南京　救国无门

在海南岛前后耽搁了两个月。5月间，经香港乘船到厦门，遇到三个从马尼拉回国的青年，其中一个姓陈的同学，正在南京五卅中学读书，另外两个是店员。他们准备去南京，邀我同行。我当时充满了青年人的幻想，寻思去延安没有门路，不如先到南京碰碰运气，也许有机会转到陕北去，便答应了。

我回福建晋江县永宁老家筹备旅费。父亲原是旅菲华侨，十几岁到吕宋当苦力，后来在怡朗与人合伙开了一间小杂货铺。1933年小店倒闭，父亲心灰意懒，回家务农。他给我筹备了几十块钱，我返厦门和三个同伙搭船到上海，转乘火车去南京。

我们在南京丹凤街租了一间简陋的小楼房。陈同学回五卅中学念书，两个店员怀着航空救国的理想，报考航空学校，体格检查时就被淘汰下来了。我想找个学校半工半读，但学校都是全日制，而且人地生疏，没有这个可能。我们三人像雾海中的孤舟，找不到航向，又不愿匆匆离开，便在这个国民党的首都"搁浅"了。南京真是个大火炉，才6月中旬，一清早就满身大汗。我们每天在南京街头游逛，到玄武湖躺在树下看书，消磨时光，等待奇迹。

奇迹出现了！7月7日，卢沟桥的炮声震撼着祖国大地，唤醒了被压迫的民族，渴望已久的抗日战争爆发了！我们兴奋地唱着《义勇军进行曲》，喊着"打倒日本帝国主义"的口号，希望投身到战地去。我们注意报上的广告，有个同伴想投考陆军士官学校，另一个动摇犹豫，我则坚决反对。末了，看到一则招收战地服务团的启事，一致同意去报名。报名处设在一座庙里，门前冷冷清清，花名册上只有一个人名，担保栏上写着孔祥熙。我们要报名，管事的要殷实商家担保。我对他说，我们为了打日本，从海外回来，南京无亲无故，哪儿去找铺保？我们出示了南洋的证件，管事的还是不同意，并且冷冷地说，现在汉奸到处活动，没有铺保不行。真是岂有此理！居然怀疑我们是汉奸！我们怀着满腔愤慨，乘兴而来，败兴而归。

连日来，从北方过来许多难民，南京居民也惴惴不安。大街上经常出现一串串漂亮的小轿车，国民党的要人们正在开什么会议。两个同伴看到救国无门，一肚子牢骚，动了返南洋的念头。我每天注意看报纸，读着北方的战况，希望能找个机会去陕北；也想乘长江船到武汉找董冰如老师，但又怕去了扑空。刚到南京时，曾给他写了一封信，却石沉大海。我忽然感到回到祖国不如在南洋好混。在菲律宾，我14岁就从这个岛到那个岛，只要有华侨的地方，只要肯卖力气，不怕没有饭吃。我还在菲律宾人家中住了半年，受到很好的款待。这些经历，养成了我盲目自信和冒险的精神。但是在南京一个月，到处碰到冷冰冰的脸孔，离开钞票寸步难行，而身上的钱又快光了。一般学校每学期学杂费几十元，加上膳宿费得一百多块，家里肯定供给不起。想做工找不到合适的地方，想救国没有门路……炎热的气候增加了心里的烦闷。

8月初的一天，陈同学忽然跑来说，南京很快要打仗了，他们学校要疏散，他决定回南洋，问我们怎么办。同屋的两位都主张回去。南京不是久留之地，我也同意一块回厦门，再作打算。

就这样，我们离开南京到上海。上次经上海没有歇脚，这次都想看看这个大都会。我们在北站一家旅店住了几天，逛了南京路，游了外滩，进了"大世界"，饱览了五光十色的大上海。临走前一天，我们到蓬莱大戏院观看话剧《卢沟桥之战》，记得演员里有崔嵬、舒绣文和田冲等。

8月12日上午，我们从外滩坐舢板到浦东，登上英国太古公司的轮船。船上人山人海，甲板上、帆布棚顶挤满了人。黄浦江边，中国士兵正在修工事；黄浦江里，停泊着几十艘日本军舰。战火快烧到上海滩了！果然，我们船行到浙江海面，听无线电广播："八一三"上海抗战爆发了！

望延安　路途遥远

回到厦门，我考上集美初中三年级。集美中学是陈嘉庚先生办的，学生大部分是南洋的侨生，不要学费，每月只收四元膳费，我想上完初中不成问题，总比无所事事好，搞张初中毕业文凭，也许日后有用。

开学不久，日寇空袭厦门，威胁到隔海的集美。学校迁到安溪县文庙里，许多侨生纷纷回南洋，我跟着到安溪。福建地处海隅，与内地交通不便，消息不灵；安溪在群山之中，更是闭塞，只能从无线电广播里听到北方抗战的新闻。偶尔接到香港的刊物，看到八路军打鬼子的消息，同学们争着传阅。有一天，吴其进同学收到一本《群众》杂志，有一篇延安抗大生活的通讯，还登着招生简章。读过后，我的心立刻飞向延安，决定初中毕业，无论如何也要到陕北去。

我试着寄封信到汉口给董冰如老师，不敢公然提到延安去，只说毕业后要上北方参加抗战。真令人高兴，居然收到复信，大信封上印着"国民政府军事委员会"一行红字，信中叫我到陕北去。我反复读了信，更坚定了去延安的决心。新中国成立后我才知道，董老师当时在周恩来和郭沫若同志领导下的第三厅工作。

那时，福建泉州驻军旅长钱东亮，是蒋介石侍从室主任钱大钧的侄儿。钱东亮在泉州各县横征暴敛，鱼肉乡民，抽壮丁，敲竹杠，老百姓叫苦连天。1937年寒假，我回到家乡，将见闻写成一篇《国难严重下的泉州军政》的通讯，寄给汉口《全民周刊》。1938年5月，文章登出来，我还没有见到。

有一天，李法西同学悄悄问我："汉口杂志登了一篇骂钱东亮的文章，是你写的吧？"李法西原是菲律宾侨中的同学，我用的笔名"王爽"，又是在菲律宾用过的，只得点头承认。他说："钱东亮正在暗中查访，你要当心！"

我写文章时出于义愤，有点"牛犊子不识老虎"，经他提醒，真有些后怕。想起厦门某报记者曾尤先生，发表一篇《暴风急雨话泉州》，被迫逃往香港，我把钱东亮骂得狗血淋头，这个杀人不眨眼的魔王，怎肯与我干休？我不禁暗中捏了一把汗。

暑期毕业考试结束，我匆忙回故乡。路过泉州，到生活书店，问有没有新到的《全民周刊》。售货员端详了我一阵，从柜台下取出一本说："总共只来了五本，这是最后一本了，要好好保存！"我付了款，感谢他的好意。

回到家里，匆忙阅读三个月前寄出的文章，心情十分激动。同乡一位女教师来了，她曾在泉州参加过妇女军训，文章的部分材料是她提供的。她说钱东亮大发脾气，命令追查谁写的文章，让他查到就要命！她叫我赶快离开福建。

福建禁止壮丁出境，我当时 19 岁，正是被禁之列。形势不容久留，又不好明言，我只告诉父亲要去汉口找老师，对其余的人说要回南洋。父亲手头拮据，拿不出多少钱来，嫂子拿出一只金耳坠助我作旅费。临行那天早晨，父亲亲手给做了一碗面线，送我到汽车站。我觉得父亲太好了，此番出门，不知何日再见，汽车开动时，止不住流下眼泪。没想到这次分开，竟成了生离死别。

这时厦门已被日军占领，要去香港只能在泉州湾乘英国船。由于逃港的难民太多，港英当局规定，只许乘头等舱、二等舱的旅客上岸。我只好买去汕头的统舱票，到汕头再想法去香港。我姐姐一家在九龙避难，必须找姐姐资助，否则去不了陕北。

船到汕头，我在潮阳过夜。第二天乘长途汽车到惠阳，第三天到樟木头，转乘火车到九龙。在姐姐家中住了几天，筹足了旅费起程。在广州遇到集美同学林有声，他和陈耕国、李金发两位同学在文德南路租了一间楼房，邀我搬去同住。他们也想去延安，因为陈耕国得急病住进中山医院，把旅费花光了，正等南洋的汇款。前几天李金发接到汇款，已经先头出发了。

广州经过日寇大轰炸，有钱人纷纷逃往香港。人去楼空，房租很便宜。我们住的二层楼，每月只花几天的租金，其实是给房东看房子，所以有时就赖着不付钱，而且唱起电影《十字街头》中的插曲："没有钱也得吃碗饭，也得住间房，哪怕老板娘，做个怪模样，郎里格郎……"

同楼住着一个青年救国团体，经常邀我们一块上街做宣传工作，我们闲来无事，当然乐意。大家用广东话唱着《武装保卫大广东》《民众起来打倒日本仔》等歌曲，向围观的群众宣传抗日的大道理，有时还演街头剧。

两位同学写信向家里要钱，说要回南洋，家里似乎也发现了什么，迟迟不汇款，一直等到9月下旬，才把钱寄来。我们急忙到东山百子路八路军办事处，开了一张进延安抗日军政大学的介绍信，立刻动身去汉口。日寇正在包围大武汉，敌机每天来空袭，听到警报，市民们成群拥往租界。我们在广州司空见惯，对敌机满不在乎。我找到永安堂药房，想见董冰如老师，太不凑巧，他去广州了，真让人失望！

我们往西安进发，火车开到河南明港，忽然停下不走，传来日本骑兵到了驻马店的消息，大家都焦急，幸好敌人很快撤走了。后来听说，敌军第二天便切断了平汉线，我们坐的是最后一班客车。沿平汉线各车站，都有小贩卖食品，烧鸡每只一毛钱，我们贪便宜，拿烧鸡当饭吃，把肚子都吃坏了。火车从郑州开往西安，上来很多大兵。车厢里有三位湖北姑娘，挨近我们的座位，看到几个兵痞挑逗她们，其中有个姑娘叫钟国权，有意把我们当卫士，不断和我们说话，一来二往，慢慢熟悉起来。我们义不容辞，一路照护她们。到了西安车站，钟国权给了一张纸条，写着她们的住址和电话，邀我们去做客。

出站以前，几个国民党士兵查完行李，拼命盘问我们。我们藏起八路军办事处的介绍信，异口同声说是到西北联合大学读书，没有露出破绽，才得以出站。

次日上午，我们到七贤庄八路军办事处，接待人员要我们等候编队，还说从西安到延安，没有汽车，要徒步行军，叫我们尽量轻装。

在旅社等候通知，闲来无聊，给钟国权打电话，三位姑娘一阵风似的来了，坐了一会，热情地请我们去做客。她们住在亲戚家，西北实业公司的后院，一座阔气的楼房。女佣人倒茶时，呼三姊妹"小姐"，称我们"少爷"。我第一次听到这种称呼，感到很刺耳。玩了一阵，起身告辞，钟国权和两位堂姊妹坚决留我们吃中饭，说是为了答谢一路的照顾。萍水相逢，盛情难却，我们吃了一顿丰盛的午餐。下午她们又请去看电影，片名《王老五》，是部低级趣味的片子，由韩兰根和蓝苹（江青）主演。

以后几天，三姐妹天天到旅社来玩，有时出去逛马路，看电影，下小馆。从钟国权口中，我知道她父亲叫钟相毓，是国民党洛川专员。我告诉她要去延安抗大上学，她表示有机会也想去陕北。临走那天，三姐妹来送行，钟国权交给我一封信，要我到洛川亲自交给她父亲。

第一课：八百里行军

从西安到延安，徒步行军800华里，是我们未进抗大先上的第一课。

编队那天上午，八路军办事处发给每人一套灰色的棉军装，一顶带护耳的棉帽，一个八路军学兵队的符号，一个青天白日帽徽，听说这些都是国民政府发下的。阳历10月初旬，天气还很热，我们几个华侨青年，生来未穿过棉袄，着上棉衣棉裤，顿时汗水淋漓，不知如何是好。只得脱下长袖衬衫，留着背心裤衩，套上空心棉衣，仍止不住冒汗。我把不急用的东西、衣服、西药、几本厚书，都"轻装"了，干脆连两件长袖衬衫，也塞进小藤箱里，一股脑送给办事处。

我们这队学兵三十多人，都是20多岁的青年。一个东北军的军官年纪最大，也不过30岁。临时指定的队长，身材魁伟，相貌堂堂，是个东北流亡学生，满口关东腔，喊起口令很在行。队里几个女兵，有四川人、广东人，也有娇滴滴的上海姑娘。大家来自祖国各地，说着不同口音，但是心情一样：为了挽救祖国的危亡，准备和日寇血战到底！

编队、换衣服、轻装、买上路用的物品，搞了一个上午。下午出发，大家穿着新军装，头一天当上八路军，成为革命战士，心里都格外高兴。队伍向城外开拔，踏着整齐的步伐，唱着救亡歌曲，一个个劲头十足。只是谁也不会打背包，手里提包袱，有点不大相称。

西北是大陆性气候，早晚凉爽，午后燥热。出了西安古城，人人汗流浃背，个个喘着粗气。队伍开始乱了套，有的掉队拉距离，有的敞开上衣，有的摘掉军帽，有的脱下棉裤，穿着杂色的长裤……我的身上像开了河，汗水从额头流到脚上，棉衣裤的里子全湿了，贴在身上，又厚又沉，像戴着枷锁，恨不得扒掉棉军装，穿着背心裤衩走路，又怕不雅观。后来看到有的女同学，把棉裤搭在肩膀上，只穿条红裤衩，也就走到路旁，脱下棉裤，穿上一条打球穿的红条条灯笼裤。我不由庆幸没有"轻装"掉这条长裤，暗暗懊悔送掉了长袖衬衫，责怪自己是个傻瓜蛋。

看着这群吊儿郎当、稀稀拉拉、像打了败仗的队伍，队长急得喊来喊去，谁也不听他嚷嚷。开始他还憋着一身汗，连风纪扣也不解开，慢慢也脱下棉帽，敞开衣襟，棉裤始终穿着，看来他比大家有锻炼。

大约走了30里，天已黄昏，前面是草滩镇，去延安的第一站。队长宣布休息，要求大家整好军容。我们列队进入街市，费了很大工夫，找了旅店，包饭住宿。

第二天清晨，刚集合队伍，突然来了十几个国民党兵，为首的军官宣布要检查。队长不同意，说都是抗日军，现在国共合作，应该团结抗战。那军官坚持要检查，说是上面的命令。我们都很气愤，认为中央军有意刁难，制造摩擦。可是人家有枪，只好忍气吞声。一个士兵拿走我的南洋护照，交给那军官。那军官看到护照上的外文姓名与胸前八路军学兵符号上的不一致，便大做文章，要将我扣留。我再三解释，许多华侨都有两个名字，又对他讲了团结抗战的道理，说我们千里迢迢回到祖国，为着打日本鬼子，应该得到同情帮助才对。那军官似乎有所感动，把护照还给我。

以后几天都很顺利，到了耀县又遇到麻烦。那天轮到我打前站，我挑着行李来到耀县南门，两个哨兵检查行李，翻出一本红皮书《在西班牙》，问我是什么书。我说是西班牙人民保卫马德里的书。两个不识字的大兵，哪知道地球上有个西班牙，只认为红皮书一定是宣传赤化的危险书，把我带到县政府，交给一个什么科长。那科长衣冠楚楚，翻了翻《在西班牙》，客气地请我坐下，

奔赴延安的青年

盘问完我的来历,说道:"你是华侨学生,打起仗来为什么不回南洋?"

我说:"自从'九一八'日本强盗占领东三省,外国人瞧不起中国,华侨在海外很受气。有血性的中国人,谁愿意当亡国奴?我回祖国就是为了打日本,现在全面抗战了,怎能跑回去当逃兵?"

他问:"想打日本,到处都有军队,为什么不参加中央军?"

我说:"八路军打鬼子打得漂亮,平型关一仗歼灭鬼子一个旅团,全世界都知道了,所以我要当八路军。"

他不高兴地反问:"中央军保卫大上海,徐州会战,不也打得很漂亮吗?八路军打胜仗是他们宣传的,其实是游而不击。"

我反驳说:"平型关打胜仗,阳明堡烧日本飞机,都登在政府的报纸上了,怎能说游而不击?"

他语塞了,强词夺理地问:"你是共产党吧?"

我说:"我是个爱祖国的华侨青年。"

他问:"你不是共产党,为什么非到延安去?"

我道:"蒋委员长说过,抗战是地无分南北,人不分老幼,现在是国共合作,我愿意去延安,你们不应阻拦!"

他说:"不是阻拦,是忠告!延安很苦,连小米饭都吃不饱,你们华侨吃不了那样的苦。"

我说:"我回国抗战,决心为祖国抛头颅洒热血,死都不怕,还怕什么苦呢!"

他装出一副笑脸说:"钦佩,钦佩!精神可嘉!不过我还是劝你到中央军好,像你这样的有志青年,到中央军,一定大有作为。附近就有中央军,你愿意去,我可以推荐。"

我也客气地说:"谢谢!我已经当了八路军的学兵,不能半路开小差。"

当时国共摩擦刚开始,国民党还不敢那样放肆。那科长看我铁了心去延安,只好作罢。后来听说,许多去延安的革命青年,半路被国民党军队扣留,送到集中营受反共训练。我算幸运,没有落入他们的魔掌。

从耀县北行,经铜川,过宜君,到黄陵,站在传说中的黄帝陵墓前面,我不由想道:四万万黄帝子孙,正为捍卫祖先开拓的土地,赶走日本侵略者而战斗!假如黄帝有灵,应在九泉含笑。

行军到洛川,进入陕甘宁边区。城里驻着共产党领导的八路军,也驻着国民党的专员公署。想起钟国权的嘱托,我拿着她的家书,走到专员公署。站岗的国民党兵不让我进衙门,我对哨兵说,我是给钟专员捎家书来的。哨兵不敢怠慢，立刻领我到传达室。传达室的老头看了信皮，满脸笑容，请我坐下，连忙到里面通报，不一会儿出来说："专员有请！"我随他穿过大堂，进入后院。只见一个50多岁的胖子，穿着咖啡色哗叽的中山装，微笑着从里屋走出来，老头说他就是钟专员。

钟相毓抬起右手说了声"请"，把我让进客厅坐下，亲自倒上一杯茶，又递过来一支烟。

"谢谢，"我说，"我不会抽烟。"

"请喝茶。"他说着，自己点上香烟。

我端起茶杯啜了一口，显得很拘束。

钟相毓客气地说道："小女们一路多蒙照顾，实在感激。"接着咬文嚼字地问："府上哪里？""令尊令堂健康否？""贵庚几何？"……我一一回答过。他又问："不知老弟到延安后作何打算？"

我说："到抗大求学，毕业后上前方打鬼子。"

"难得，难得！"他恭维过，脸上笑容消失了。沉默片刻才开口："到延安看看也好，他们宣传得厉害。"停了一下又说："老弟人才出众，前途不可限量，日后当能鹏程万里，奋翼高飞。老弟到延安后如不合尊意，欢迎到敝处来。小女信里说，你对她很好呢！"

听了后面一句，我的脸有点发烧。由于一向讨厌国民党官员，尽管他是钟国权的父亲，对我客客气气，给我戴了高帽子，好像在为我的前途着想，也排除不了我的戒备心。从他的恭维话里，我听出了弦外之音，觉得气味不对，寒暄几句，起身告辞。

他挽留我说："天快黑了，请用点便饭再走吧。"

我推托说："队里有纪律，不好随便在外面就餐，谢谢了。"

钟相毓送我到衙门口，那个哨兵有点惊奇，慌忙举起右手放在步枪筒上，向我行一个军礼。

到延安以后，我曾给钟国权写信，希望她能来陕北求学。由于我们很快转到陇东，未能收到回音。1940年，我在山东敌后编报，收到新华社的一则电讯，洛川人民将顽固专员钟相毓驱逐出境。

离延安　西出陇东

走了十几天，终于到达革命圣地延安！

早晨，队长宣布最后一天行军，要求大家注意军风军纪。下午，太阳偏西的时候，走在前面的同学突然欢呼起来：

"宝塔山！""延安到了！""胜利了！"……

我走到公路的高处，眺望着延河东岸的宝塔山、西岸的延安城墙，心里激动万分，盼望一年多的目的地到达了！平生第一次长途行军胜利了！辛苦和汗水化为欢乐，止不住眼里闪着泪花，内心里呼喊着："延安！我的母亲，远方的游子来到你的身边了！"

休息十分钟，同学们擦干脸上的汗水，打掉身上的灰尘，整理服装站好队。队长喊着"齐步走"，队伍里唱起《抗大校歌》，走进古老的城门：

黄河之滨，

集合着一群中华民族优秀的子孙；

人类解放，救国的责任，

全靠我们自己来担承……

延安城里十分热闹，街道两旁摆着一处处货摊，羊肉汤锅里发出诱人的香味，行人熙熙攘攘，小贩们喊着招揽生意。我们兴奋地走着，好奇地东张西望。天刚黄昏，有几处小摊点亮了电石灯，夜市开始了。

晚上，我们被安置在几间空店房里，没有门窗，没有被褥，铺板上只有一点谷草。我们三个侨生，在汉口每人做了一件夹大衣，一路上用它当被子。行军时嫌累赘的棉军服，夜晚成为挡风御寒的宝贝。

翌日上午到校部报名填表，表格两旁印着对联式的口号，原词记不住了，大意是：是中华民族优秀儿女，要如实填写自己历史；是抗日救国革命青年，不隐瞒家庭出身成分。办完入校手续，我们三人游览了古城。城圈不大，街道不长。用石灰水刷写的抗日标语，随处可见；雄壮的救亡歌声，响彻云天。一队队八路军健儿，踏着整齐的步伐；一群群爱国青年，露出欢乐的笑脸……到处热气腾腾，充满了春天的气息，古城变年轻了！我们特别感兴趣的，是城外那些从黄土山边开出的窑洞，听说里面冬暖夏凉，许多抗大同学都住在窑洞里，大约我们也可以进这种别致的宿舍里享受一番。

初到延安，吃不惯小米饭，咽不下干馒头，口袋中还有余钱，可以下馆子吃蛋炒饭，上街头喝羊杂碎汤。最难受的是没有地方洗澡。行军十几天，每天一身汗水，衣服湿了又干，身上一股酸臭味。找不到澡堂，只好到延河里洗身。这天晚饭后，我们三个"南蛮子"，跳进冰冷的延河中游泳。穿着棉袄、披着大衣到延河边散步的男女同学，围在岸上观看，互相议论着，大概说我们是疯子。我们只顾洗得痛快，哪管别人说三道四。

外地青年陆续到延安。有一天，通知我们开会，两百多新生坐在大院里，一个中年人给我们讲话。他身材细长，上身穿着单军装，外面套着敞开衣襟的棉袄，下身穿着马裤，头戴一顶红军帽，脚踏一双布条编的草鞋，走路一瘸一拐。司仪介绍，他是何长工同志，曾留学法国，井冈山时代的老革命，二万五千里长征的老战士，他的脚就是在保卫井冈山战斗中负伤的，现在是我们的大队长。同学们听了，都不禁肃然起敬。

何长工同志宣布：从今天起我们编为抗大第五大队。由于延安地方小，抗大四大队在洛川，五大队要到甘肃庆阳建校。陇东比延安好，牛羊猪肉很便宜，白面馍馍吃不完。他讲话很风趣，煽动力强。他还当场用法语唱了《马赛曲》，同学们听了都很兴奋。

两百多新生编成两个队。我编在第一队，被选为副班长。林有声和陈耕国编入第二队。去陇东的前一天，队里有个从马来亚回来的广东同学，知道我在南洋演过戏，写过诗歌、小说，劝我转到鲁迅艺术学院。他说已经和沙可夫院长谈好,假如我愿意,可以和他留在鲁艺学习。我当时想:到延安是为了学习军事,到前方打日本,不想搞文艺工作。我婉言说了,他感到惋惜。

11月初,开始600华里的新路程。从原路南下甘泉、富县,转向西走,在黑水寺意外吃了一顿大米饭,往后全是荒山小道,人烟稀少,几十里路才有一个村庄,村民们很多是从山东逃荒来的。到了直罗镇,看到好些残垣断壁,原来这是红军经过二万五千里到陕北后,在这里打了一个大胜仗,歼灭国民党一个师的著名地方,现在还留着战火的痕迹。

初冬的西北,气候严寒。路上下过一场大雪,乐坏了我们几个南洋客,生来第一次看到雪花翻飞,觉得十分有趣。不料兴奋之后带来了苦恼,我穿的是胶鞋,脚后跟冻裂了,走起路来疼得要命,只好每天晚上用热水烫脚,往裂口里塞雪花膏,也没有多大效用。

在冰天雪地里行军,清早呵气变成白雾,白天走了一身汗,休息时冷风一吹,身上凉飕飕的。夜里睡在凉炕上,个个当"团长",只好两人通腿睡觉,彼此抱着对方的脚丫子取暖。

出发前每班发下一个半截的洋油桶,两边拴着铁丝,早晨当洗脸盆,值日生从伙房里打来热水,十块手巾往里蘸着洗脸;晚上当洗脚盆,十双脚轮流放进去洗;开饭时当菜盆,十双筷子在里边夹菜吃。头两天觉得恶心,不想吃菜,慢慢也习惯了。从西安一同到延安的那个东北军军官,用一个特殊方法洗脸:舀一缸子热水,含了一口喷出来,双手接着搓脸,再用干毛巾擦。同学批评他特殊,不能和大家同甘共苦。

十二天走了600里地,来到黄土高原上的古城庆阳。二队住进一座大庙,一队分了一片破烂的军营,立即投入修建营房的劳动。每天挑土和泥,搬砖垒墙,忙得不亦乐乎。队里没有炊事员,各班轮流做饭,每班轮一个星期。我们是二班,很快轮上了,班上六个洋学生,一个东北军的军官,一个西北军的排长老胡,一个越南归国的店员余自克。副班长分工管生活,做饭要我负责。我在菲律宾当过学徒,会烧大米饭、炒家常菜,对面食却一窍不通,给养偏偏是白面，顿顿馒头小米稀粥。老胡是陕西人，懂得做面饭，也是见得多做得少，特别是每餐要蒸百十人的馍馍，有些胆怯。其余八位都没下过厨房，只能洗洗菜，烧烧火，打打下手，干点杂活。赶着鸭子上架，我这个火头军司令，请老胡当军师，硬着头皮上阵。头一顿蒸了死面馒头，同学们拿它们当"手榴弹"；第二顿面发过头，大家说酸掉大牙；第三顿碱大了，大伙儿说是"鸡蛋糕"。听了讽刺挖苦，我们毫不灰心。"吃一堑，长一智"，拜师傅，请顾问。我们很快学会了蒸馒头、做花卷、擀面条、包包子、烙单饼。看来吃饭简单，做好了不容易。

每餐每人发四个大馒头，足足半斤重，我顶多能咽下两个，剩下的全给老胡，他个子高饭量大。晚上饿了，我和余自克悄悄出去买烧鸡。庆阳烧鸡都在夜间叫卖，分鸡头、鸡腿、鸡身、鸡翅膀零卖，味道鲜美，价钱便宜。这里还用清代的大铜钱，每个当十铜板，两个大铜钱能买一只烧鸡。

新同学源源从延安转来，一个月到了一千多，其中有不少是平津流亡的学生。这时，广州失守，武汉陷落，南方青年来得很少，辗转到了西安的，大多被国民党扣留，送去集中营受训，侥幸能逃过特务魔爪的，实是凤毛麟角了。

营房修缮完毕，刚要正式开课，忽然接到命令，要我们到敌人后方去。

（本文选自《回国抗战　奔赴延安》，中国文史出版社2005年版。原文题为《到延安的前前后后》，内容有删节）

不到延安誓不停

张道时　吴一舟　安　岱

> 张道时，晋江人。1936年在菲律宾参加抗日救亡活动。1938年4月到延安，6月加入中国共产党。历任新四军特务团宣教股长，浙东临工委干校党委副书记兼政治处主任，华东随军服务团第四大队大队长、第五大队政委。新中国成立后，先后任中共厦门市委宣传部副部长、统战部长、组织部长、市委副书记和厦门市市长，后又调任福建师范学院副院长、福建省科协副主席兼党组副书记等职。
>
> 吴一舟，1938年以前就读于菲律宾马尼拉华侨南阳中学，1938年辗转回国，奔赴延安，参加抗日。新中国成立后曾担任福建省晋江地区地委党校顾问。
>
> 安岱，1938年回国参加抗日救国运动的菲律宾华侨学生。新中国成立后曾任中国人民解放军南京军区步兵学校副政治委员。

1937年，我们这群十七八岁的青年，正在菲律宾马尼拉华侨南洋中学读书。抗战爆发后，在进步老师的教育下，我们全力以赴地投入到抗日救亡运动的热潮中，参加各种宣传活动，走向社会，走向街头，宣传抗日救国，发动爱国募捐，支援祖国抗战。后来，眼看着国民党军队迅速溃败，平津沪和南京很快沦陷了，日寇铁蹄踏进了祖国内地，真像踏在我们华侨的心坎上。而当时传说国民党正准备接受德国的劝降，更使我们忧心如焚。"我们要对得起伟大时代赋予我们的使命，要为祖国的独立和兴盛贡献一切力量！"许多同学已不满足于在海外参加救亡活动了，渴望能直接投入到抗敌的斗争中去。可是，应该走一条什么道路才能更好地为国家、为社会出力呢？一些同学思想上并不十分明确。有的同学主张回国上前线，身上捆上几十颗手榴弹，钻到日本坦克下面和敌人同归于尽,为祖国壮烈牺牲!个别同学甚至主张把此地日本商店里的日本人抓出几个狠狠痛打一顿,为中国人民出出气!

这时候有个老同学严肃地向我们指出:"想为祖国出力是可贵的,但是不能靠个人奋斗,而要靠真正的革命组织的正确领导,否则会一事无成。"他又恳切地说:"咱们革命青年,必须走正确的革命道路,才能发挥自己的作用。现在,延安是革命的大本营,是训练革命青年的大熔炉,咱们华侨青年要有勇气投入到这个革命的大熔炉中去!"

他的这些话,使我们豁然开朗。延安,这个光辉的名字,对于我们是既熟悉又亲切的。在南洋中学时,我们进步同学经常传阅中共中央在巴黎出版的《救国时报》和菲律宾华侨总工会出版的《菲岛华工》小报等进步书刊和小册子,了解到许多有关延安抗大和八路军的情况。延安的革命精神、爱国思想、政治平等、民主生活等,紧紧地吸引着我们,在我们的心头燃起了光明的火把。我们把胜利的希望寄托在延安,决心到延安去参加抗战。

菲律宾与延安远隔千山万水,沿途都是国民党的统治区,路怎么走?走得过去吗?这确是个难题,必须有不怕冒风险的精神和勇气。我们想起鲁迅的话:"什么是路?就是从没有路的地方践踏出来的,从只有荆棘的地方开辟出来的。"对!路是人走出来的!革命的道路要靠自己去闯,去开辟。想到这里,信心就足了。

有的同学担心延安气候冷,怕无法适应,吃不消。确实,寒冷是什么样子,没有一个同学能准确地说得出。但有的同学立即提出:"红军里也有许多南方人,过雪山那么冷,并没有全冻死,而是胜利地到了陕北。"这一提,确实振奋了大家:是的,只要有红军战士那样的坚强意志,寒冷又算得了什么!

最困难的实际问题是筹划路费。我们多数同学一无财产,二无职业,两手空空。况且要跑这么远去冒险,家长不会同意,更不会资助路费。但是,投奔延安干革命的光辉前景,鼓舞着我们决心冲破这道难关。大家分头想办法筹备路费。有的同学用各种名义向亲友借钱；有的知心朋友了解我们的意图，就慷慨支援我们一点钱；有的同学没有任何筹款的门路，只好硬着头皮，从父兄的小摊和店铺里，每日偷三五分硬币，经过几个星期，终于也积累了几块钱。

接着就是找人帮我们写到延安的介绍信。这个问题很快也解决了。有一位参加创办南中的老师，不但赞扬我们去延安的决心，而且可以为我们写介绍信。他还给了几本书，要我们好好阅读。其中有一本鲜红书皮上印着"烈士传"三个庄严大字的书，介绍了中国共产党数十名革命烈士：邓中夏、张太雷、彭湃、瞿秋白、方志敏……他们的革命事迹和牺牲精神，深深地感动了我们。大家读了一遍又一遍，决心继承革命先烈的遗志，沿着烈士开辟的道路走下去！还有一位老师，当场提笔作了四句诗赠送大家：

一壶一钵赴长征，不怕关山万里程。

满腔热血去受训，不到延安誓不停。

这简短有力的诗句，成为我们奔赴延安征途中遇到困难时用以互相鼓励的巨大力量。

南中的老同学许清波、吴金宽热心地协助我们办理了许多具体事务，如筹备路费，购买船票，向当地移民当局办理离境手续，直至送我们上船，在船舱中为我们安排座位。他们像照顾自己的亲弟弟似的，关怀备至，我们永远感激他们！

按照组织上的安排，我们分成两批先后回国：吴一舟、安岱（当时改名司子亭）安排在第一批，于1938年2月间秘密地离开菲律宾回国。张道时安排在第二批，于同年4月以菲华侨学生救亡协会代表的身份回国。我们先后胜利地到达了延安。越年，我们的另一位南中老同学王唯真，也冲破反动派的阻挠，经历沿途艰险到达延安。

我们两批回国的同学，到达香港后，受到组织上无微不至的关怀和照顾。当时在香港工作的廖承志同志热情地接见了我们，连贯同志则具体地帮助我们。他关照我们说："香港的社会情况复杂，你们切莫外出乱跑，无事就在旅馆里学习。"他还教我们如何瞒过国民党特务，如何处理紧急情况等。他看到我们只带了几件简单的换洗衣服，就笑道："你们真是在热带长大的，没尝过寒冷的味道。穿这些单衣，怎么能去冰天雪地的北方？"他亲自带我们去选购棉衣、棉帽、手套、棉被，还到裁缝店里为我们量身定制棉大衣。此外，还特地介绍了两位会粤语的同志和我们结伴去延安。这两位同志叫苏肇汉、李玉珍，是夫妻俩，是从新加坡回国的华侨青年，比我们大五六岁。一路上，他俩很关心我们，像对待小弟弟一样，我们也尊敬地将他俩当兄姐，相处很好。

在党组织的帮助下，吴一舟、安岱等第一批同学顺利地在广州德政路9号找到了八路军办事处，受到云广英同志的热情接待。当时，广州每天有敌机空袭，形势比较紧张。在八路军办事处周围，经常有国民党的便衣暗探、特务，在暗中监视。办事处的同志要我们尽快北上。停留一天后，我们就携带去西安八路军办事处找林伯渠同志的介绍信，离穗北上。张道时到广州时，则有较多时间可停留，他以学救会代表的公开身份，在社会上开展活动，向各界宣传介绍华侨热爱祖国、全力以赴支援抗战的生动事迹。一个国民党学联会的代表，向张道时施展了笼络和欺骗，口口声声讲什么"现在是一个政党、一个主义、一个领袖"，还多次提出："你去报考中央军校吧，毕业后就是挂洋刀的军官了！""你去报考空军也行，我们负责介绍，待遇高，生活好，天天有姑娘陪跳舞！"这些蛊惑人心的鬼话，丝毫也动摇不了决心投奔延安的华侨青年的意志，阻挡不住我们前进的步伐！

当我们乘坐火车夜间越过南岭，就开始尝到寒冷的味道了，越往北走越冷，阵阵冷风袭来，冻得发抖。引起我们思潮翻腾的，并不是气候的变化和寒冷的侵袭。我们在海外时，将祖国当亲娘，日夜想念。一旦回国就如同依偎在慈母的怀中，心头又甜又暖。但是沿途所见所闻，却令人心里隐隐发疼！我们从祖国的南方走到北方，路过的城市和铁路沿线，处处看到成群结队的乞丐、难民，扶老携幼，四处流亡，衣不蔽体，饥寒交迫，夜间蜷缩在街头巷尾，夜夜路有冻死骨，成千成万的人挣扎在死亡线上！郑州这个中原古城，更使我们触目惊心！当时，由于国民党军队一溃千里，日寇直逼黄河北岸，中原郑州成了最前线。敌机天天轰炸、扫射，成群难民被炸得血肉横飞，到处是一片瓦砾。满城挤满了从黄河北溃败下来的国民党败兵和成千上万无家可归的难民、流亡学生。成群结队的散兵游勇在难民中趁火打劫，敲诈勒索，抢掠，戏弄妇女，全城陷入一片混乱、凄惨的景象之中！我们揪心痛苦地想：我们祖国遭受的灾难，比我们在海外时所想象的要深重得多！

最令我们痛心的是，在广州、武汉后方的国民党达官贵人、巨豪商贾却依然过着醉生梦死的生活！当时敌机经常侵入武汉上空，苏联航空志愿队和中国航空员驾机英勇还击，为中国抗战血洒长空。可是空袭危险一过，夜幕降临，街上，一方面是成群的在寒风中冻得东倒西歪的难民、乞丐和许多为生活所迫而出卖肉体在街头巷尾拉客的妓女；另一方面则是那些国民党的达官、阔人、军官们，拥抱着、肘挽着打扮得花枝招展的摩登女郎、姨太太、舞女，在歌场、舞厅、赌场、餐馆进进出出，大吃大喝，狂舞滥赌，尽情作乐，国家民族的深重灾难，敌寇的炮弹爆炸声，人民的痛苦呻吟，似乎同他们毫不相关！目睹这些现象，我们这些海外归来的游子，真是伤心难过得要落泪，愤恨得像烈火在烧心：难道这就是我们日思夜想的祖国？！我们的母亲的苦难到何时才能结束？我们海外华侨要到什么时候，才能有一个独立、光明的祖国，才不再成为海外孤儿？为了这一天的早日到来，我们将不惜牺牲一切，直至我们的生命！

吴一舟和苏肇汉等六位华侨，持有直达西安的介绍信，可是到了郑州就被阻而无法前进。国民党军队溃退，日寇直逼黄河边，占领晋南的黄河渡口风陵渡，隔岸炮击陇海铁路上的重镇潼关。去西安的交通被切断了，在敌机不断轰炸下，我们不得不和难民们一道，到城外野地里防空。一些鬼头鬼脑的国民党特务，混在难民中活动。他们多次鬼鬼祟祟地故意找我们聊天，探问我们是否去延安。我们警惕地用些不着边际的话回答他们，或干脆不答理。可是他们死缠不放，不断大放厥词地吓唬我们说："延安最苦了，没吃没穿，冬天会把人活活冻死，一摸鼻子、耳朵就掉了下来，一脱鞋子，脚趾头全冻掉在鞋里，千万去不得那地方！""共产党想把青年骗到延安，男的上前线送死，女的呢，共妻了！"我们听得又恼火又好笑，不得不多次设法摆脱他们的纠缠。最后大家决定暂时返回武汉，找八路军办事处帮助。当晚，大家扒上了一列满载难民和伤兵的火车，折回汉口，找到了八路军办事处。一走进办事处，看到佩有"八路军""新四军"臂章的同志，大家高兴得像小孩似的跳了起来，同时，又为能在困难中找到亲人而激动得热泪盈眶。当时在武汉办事处工作的罗炳辉同志热情地接待我们，请我们吃饭，称赞我们这些华侨青年不畏艰险投奔延安。他说："从你们的身上看到咱们祖国的前途大有希望！"他详细地向我们介绍了延安的学习、生活情况后说："延安在政治上是热气腾腾的，自然气候却实在是冷的，你们在南洋热带地方长大，更要注意保暖。延安人精神上朝气蓬勃，生活上却实在是艰苦，毛主席、朱总司令也住窑洞，吃小米。你们怕不怕苦呢？"同学们回答道："只要能到延安，任何艰苦都不怕！"有的同学还补充道："我们不怕吃小米，小米不过比大米小一点。"罗炳辉同志听了哈哈大笑起来，说："有趣！小米不过比大米小一点！不过这也难怪，你们在南洋当然没见过小米，更没吃过，难怪不懂。"他勉励我们要好好学习，跟党干革命。革命前辈的亲切教导和殷切希望，更增强了我们奔向延安的决心。

　　在武汉待命几天后，由于陇海路已通车，就由办事处具体安排，重上火车去西安。可是，没想到火车开到郑州，又出了岔子：军队强行征用了这列火车，我们全被赶下车来。在寒风呼啸的车站上，我们进行了紧急商讨：怎么办？大家一致的决定是：不顾任何阻挠，继续设法前进！我们冻得手脚发木在车站上等了一夜，终于来了一辆运载难民和伤兵的开往西安的铁皮车。我们不顾一切，硬爬了上去，同二三百个难民、伤兵、流亡学生、国民党的士兵和下层军官挤在一节铁皮车厢内，一个紧挨一个，挤得无法动弹，大家自我解嘲说："变成罐头沙丁鱼了。"为了防空，火车走走停停，跑了两三天，好不容易才到潼关以东一二百里的观音堂站附近，停在一条两面是高山的夹壁沟里，不动了。日军又在炮击潼关，火车又通不过去。几天几夜拥塞在铁皮车厢内，不但没处躺，连坐和站都困难，没水喝，没饭吃，个个筋疲力尽。火车停了一整天不动，大家乘机跳下车，拖着疲惫不堪的身子，爬到附近的山坡上，向农民寻找食物。有的同志好不容易在一个农民家中买到几块地瓜和玉米面窝窝头。我们是第一次见到，不知是由于饥饿还是因觉得新奇，吃得又香又甜。可惜太少，每人只能分到一点点，没过一会儿，肚子又咕噜噜叫。可是再也无法弄到食物了，大家饿得头晕冒虚汗，只好勒紧裤腰带咬牙坚持。火车停了一天多，仍无法通过潼关。怎么办？我们六个华侨青年只得再次紧急商量。大家一致下决心：如果火车通不过去，就带着行李冒险步行冲过潼关直奔西安，决不再倒退回去！幸好，第二天半夜里，火车司机冒险驾驶列车，悄悄地越过了潼关。待对岸敌军发现，向南岸炮击时，我们乘坐的列车早已驶离潼关，向西安急驰而去。这困难的一道关终于冲破了！我们真是感激那位勇敢机智的火车司机！

一踏进西安七贤庄八路军办事处，我们就高兴得直叫唤："到自己的家了！"办事处同志看了介绍信后，非常高兴，热情地欢迎我们说："党中央和毛主席的正确路线，促进了中国革命高潮的到来，成千成万革命青年和你们一样，冲破重重困难，奔向延安，去学习革命真理。你们漂洋过海，冲破长途难关，辛苦了！好好休息两天，洗洗澡，作好准备，再冲破最后一道难关，步行800里走到延安。这也是你们上延安学习的第一课。走得动吗？"我们信心十足地回答："哪怕是爬，也坚决爬到延安！保证学好这第一课！"我们决心迎接这场严峻考验。我们将行李作了彻底轻装，除最必要的东西外，都精减下来交给办事处。办事处将我们这些从菲律宾和新加坡回来的华侨青年，同其他地区来的一百多个青年编组成一个队，委派姚方远同志兼任队长，率领我们向延安进发。为了照顾我们，队长特意雇来一辆骡车载行李，让病号和走不动的同志歇脚。可是，我们决心锻炼自己，都坚持步行不坐车。一百多位充满革命豪情的青年，高唱《青年进行曲》踏上征途："前进！中国的青年！挺战！中国的青年！……"

步行800里，说说容易，真走起来，才知并不简单。第一天就差点累垮了，因必须走90里才能赶到有八路军兵站的目的地，天刚亮即出发，直到天漆黑了，才到达宿营地。出发时大家有说有笑，又唱又跳，到中午，有的同学开始腰腿一扭一拐了，脚底板起泡了。下午，更难了，顺序行进的班排队列也乱了，三三两两地掉了队。到宿营地，一踏进兵站，大家就一头躺倒在地铺上，再也不想动弹了。浑身骨头像散了架，腰酸腿痛，脖子发硬，喉咙冒火，手和脚都肿了起来。真没想到，长途行军竟是这么困难！兵站同志将饭、菜、洗脚水端到我们身边，可是，我们半口饭也不想吃，更不想起来洗脚。兵站同志又劝说、又引导，给我们讲红军长征中，日夜赶路，每到宿营地坚持用热水洗脚的故事。说罢，就要动手帮我们脱鞋袜洗脚，感动得大家都咬紧牙关坚持爬起来吃饭、洗脚。在兵站同志的指导下，又把脚底板的水泡放了，这才倒下去，一觉睡到天亮。第二天虽然路程稍短了些，但走得比第一天更吃力了。脚底板放掉的水泡，又重新出现，而且更多更大了，有的还打了重泡、血泡，痛得一步一咬牙。过了耀县，进入山区，要爬山了。有的同志坚持着爬到半山腰，就累得直翻白眼，半步也挪不动了。队长又帮我们雇了赶脚的小毛驴。我们以往没见过，更没骑过小毛驴，不会骑，也不敢骑，怕摔下来掉山沟里去。可是，为了跟上队伍，只好硬着头皮骑上去。骑在驴背上，既害怕，又有趣，脑子里还产生了自豪感：瞧！这多么像是勇士跨上骏马去出征！第三天虽然要翻几座高山，但我们已逐渐适应长途行军了，又开始有说有笑，歌声不断。我们同沿途不断相遇的成群结队奔赴延安的青年们边走边交谈，互相鼓励着前进。这一路上，最使我们感慨万分的，是多次遇上国民党抓的壮丁队。他们都是几十人或成百人一队，用绳索捆绑着连结成一串，一个个衣衫褴褛，脸黄肌瘦，面容憔悴。他们有的已有三四十岁，有的则是满脸稚气的十二三岁的儿童，有的不住地长吁短叹，有的蒙满厚厚灰尘的脸上布满泪痕。端着上了明晃晃刺刀的国民党士兵走在队伍前面或两旁押送着。这些囚犯似的壮丁队，同我们走着相反的方向，迈着艰难沉重的步伐，向西安方向走去。开始时，我们感到很惊奇，向同路的同伴们探问道："这都是些囚犯吧？"同伴答道："既是名副其实的囚犯，又不是囚犯。他们都是被国民党抓来的壮丁，押送到部队里当兵。你们在南洋不曾看到过吧？"我们望着南去的壮丁队，又望着我们自己正昂首阔步向北走的队伍，不胜感叹地说："多么鲜明的对照，多么截然不同的两条道路呀！"我们这些人，既不用绳索捆绑，更不需一兵一卒押送，大家不远千里万里，自觉自愿地冒着千难万险而来，个个精神焕发，斗志昂扬，又唱又笑地奔向延安。我们走的是一条金光灿烂的大道！我们这些从海外归来的祖国儿女，愈加自豪地互相勉励，迈着稳健步伐向延安走去。当我们顺利地走到同官①宿营时，已经不再像前两天那样疲劳不堪，而是兴高采烈地争着自己去弄饭吃、打水洗脚、整理地铺。我们终于战胜了800里长途行军开头最难的一段。一觉睡到天亮，爬起来，跑到城外小沟边，敲开冰层，弄水洗脸，手脚冻得发疼，心里却暖呼呼的。回想起在热带南洋时对寒冷的恐惧心理，不禁兴奋地说："钢铁靠锤炼，人要靠锻炼，我们投到这个革命大熔炉里，一定要把自己锻炼成对祖国有用的材料。"当走到中部（现在的黄陵县）

陕北群众护送青年赴延安

① 今陕西铜川。——编者注

时，我们这些在海外一贯以黄帝子孙自豪的华侨青年，不顾旅途劳累，立即去爬登高山，拜谒黄帝陵。站在轩辕黄帝陵墓前，向着祖国大好河山，和同路的青年同伴们一道放声高唱抗大和陕公校歌："黄河之滨，集合着一群中华民族优秀的子孙……""这儿是我们祖先发祥之地，今天我们又在这儿团聚，民族的命运全担在我们双肩……"

当我们到达洛川，进入陕甘宁边区时，更是高兴得又跳又笑，喊道："到家了！到家了！"驻洛川的八路军留守兵团炮兵部队的同志，拿最好的饭菜招待我们这些从万里之外归来的海外游子，并同全队联欢。在联欢会上，我们这些华侨青年放声唱歌《告别南洋》，有的同志还情不自禁地唱起小学唱过的儿歌："快乐呀，快乐呀，红的花，白的花，你们生在太阳下……"

从洛川出发，又是艰苦的连续两天七八十里的行军。最后一天，大家不顾一切疲劳，加快步伐赶路，走了90里。本来预计天黑后才能到达延安，可是太阳还很高时，同志们就发出一片欢呼声："看到延安的宝塔了！"啊！我们终于来到延安了！大家激动得热泪滚滚，兴奋得互相拥抱起来，纵情高唱起在洛川时刚学会的《延安颂》："啊！延安！你这庄严雄伟的古城，热血在你胸中奔腾……"队长高兴地宣布："同志们，前面就是革命的中心——延安，让我们整理好行装，整齐干净地进入这个革命圣地！"我们洗去蒙在脸上的灰尘，排着整齐的队列，迈着自豪的步伐，背诵着"满腔热血去受训，不到延安誓不停"的诗句，精神抖擞地跟随全队同志在金色夕阳的映照下跨进了延安城，接受革命斗争的洗礼，开始创造我们生命中光辉的新篇章！

（本文选自《抗日华侨与延安》，中共陕西省委党史研究室编，陕西人民出版社1995年版）

从海外到延安

谭 岚

> 谭岚，广东开平人。1938年7月，在香港由廖承志同志介绍到八路军西安办事处参加八路军。历任绥德警备司令部疗养所文化教员、延安留守兵团野战医院组织干事、第三八五旅司令部秘书、中原局川工委秘书、联防军司令部政治处干事、解放军艺术学院舞蹈系政委、兰州军区后勤部政治部副主任、西安警备区副政委、陕西省军区后勤部副政委等职。

"快看哟，宝塔，宝塔山！"

同伴中间有人高兴地喊叫起来。啊，延安到了！我们终于来到革命圣地延安了。

西安，三原，铜川，宜君，洛川……交道塬，榆林桥，三十里铺，杜甫川……一路不知翻了多少架山峁，穿过多少条河沟，经过多少村庄，绕过多少弯道，终于，眼前的道路豁然开朗起来，一片依山层层相接的窑洞出现了，金色的夕阳照耀着那高高屹立在山巅上的古老宝塔。山下，一条清亮亮的溪流，在眼前闪光，发出柔和的呼唤。啊！这就是我们翘首以望的延安！看到宝塔山和延河的那一刹那，我禁不住热泪盈眶。

这是1938年9月间，我当时是一个年仅16岁的华侨女学生，是由泰国曼谷取道香港归国，历经艰难曲折才来到革命圣地延安的。

一

我祖籍广东开平，在旧社会由于连年灾荒，农民难以度日，我父亲不得已出洋到泰国曼谷谋生，在一家机器厂做工。我是在母亲的怀抱中漂洋过海到泰国的。后来上学懂得了一些道理，知道自己是炎黄子孙。1931年"九一八"事变后，日本帝国主义把战争灾难强加在中国人民头上，全国人民奋起反抗，驱逐强虏。在海外的爱国华侨也纷纷回国参加抗日和在当地开展各种形式的抗日救国活动。1937年，我在曼谷中华中学读书时，结识了许多华侨进步老师和同学，在他们的启发影响下，参加了支援祖国抗战宣传和募捐活动。"七七"事变爆发后，当地华侨抗日联合会组织了义勇军回国，我报了名，可父母亲和亲友们担心我年龄太小，劝阻不让回来。说实在的，当时只是出于一个青年朴素的爱国心，对于回国后究竟到哪里去，怎么参加抗日斗争，并没有一个明确的目标和计划。后来，真正给我指出正确道路的是教我世界语的邱及老师。他经常组织我们进行抗日宣传活动，对我们一些积极要求回国参加革命的同学讲："你们想回去救国，怎么救？我看要投奔到延安去。共产党领导红军已经长征到延安，延安是抗日救国的根据地。"从他那里，我才知道有共产党，有红军，有延安。到了1938年的7月初，我和另一位同学商量好，下决心回国。邱老师通过抗联给我们写了一封介绍信，封好后让我们带到香港交给廖公（廖承志同志），说廖公会安排我们回国的事。在一个细雨蒙蒙的早晨，我们两个青年人瞒着各自的亲人，挤上了从曼谷开往香港的一艘货轮。

二

海上漂泊和辗转周折几天之后，我们找到了八路军驻香港联络处，当时抗日统一战线形成，联络处对外是公开的。我们见到在联络处主持工作的廖承志同志，他和母亲何香凝住在一起。廖公当时很忙，看了我们带的信和听我们说完到延安去的想法后，和蔼地说："你们先住下，近日来日本飞机对广州轰炸很厉害，等过些日子再送你们去广州。"他吩咐连贯同志安排好我们的食宿。连贯同志将我们带到一个叫新文化书店（即新华书店）的地方住下，这个书店的负责人叫许蒙,这里实际是地下党组织的一个交通联络点。过了六七天时间,他把我们送到广州。当时日本飞机很猖狂,几乎天天来轰炸,城里到晚上实行灯火戒严,广州到武昌的铁路又被炸断,一时通不了。为了安全,"八办"派人将我们送到广州附近的清远县一个地方。那里原来已有早来的七八个也准备去延安的青年学生,我们去后同他们编为一个组。在那里等铁路修复通车约十多天时间,我们一伙年轻人相互讲述着各自的经历和理想,倾吐着对日本帝国主义的仇恨,挺热闹的。印象最深刻的是"八办"的同志给我们每人发了一本有关目前形势和中国共产党关于抗日救国,建立全民族抗日统一战线方面的宣传小册子,具体书名记不清了,里面有毛主席的讲话内容,是比较粗糙的一种褐黄色纸油印的。这本书我们读了后,觉得很新鲜、很重要,离开时都想带着。那位负责安排我们活动的同志说,不能公开带到车上看,他让我们将书缝在箱子的夹层中,以防被反动派搜查出来。可惜的是,这本曾给我以革命启蒙教育的小册子在1947年撤离延安的转战途中丢失了。

三

8月下旬到9月上旬的古城西安,正是酷暑炎热时节,被称作"红色桥梁"的七贤庄院内,更有一派火红热闹的景象和气氛。当时,随着全国性抗日救亡高潮的兴起,人民大众和海内外爱国同胞翘首遥望延安,寄救国救民之希望于中国共产党和它所领导的八路军、新四军,全国各地的爱国知识分子和青年学生纷纷奔向延安,寻求光明和真理,探索民族解放之路。设在西安七贤庄的八路军办事处,自然成了由国统区到解放区,由西安到延安的接待站和桥梁。我们一行十多人到了这里后,同先期从湖南、上海、河北、河南等地来的青年学生进行了统一编队,当中也有从南洋归来的几个华侨青年,我们很快就相互熟识,成为同路人。办事处的负责同志对我们讲:"你们初来乍到,先不要随便上街,'八办'门口和外面很不安全,你们别看那些擦皮鞋的、摆烟摊的,他

孔石泉（左）、周恩来（中）、张云逸（右）的合影

们中有不少人是国民党的特务暗探，专门干绑架和逮捕革命者和进步青年的事，阻止你们去延安。所以，大家的行动要格外小心。"我当时真不理解，我们到延安去是为抗日救国，为什么国民党还要阻止呢？以后随着革命觉悟的逐步提高，才认识到了国民党反动派的真面目。值得庆幸的是，要离开"八办"出发前，我们见到了周恩来副主席。周副主席到"八办"来开会，他当时显得很疲劳和清瘦，可讲起话来声音洪亮。我记得他看望我们时，只讲了一句话："我祝愿你们一路顺利到延安，不要怕苦怕困难。"他话虽短，给大家的印象却很深刻。

我们是在晚上9点多钟从"八办"出发踏上北去的征途的。开始几天，全是晚间行路，白天休息。因为从西安到铜川沿途布满了国民党的一道道关卡，听说以往已有不少青年在途中被扣留、鞭打或投进集中营。在经过三原、耀县时，我们没敢进城，从城外绕小路而行。过了耀县、铜川后，再往北沿途都还比较顺当，敢在白天公开走了。我们一行二十多个人，其中七八个女同学，就数我和河南来的一个姑娘年龄小，上路两三天，脚上就起了好多血泡，疼痛难忍。那个河南女同学说她想爹娘了，半途返回去了。我也真想念远在国外的父母啊！有生以来第一次出远门，走这么久，步行这么多的路，真是难以忍受。可一想到周副主席讲的那句话，想到我的那位世界语老师的期望，在同伴们的热情关怀鼓励下，我还是咬紧牙关坚持走。好多事情都是这样，只要坚持下来就是胜利。三四天过后，腿脚疼痛逐渐好了，爬山过岭也不觉着很累，遇到雨天泥泞路，摔一跤爬起来继续走。好在当时是夏天，轻装简行，到了宿营地，随便有个地方和衣而卧，歇一会儿又上路，并不感到太苦。当时大家都只有一个心愿：盼望着早一天到达延安。几乎每走一段路，都要找人打听："到延安还有多远？"所以，一进杜甫川，过七里铺，踏进延安的大门，心里就有一种说不出的亲切心情，就如同远游归来的儿女，一下子扑进了母亲那温暖的怀抱中。

（本文选自《抗日战争时期的西安八办》，陕西人民出版社1995年版）

归国奔延安
王唯真

> 王唯真，福建籍华侨。1939年5月随南洋华侨司机服务团车队，绕道越南奔向延安。1940年10月加入中国共产党。1941年8月在《解放日报》编辑部美术科工作，同年11月到新华社英文翻译组担任翻译。历任新华社国际新闻编辑、国际部编辑组长、香港分社副总编、国际部东方组组长，新华社河内分社首席记者、分社社长，兼任人民日报驻越南记者，新华社里约热内卢特派记者，新华社国际部副主任，新华社编委会编委。1967年1月9日，任新华社副社长并主持新华社宣传报道工作，16日又被任命为第一副社长主持新华社全面工作，同年9月被任命为新华社代理社长。1982年担任新华社党组纪检组副组长。

"七七"事变爆发的时候，我14岁，正好初中毕业。我就读的菲律宾马尼拉南洋中学，当时是华侨进步师生比较集中的学校。事变前，救亡运动已在学校兴起。事变发生后，富有爱国传统的华侨各阶层广泛动员起来，在全菲各地成立了许多抗敌救国的群众团体，发动捐款支援祖国抗战，并动员华侨青年学生、工人回国参战，同时还发动了抵制日货运动，以减少南洋社会资产流入侵华日寇手中。当时我们南洋中学的爱国师生们，都积极投入了各项抗日救国的活动，募集的部分捐款和药品，经香港转赠了八路军。

正当我们为国共两党停止内战、合作抗日而兴高采烈的时候，一声霹雳从华中战区传来：日寇长驱直入占领南京。当即有"南京杀人几十万，国都变屠场"的报纸号外在华侨社会散发，海外炎黄子孙们被空前激怒了，华侨热血青年纷纷请缨回国杀敌。华侨青年同祖国命运紧密相连的感情，从来没有像这个时候这样强烈！我作为一个14岁的少年华侨学生，也向父亲提出了回国参战的请求。

一万多华侨青年回国参战

据不完全统计，"七七"事变后回国参战的华侨青年学生、工人有一万多人（若不是重洋万山阻隔，回国参战青年绝不止此数）。新加坡电视剧《雾锁南洋》描写抗战初期新加坡华裔青年回国参加抗战的镜头，是非常真实感人的。在当时的历史条件下，归侨青年大部分参加了国民党的陆、海、空军，有的参加了桂系军队。数千名华侨司机、技工，在以陈嘉庚先生为首的南洋华侨筹赈祖国难民总会的组织下，承担了滇缅公路运送军用物资的任务。另有两千左右的华侨青少年，分赴延安和华北、华中、华南的敌后战场，参加了八路军、新四军、东江纵队和琼崖纵队，对日寇展开了艰苦卓绝的战斗。当时，我就是奔赴延安的华侨青少年之一。我们南洋中学有二十多人回国参加八路军、新四军。他们之所以选择奔赴延安的道路，一是因为看到当时抗日最坚决的是中国共产党领导的部队，二是赞成中国的未来应该走苏联社会主义的道路。我能实现奔赴延安的愿望，很大程度上得助于我的父亲王雨亭。他早年参加过辛亥革命和讨伐袁世凯的斗争；1919年在菲律宾同傅振机（即傅无闷）先生一起创办了《平民日报》；1932年又同庄希泉同志一起在菲创办《前驱日报》，宣传抗日救国。"七七"事变后，他受廖承志和成仿吾同志的委托，介绍过成百名华侨青年回国到陕北公学和抗日军政大学学习。父亲从爱国主义走上共产主义，从同盟会员成为共产党员。眼看父亲介绍一批又一批来自宿务、怡朗市和马尼拉市的华侨青年回国去延安，我心里急如火燎，一再恳求父亲允我同行。起先父亲不同意，说我尚未成年，且体弱多病。我辩解说："体弱可以锻炼，疾病可以战胜，况且我动作轻捷灵敏，打仗没有问题。"在我一再坚持下，父亲被感动了。1938年10月，他亲自带我回国。不意船到香港当天，华南战争爆发，日军占领了广州，北上的路暂时走不通，不得已在香港庄希泉同志家住了半年多。1939年5月，适有一批新加坡、中国香港司机服务团人员和几位学生要回国参加八路军，父亲便把我交给八路军驻香港办事处连贯同志，让我同服务团一起参加八路军。临行前，我请父亲在我的纪念册上题词，他命笔写道："这是个大时代，你要踏上民族解放战争的最前线，我当然要助成你的志愿，决不能因为'舐犊之爱'而忘了我们的民族意识。别矣真儿！但愿你虚心学习，勿忘我平日教你的有恒七分，达观三分（意指一个人要有所成就，七分靠恒心，三分靠达观），锻炼你的体魄，充实你的学问，造就一个健壮而又有智慧的现代

香港司机服务团

青年，为新中国而努力奋斗！"1939年6月3日，我应时代的召唤，带着父亲的祝愿，随同新加坡、中国香港司机服务团，离香港经越南北上，踏上了抗日战争的征程。

北上途中

新加坡、中国香港司机服务团成员共有三十人左右，他们驾驶海外华侨捐赠八路军、新四军的二十二部美制大卡车和宋庆龄同志赠送的一部漆着红十字的大救护车，途经越南的海防、河内进睦南关，到了广西边陲重镇凭祥。车上满载华侨捐赠的药品、纸张和汽油。随同我们北上的有德国医生米勒，他是反对希特勒法西斯的忠诚战士，怀着高度的国际主义精神，不远千里前来参加八路军，共御日寇。

重庆八路军办事处派王超北同志到香港接我们。到达越南的海防市时，又有两位八路军副官前来迎接我们，其中一位是龙飞虎同志。他们负责保护我们的安全，负责与沿途国民党关卡进行交涉。到凭祥后，听说在我们之前，已经有好几批运送海外华侨捐赠八路军物资的车队，经过广西、云南北上重庆、西安。龙飞虎同志向我们介绍了北上途中要特别注意的几件事：第一，沿途有日本飞机的轰炸扫射；第二，国民党军警和便衣特务经常抓走投奔八路军的华侨学生、工人，因此要特别注意集体行动，不要走散，以防不测；第三，沿途疟疾流行，还要警惕霍乱。他劝我们学会吃生大蒜，说大蒜是红军长征时候的"万灵药"，敌后抗战也少不了它。从这个时候起，我学会了吃生大蒜。

在副官同志的安排下，北上行车时我一直站在司机室外的卡车踏板上担任防空哨，行车中一见远处出现敌机即令停车，人员跳进路旁草丛或沟中隐蔽。由于保持警惕，汽车在途中虽被日本飞机的机枪打坏了两辆，但人员没有伤亡。可是在贵州境内，翻车事故和疾病还是夺去了我们中三位同志的生命。

车队进川南的时候，有一天午前，停在一个小镇边稍歇，司机周牛同志和我忘了副官要我们不离集体的嘱咐，走进小镇想买碗茶水喝，不意水没有喝上，却被一批国民党军警围住了，问我们从哪里来、到哪里去。这时，我才猛然想起国民党军警要抓人的警告。正在不知所措的时候，突见穿着少校军服的副官气呼呼地跑过来，冲着我们说："车快开了，还不赶快走！"这才解了我们的围。出了镇子之后，他责备我们说："好险，告诉你们不要乱跑，为什么不听？"这是我回国后受到的第一次批评。

车到重庆之后，我们被安排住在市郊嘉陵江畔化龙桥附近的八路军兵站。兵站负责人是另一位八路军副官。他既负责我们的安全，又协助炊事员给我们做饭，非常勤劳，一点架子也没有。我们一到，他就嘱咐我们说："近来重庆经常受到敌机空袭，你们一听到警报响，就立即进入兵站对侧山边的防空洞里，不要乱跑。"我们由于从广西北上，一路受到敌机空袭，已经窝了一肚子气，听说重庆时有空战，都希望能亲眼看见打下日本飞机，好消消肚子里的气。正好到重庆的当天傍晚，空袭警报响了，服务团的同志们进入了防空洞，我和几位较年轻的同伴悄悄溜下嘉陵江水滩边，心想炸弹总不会落到这里。然而当敌机飞临兵站上空的时候，汉奸在兵站附近突然发出火光信号，只见戴着钢盔的副官大喝一声，朝发出火光信号的方向打了几枪，随即炸弹在兵站周围倾泻而下。在炸弹爆炸的气浪中，副官倚立小树旁注视周围，岿然不动，令人肃然起敬。不久，我们车队继续北上到达西安七贤庄八路军办事处。几天之后，突然听说这位可敬的副官因操劳过度，心脏病突发去世，大家深感悲痛。

来到新世界

1939年8月中旬的一天，西安八路军办事处派另一名副官护送我们这批从海外和香港回来的司机和学生到西安西北的安吴堡青训班学习。青训班在抗战初期同陕公、抗大并列为中国共产党的三大学府。它是当时我党设在蒋管区的一个青年学府，成立于1937年10月，到1939年底结束。在短短的两年多时间里共办了一百二十四期，培训出一万四千多名抗战骨干。他们绝大多数是来自全国各地的青年知识分子，经过三四个月的短期培训后，输送到华北、华中、华南敌后战场，在战争中发挥了重大的作用。

青训班对来自海外的华侨青年和港澳青年表示特别热烈的欢迎，当我们到达的时候，在这个慈禧太后曾经住过的古堡里，为我们举行了盛大的欢迎会。据了解，青训班每期华侨学员至少有三四人，一百二十四期学员中，华侨估计不下四百人。我们这批来得最多，班领导把我们编入第一二三队，专门成立"华侨排"，排长是泰国归侨罗道让同志，我被任命为排政治干事。第一二三队队长是"一二·九"运动老将王元方同志，队指导员是曾经在东北抗日联军中战斗过，后在苏联东方大学工作过的杨金涛同志。

来到当时延安的窗口安吴堡，我们仿佛进入了一个全新的社会，一个新的世界。这里的政治空气异常清新，抗战气息非常浓厚，墙壁上写满了抗战标语，画了不少抗战壁画。一清早，军号声、操练声和抗战歌声响成一片，令人精神振奋。这里没有悲观失望，有的是抗战必胜的信念；这里没有官气，有的是干群平等、上下一心的关系；这里没有尔虞我诈，有的是团结友爱；这里反对口是心非，强调言行一致……这里的人们来自五湖四海，有参加过长征的红军干部，给我们讲述了爬雪山过草地的亲身经历。有从前线回来的干部，向我们讲述了日本兵的"武士道"精神，说：日本兵的"武士道"精神，确实凶狠、顽强，但敌不过八路军的革命英雄主义，一听到"八路"，都特别害怕。听了他们的讲述，我们特别高兴。还有一些蹲过国民党监狱的同志，讲述国民党特务的阴险毒辣，对革命青年的百般摧残，以及烈士们视死如归的气概。在安吴堡学习的四个月中，我接受了革命的洗礼：初步学习了革命战争的理论、政策和战略策略，从书本知识和活教材中吸取了丰富的营养，提高了自己的精神境界，为以后的征程打下了思想基础。

1939年12月，我结束了在安吴堡的难忘的学习生活，在组织安排下，北上延安。

延安的归侨们

回国就是要上前方打仗，这是当年华侨热血青年的普遍愿望。不打仗回来干什么呢？所以，一到延安，我便向组织上提出上抗日军政大学学习一段时间然后上前线的请求。尤其是听到我的同班同学施纯亮（现名安岱）、张道时、吴一舟都已经上前线了，就更认为自己非去不可。可是组织上对我说：延安同前方已经没有很大区别了，日军已经进逼黄河东岸，延安已被日机轰炸，蒋介石也在调兵遣将包围陕甘宁边区，仗有你打的。况且你还小，抓紧时间多学点革命的理论吧。没有革命的理论，就没有革命的实践。毛主席说过，中国如果有两百个真正精通马克思主义的人，革命的胜利就不成问题了。组织上的这番劝告给我的教育非常深刻，我终于服从分配到青干校，如饥似渴地学习革命理论，同时在青年艺术剧院做些自己力所能及的工作。

我在安下心来之后，发现延安真是归侨青年的乐园。这里有许许多多的学校：陕公、抗大、青干校、中央党校、马列学院、中国女子大学、医科大学、政法学院、通讯学校等，都有华侨青年在学习。这里的机关：杨家岭中央研究室、王家坪军委作战部、联防司令部、边区政府、法院、财贸系统、中央医院、新华通讯社、新中华报社、解放出版社，以及各个工厂，都有华侨青年在工作。这里生机盎然，尽管临近前线，常受敌机袭扰，但大家在紧张工作学习之余，仍然一片欢乐。在朱总司令的带领下，体育比赛遍地开花，篮球赛、排球赛、足球赛、游泳赛等，华侨常常取得好名次。在各单位、学校举行的晚会上，归侨青年表演的南洋歌舞常为娱乐晚会锦上添花。归侨们在各自工作岗位上和大生产运动中的拼搏精神，受到国内同志的好评。在当选的劳动模范中，不少是来自海外各地的归侨。从延安转战到前方的华侨青年中，涌现出不少战斗英雄，最著名的有印尼女归侨李林烈士，抗战后期有著名的泰国归侨叶驼烈士。屡立战功的黄登保同志是来自菲律宾的归侨。还有归侨战地记者、战地作家仓夷、

王唯真与妻子陈萍在延安

白刃、黄薇（女）等，他们出生入死为中国人民传播了民族解放战争的光辉诗篇。战斗的激情弥漫着前方和延安，归侨和国内革命青年共享着历史上罕有的战斗的欢乐。大家奋发忘我地工作，为彻底打败日本侵略者贡献自己的青春。

1940年5月31日，陈嘉庚先生到达延安，作为期七天的访问。陈嘉庚先生和随访的李铁民、侯西反先生同我父亲很熟悉，他们在延安见到我感到很惊讶。在同我们一批来自南洋各地的华侨男女青年谈心过程中，他们一再问我们为什么要参加八路军，对共产党的看法如何。我们异口同声地说："共产党、八路军抗日最坚决，最受人民群众的拥护。"并以我们的亲身经历，讲述了延安和解放区的官兵一致、军民一致、干部廉洁、以身作则,共产党员吃苦在前、视死如归等新精神、新风貌。陈嘉庚先生经过实地考察,为延安精神惊叹不已,为归侨青年的战斗激情深深感动,特别是经过毛主席、朱总司令热情的接待、坦率的交谈和富有说服力的解说,嘉庚先生因当时蒋介石消极抗战积极反共而笼罩在心头的乌云豁然解开,得出了"中国的希望在延安!"的结论,从而在很大程度上影响了海外侨心转向中国共产党。

陈嘉庚先生访问延安,启发了延安的归侨,促使延安爱国华侨联合会很快正式成立,它成了民族民主革命期间我党侨务战线上的一支宝贵力量。

1940年10月7日,我作为延安青年艺术剧院唯一的华侨青年,光荣地参加了中国共产党,主持入党仪式的是青干校党总支书记史青同志(当时青艺支部属青干校总支)。过不久,史青同志交给我一封信,是叶剑英同志写给我的,信里说:"你父亲托庄希泉先生带一支派克笔到重庆八路军办事处,嘱转给你。见信请来我处领取。"我既惊又喜,因为我的钢笔到延安后不幸折断,工作学习很不方便,当时在延安是买不到钢笔的,我带着试试看的心情写信给父亲,请他支援我一支钢笔,不意这么快就带到,而且是叶剑英同志给带来延安的。我带上信到王家坪,找到叶剑英同志的住处,他外出开会,恰好他夫人在家,凭信把笔交给了我。这件事虽小,但反映了当时中央领导同志对华侨青年是多么地关怀!

(本文选自《回国抗战 奔赴延安》,中国文史出版社2005年版。内容有删节)

从泰国到延安

庄国英

庄国英，1939年从泰国归国到延安。

祖国在召唤

我出生在泰国。父亲本是贫苦农民，为生活所迫，来到泰国，当过码头工人、船夫。母亲是泰国人，她变卖了陪嫁的金银首饰，在一个县城里办起了夫妻缝纫店，后略有发展，改营五金。我6岁那年，父亲送我回国到家乡伯父家读书。读完小学，又接我返回泰国，随他在小店里学商。当时我有三个弟妹，年纪尚小，父母把养家兴业的希望全都寄托在我身上。

但是，卢沟桥的炮声打乱了他们的安排。我突然从家里逃走了。自幼在祖国受到的教育，使我热爱祖国，热爱中华民族，在祖国面临灭亡、同胞面对屠刀的时刻，一个炎黄子孙怎能安心地在异国他乡的一个小店里拨弄算盘呢？

我逃到曼谷，打算找几个朋友一起回国。我身上只有疼爱我的姨母给的几十铢泰币，住不成旅馆，夜深时，就偷偷地睡在火车站的大椅子上，经常在睡梦中被警察拉起来赶走。我简直成了流浪儿、叫花子。等我找到朋友，父亲派来的堂兄也来到曼谷。堂兄早就知道我一心要回国当义勇军，开口就说："你刚刚16岁，既没有特长，语言又不通，回国能做什么呢？扛枪当兵你也不够格呀！你父亲说，你如果不愿意在家，可以给你一笔钱，让你自己去做做生意；你母亲要你赶快结婚，成家立业……"我知道父母是想把我拴住，说我年龄尚小，语言不通，没有特长，这也确是实情。这点不仅许多朋友提出过，组织上也主张我再读几年书。最后，我答应堂兄：先不回国，但要读书。

次日，通过老乡关系，我认识了苏兰同志，她带我去报考启明中学。后来，父亲赌气不肯负担学费，我只好半工半读，白天进东亚火柴厂做工，晚上去夜校念书。

在这个时期，我参加了工人抗日救国联合会和民族解放先锋队，投身抗日救亡活动。我还参加了一些歌舞剧团，深入小城镇演出，宣传中泰亲善，募款支援祖国抗战。

1939年，祖国形势更危急了。春夏间，在共产党员欧阳同志带领下，我们十二个华侨男女青年离别了我们可爱的出生地、第二家乡——泰国，奔向战火中的祖国。

出发时，父亲带着路费来为我送行。看着日渐衰老的父亲，我的心一酸，热泪不禁涌了出来，不是我不留恋亲人，不是我不热爱自己的家，为了危难中的祖国，父亲终究还是理解了我。

在老挝

1937年我离家逃至曼谷时，几乎每次有轮船回国，我都到码头去欢送那些回国抗战的志士们。多么热烈的场面啊！男女老少，人山人海，锣鼓喧天，锦旗蔽日，光荣的花环戴在志士们胸前，激动的热泪淌落在父老的衣襟上……这次我们回国却没有享受到这种荣誉，因为广州沦陷，水路断绝，只能取道老挝、越南走陆路，还是悄悄集合出发的。

我们穿过泰北，渡过湄公河，来到万象，然后经他曲到沙湾那吉。由于要办理出入境手续和护照，需要在这里居住一段时间，华侨和当地人民给我们热情帮助，他们立即腾出小学的校舍让我们住夜。佘坤记和姓吴的华侨首领免费供我们丰盛的三餐，我们很过意不去，他们却说："你们回国去抗日，就是英雄、志士，能帮你们一点忙，也感到自豪。"

老挝这时还是法国的殖民地，办理出入境手续都需经法国官员。这些官员一拖再拖，熬得我们心急如焚。不能浪费时间，要为抗日做些事情啊！这里很偏僻，消息闭塞，我们便借来一台功率较大的收音机，收听并记录下国内的消息，刻印成小报，宣传抗日救亡。我们把这份小报命名为《民先日报》。它的出现轰动了当地的华侨，共产党领导的敌后抗战胜利的消息使他们欢呼雀跃，他们说："你们的小报使我们的心和祖国贴得更紧了。"

经过当地华侨界的努力，出入境手续终于办下来了。侨界领袖、学校教师和我们合影留念，热烈送行，并派专人专车把我们送到河内。

祖国啊，我们回来了！

在河内，一位叫吴田夫的华侨青年接待了我们。只用了两天，他就把一切手续办妥了。我们告别了这位可敬的同志（后来他也到了延安），乘火车经老街进入云南河口镇。

这一天正是9月18日，两位女同志动情地唱起《松花江上》："九一八，九一八，从那个悲惨的时候……"听着听着，大家也随着唱了起来："哪年，哪月，才能够回到我那可爱的故乡？哪年，哪月，才能够收回我那无尽的宝藏？爹娘啊，爹娘啊，什么时候才能欢聚在一堂？"一路歌声，一路激情，当天我们就乘火车来到祖国的大后方——昆明。我们默念着：祖国啊，我们回来了！我们为你效力来了！

等待我们的是什么呢？

我们首先看到的是，马路上、饭店和茶馆里到处都张贴着"莫谈国事"的标语。随后，我们又听到"日寇要进攻大西南，重庆国民党政府在准备疏散人口"的传闻，这像一瓢冷水突然浇在我们火热的心上。看着眼前人心惶惶的情景，我们无限激愤，无限沉痛：短短的两年工夫，从东北到华南，从北平到广州，全都拱手让给了敌人，现在就连大西南也保不住。可敬的"国府"，你的百万大军是做什么用的？！

我不由得又想起"国府""攘外必先安内"的"高论"和"限制异党活动"的条例。跟着这样的"国府"又怎么能抗战呢？大部分同伴拿定主意："要抗日，就得找共产党去！"我和欧阳、叶克、苏兰下定决心，非到延安不可，我们互相鼓励说："不到黄河心不死，掉脑袋也要去延安！"

在重庆

我和叶克首先离开昆明，乘长途公共汽车到达重庆，在嘉陵江边一家小旅馆住下。第二天，我们就找到新华日报社，见到刘述周同志。在他的热情帮助下，第三天便和八路军办事处联系上了，我们当即交上了抗日救国联合会（党领导的）的介绍信。

征途迢迢，千辛万苦，终于来到母亲身边。没料到，竟出现了意外的情况。办事处的同志沉默了半天才惋惜地说："收容你们并送到延安，现在很困难了。国民党又掀起了反共浪潮，挖空心思造事端、闹摩擦。投奔延安的青年被关进集中营，就是穿上八路军军服也要被扣押……现在实在没法收留你们了。"可恨的国民党反动派，自己不抗日，也不许别人抗日！我们投进了母亲的怀抱，却不得不离开！沮丧、愤恨使我们的热泪簌簌流下。最后，接待的同志出主意，让我们先到侨生接待所（国民党政府办的）报到，先免费解决食宿问题，然后再慢慢想办法。我们只好照办了。

在重庆无亲无友，新华日报社就是我们的依靠，报社的同志对我们也非常关切。经刘述周同志介绍，我们认识了读书生活社书店的陆良才同志，大家一起反复商量，决定先到距延安近些的民族革命大学去，然后再设法投奔延安。陆同志找到"民大"招生处，为我们领到二战区司令长官阎锡山签署的护照。

正办理买长途汽车票的手续时，侨生招待所主任得知了，他亲自来找我们谈话："出于关心和爱护华侨子弟，出于对你们的父母负责，决定介绍你们到三青团受训……"事情太突然了,我赶忙说:"我们是来上学读书的呀!"这个主任干笑了两声,说:"是的,到三青团去,也照样读书、升学,而且会更高级。那里学习、生活都很好,毕业后有前途、有地位。送你们去,是出于对华侨青年的特殊照顾。共产党那里很不好,什么'敌后游击战',什么'人类进步',都是假的,那里缺吃少穿,生活糟透了……你们可不要上当受骗呀!"说着,他从衣袋里掏出一封信交给我们:"这是介绍信,到三青团去,明天就去报到吧!"

国民党要下手了,应该马上离开重庆。我们决定步行去成都,立即当卖了手表、衣物。第二天清晨,我们和约好的两位广东华侨青年背上行李包,悄悄地离开了重庆,向成都走去。

小镇四日

背着行李徒步行军,是有生第一次,我们兴奋而自豪,但在国民党统治区,不得不小心翼翼,心情也都有些紧张。

到了山洞镇,天色晚了,大家也疲倦了。在哪里过夜呢?我们看到路旁有一座小学校,就鼓起勇气敲了敲门。门开了,走出一位年轻的女教师来,她打量了我们一番,眼光落在堆放在地上的行李上,用粤语问:"老乡,你们要上哪里去?"我们告诉她要到成都求学。她沉思了一会儿,似乎一切都明白,说:"好吧,你们就住在我这里吧!"说着,她帮我们把行李提进她的房间,端来热水,让我们洗脸解乏。趁这时,她打扫干净隔壁的房间,用桌子为我们拼了一个大床,并拿出自己所有的被褥给我们铺盖。

在教师食堂吃饭的时候,我们才知道她叫艾锦霞,是广东同乡。艾老师很关心华侨的状况,不住地问长问短。我们一边大口地吃着饭,一边无拘无束地说着华侨界抗日救亡的动态和自己的打算。艾老师关切地说:"你们到成都去,路还远着呢!背着个大包袱步行,什么时候才能走到?路上还不知道会发生什么麻烦事呢！"叶克说："不要紧，不到黄河不死心，总是能到的！"艾老师说："这样吧，我有个熟人是长途汽车站站长，我请他帮你们坐上去成都的车，这几天你们就在我这里做客。"她的语气热情而诚挚，一股暖流涌进我们心田。大家放下碗筷，高兴得几乎跳起来，竟不约而同地鼓起掌来，人人眼里闪着晶莹的泪花……

第四天，艾老师来通知我们，一辆装运水管的卡车可以免费送我们去成都。她那既高兴又惜别的神情，真让人感动。我们要付给她四天的饭钱，她生气了，说："我是为了抗日……"临上车时，我们紧紧地握着她的手，反复说着一句话："艾老师，你真好！"

汉中劫难

在成都过了元旦，我和叶克在读书生活社书店有关同志的帮助下，搭上邮局汽车驶向西安。在这条路上，国民党在广元和汉中都设了关卡和检查站，不少要奔向陕北的青年被扣押送往集中营。书店的同志和司机再三叮嘱我们要多加小心。

为了避开检查，司机放慢车速，在夜间十点左右到达广元。我们在停车场旁一间小旅店里熬过了这心神不安的一夜。

第二天中午，车开到汉中站关卡，被两个宪兵拦住了。他们借口说汽车里有国家的机密邮件，责令我俩下车。宪兵打发汽车开走后，竟不再理我们，我们只好住进路旁的中国旅行社。我俩把小房间的门一插，就仔细地清查行李，凡是可能被他们钻空子的东西，一概烧毁。刚刚做完这件事，国民党天水行辕副主任就带着几名宪兵前呼后拥、气势汹汹地闯进屋来。他们先打开行李包，一件一件地翻查我们的衣物；接着，又床上床下地查看；最后，又对我俩从头摸到脚地搜身。但一无所获。于是这位副主任干咳了两声，开始"政治攻势"了："陕北是红区，是危险地区，不能去！你们这些华侨青年很热情，但是幼稚无知，最容易上当受骗，我们要对你们的父母负责……我送你们到中央军校去学习，怎么样？"我们当即说："主任长官，你弄错了，我们是到二战区阎司令长官创办的民族革命大学去，不是到陕北，护照上写得很清楚！"这位副主任理屈词穷了，挥了挥手说："不行，还是去中央军校为好，你们好好考虑考虑。"说完，他们就扬长而去，留下一个乱糟糟的屋子。

我们赶紧去买车票，但车票几天前就卖光了，一连等了好几天，还是买不到。正焦急时，那位副主任又带着宪兵来了。他一张嘴就又是那一套：什么"八路军争地盘，扩势力，破坏国家统一"呀，什么"陕北缺吃少穿，民不聊生"呀，什么"上中央军校，可以当军官"呀……说着说着，他连阎锡山也攻击上了，说阎锡山也不是好东西，第二战区也是个没吃没穿的鬼地方。我们耐着性子听他絮聒，到非表态不可的时候就反复强调：一、我们不去陕北，并且与共产党毫无关系；二、民族革命大学同样是国民党办的，是好是坏我们愿意试试看，如确实不好，我们就回重庆。这家伙找不出我们的破绽，只好灰溜溜地走了。

又熬了几天，终于买到了车票，我们老早就上了车。终于，司机发动马达了，汽车就要出站了，我俩兴奋得紧紧握着手，可离开这个鬼门关了！突然，两个宪兵板着面孔出现了，他们挥手命令我们下车。我们又急又恼，又气又恨，再也忍不住了，一起嚷道："为什么？我们有车票呀！"

"有车票也得下来，你们有嫌疑！"宪兵蛮横地回答。

"你们查了几次，你说说有什么嫌疑？"

"嫌疑就是嫌疑，少啰唆！"说着，一个家伙拍了拍他身上的驳壳枪，表示再不下车就不客气了。我们只好下了车，眼看着汽车走远了。

一会儿，那个副主任又来了，这次大概得把我们关集中营了。不料，他却还是那老一套，我们也仍是以老对策把他磨走了。我俩分析，之所以不关押我们，是因为我们有阎锡山的护照，又没有被他们抓住把柄。他在搜查中已经知道我们没有多少路费，存心把我们耗得山穷水尽，最后使我们无可奈何地就范。

我们更加节俭了，顿顿吃大饼、咸菜。就这样又熬了几天，我们终于乘车闯出了这鬼门关。临走时，宪兵排长叫我们到西安后投中央第五战干团，还给了一封介绍信。为了减少麻烦，我们一声不吭地接过了信。

到达延安

到西安后的第二天，我们就到八路军办事处联系去延安事宜，办事处的同志答应发电重庆问清情况后答复。我们身上的钱已经快用光了，只好到二战区司令长官西安办事处报到，办事处表示欢迎并立即发饷，叫我们随时待命开赴民族革命大学（简称"民大"，校址在宜川）。

抗日时期的八路军西安办事处

就在待命的这几天，我们又遇到了一次危险。与我们同时住店的有二战区一个姓张的副官和一对年轻夫妻。他们知道我们是北上的爱国华侨，常过来搭话。那夫妇俩说他们是抗大学生，我们就放心地同他们大谈抗日救国。可账房先生告诉我们，这两人可能是特务，要我们警惕。那位张副官是牺盟会会员，虽说吃喝嫖赌无所不为，但抗日是不含糊的。就在账房先生警告我后不几天，那对夫妇带来两个特务模样的官员，要我们随他们"走一趟"。张副官看出苗头不对，便挺身而出，说他是受二战区司令长官办的委托来接我们的，要负责把我们送到二战区。特务们无可奈何，只好灰溜溜地走了。这样西安办事处就请他送我们到民大。这时正是严冬，一路上冰封雪盖，一派北国风光。我们心里暗暗盘算着，到了宜川，离延安就更近了，可是怎样才能到延安呢？

1940年1月，我们到了民大，开始了军训和阎锡山的那套"物产证券，按劳分配"的政治学习。这时适值蒋介石掀起反共高潮，侵占了陕甘宁边区淳化、旬邑等五个县城，阎锡山也在山西对我根据地发动进攻。第二战区内新旧军之间摩擦加剧，开始分裂。在这种形势下，民大也十分混乱，眼看就维持不下去了。果然，不久就传闻阎锡山不给民大发经费和薪饷，准备解散民大了。学校当局决定："愿左者左去，愿右者右去，何去何从，各人自便。"好！这正是我们实现投奔延安这一夙愿的好机会。我们和队政治指导员韩钧同志商量后向校方提出回重庆，校部批准了，发给我们"因公赴渝"的护照、路条。第二天，我们就雇上马车，沿着去重庆的路行进。中午，到达牛武镇，这里是通向延安的路口，韩钧同志和另一队的指导员按约定早已在此等候我们了。我们换乘马车，直向延安奔去。

进入陕北，我只觉得顿时浑身轻松、畅快：看天，湛蓝，高远；看山，雄伟，挺拔；空气清新，野花芬芳；路旁的庄稼和山顶的大树都像在欢迎我们。

就这样，历时一年，行程万里，冲破阻挠，尝尽辛苦，我们终于从异国他乡来到延安，投进了母亲的怀抱。

（本文选自《抗日华侨与延安》，中共陕西省委党史研究室编，陕西人民出版社1995年版）

扑向母亲的怀抱
——1939年投身抗战历闻
口述：马兴惠　　整理：何　汐

> 马兴惠，缅甸华侨，1938年由香港入广东，1939年辗转到延安。

马兴惠同志曾是一位海外游子，抗战期间，毅然扑向延安母亲怀抱。此后，一直工作在卫生保健战线上，作过突出贡献。

抗战中，他在给中央首长作保健的同时，长期在杨家湾抓点，开展农民卫生运动，使这个乡成为边区的两面红旗之一——卫生模范乡；抗战最困难时期，他创办了总后卫生部生产合作社，成绩突出，被选为劳动模范；他曾开创灭虱治疥新方法，使整个张杨纵队官兵受益，为此，贺龙曾亲自宴请他；他还深入连队解决了因粮食困难而发生的大面积消化不良症，提高了部队战斗力，为此彭德怀亲自给予通令嘉奖，并在各解放区开展了"学习马兴惠运动"。这些不可磨灭的功绩，早已多次记录在当年的新华社电讯和各解放区的报纸上。因为这些，1949年10月1日马老参加了开国大典。新中国成立后，他通过由苏联专家担任培训的三防高级师资进修班的学习，于1955年出任沈阳军区军事医学研究所第一任所长，在长期科研中培养了大批专家，直至离休。

这位老八路曾两次给"希望工程"捐赠巨款，据说是沈阳军民个人捐款最多者。他还默默资助两名贫困山区的失学学生和在沈阳就读的三名特困大学生。

可是这位慈祥的老人，自己是一身旧的确良衣服，脚上穿着很旧很旧的尼龙袜子和一双圆口的黑布鞋。老人说："钱是人民的，应该用到人民最需要的地方。"本文介绍的是马兴惠由海外游子成长为抗日战士的曲折历程。

——整理者

我祖籍山东潍坊，1936年在缅甸首都仰光的一个丝绸店当伙计。掌柜的也是山东人，不识字，我除了站柜台，还帮着记账。我当时初中文化，下了班经常看书。邻居王相尧系云南华侨领袖，与廖仲恺是拜把兄弟，见我好学，又有上进心，对我很欣赏。抗日战争爆发以后，许多华侨特别是一些像我这样的热血青年，都想方设法回国参加抗战，要为祖国抵御外来侵略出上一把力。由王相尧的引见，我认识了廖仲恺的儿子，当时中共驻香港办事处负责人廖承志。

1938年8月，我们缅甸华侨救护队一行三十二人由香港进入广东。踏上祖国的大地，即将接受抗日烽火的洗礼，大家的心情格外激动，多日夙愿今天终于实现了。不久，在广东惠阳，由我们党领导的抗日武装东江纵队对日本鬼子展开了一次较大规模的包围战，战斗打得异常激烈，我军伤亡较大。我们救护队在战地抢救了一批轻伤员，经包扎后送回后方。稍后日本鬼子大举进攻，救护队只好返回香港。第一次抢救伤员，给我留下了终生难忘的记忆，也更加坚定了我抗击日本侵略者的决心。

在香港停留期间，我找到廖承志，求他想法把我送到延安。廖承志当即给自己的结盟兄弟、中国红十字会救护总队干事长林可胜写了一张便条。大意是：可胜兄，今有缅甸华侨青年马兴惠要去延安，请予以安排。林可胜当时是世界著名的生理学家，他率领一批医学界有名望的专家、教授，在湖南等地组织培训了数十个红十字会救护队，一方面向海外募集医药品，一方面进行战地救护工作，在国内外很有影响。长沙大火之后，中国红十字会救护总队迁到祁阳。因当时华侨救护队成员意见不统一，有人想留在广州，有人要到抗日一线，有人要去延安，于是原有人员各奔前程。我们十二人意见相同，决定重返前线。在香港稍作休整，我们十二人便带着少量资金由香港坐船来到广东汕头，准备走旱路去韶关，然后奔湖南的祁阳。我们住在汕头的一家小客栈里，因为人多，又是华侨，比较引人注意，老板便报告了当地的警察局。国民党警察来检查，在一个同伴的行李里翻出了一张延安抗大的招生传单，便追问来历。几名同伴立刻解释说，传单是路上一个不相识的人送的，我们根本不清楚是怎么回事。警察找不到其他把柄，也奈何我们不得。见此情景，大家认为汕头不可久留，决定步行奔向韶关。一路风餐露宿，辛苦异常。我们这些华侨在国外的生活条件都可以，没吃过这样的苦，也没遭过这样的罪。但大家都抱着一个坚定信念：早日走上抗日战场，再苦心里也甜。

还真巧了，途中恰好遇到广东省卫生厅三辆运送医疗物资的汽车，我们拦住车，与司机讲明情况，司机答应捎上我们一起走。同伴们分头上了汽车，只见车厢里摆满了药品箱，没有空闲地方，只好硬挤上去。虽然憋屈点，但行路的速度却大大加快了。我当时年轻，身体好，好胜心又强，就和另一个同伴站在一辆汽车驾驶门外的踏板上随车前进。我有打瞌睡的毛病，怕睡着了掉下来，就用随身带的电线把自己牢牢绑在车门上。一路颠簸，赶到了韶关。因战乱，韶关到衡阳已不通旅客列车。铁路工人得知我们要去抗日前线，就热心地告诉我们，有一列运送物资的闷罐车将从韶关去衡阳。我们等来了闷罐车爬上去，车行三昼夜，强忍着饥寒来到了衡阳。当时冬雨绵绵，我们身上都淋透了。我冒雨找到红十字会驻地，把廖承志的便条交给了林可胜，他立刻叫女秘书给我们安排住的房间，并给我们换上了一身干衣服。当我们换好衣服，喝着热咖啡的时候，真像长期在外奔波的孩子回到家一样，真是舒心极了。

我们十二人被编入中国红十字会第五十四救护队，开始了医疗救护知识培训。在培训班学习期间，我们都很努力。虽然只有四个月的培训，却为我日后从事医疗保健工作打下了良好的基础。机会终于来了！1939年夏，由林可胜安排，第五十四救护队先去西安，然后转道去延安。临行前我去找林可胜话别，没想到只见到了女秘书。女秘书告诉我：此地是蒋管区，为了避嫌，林可胜有意躲起来了。没见到林本人，我只好在心中暗暗为他祝福了。恩师，请多保重吧！救护队风尘仆仆来到西安，休整期间由我和队长打前站去延安。1939年7月末，我和队长乘八路军驻西安办事处的汽车来到了革命圣地延安。当我望见宝塔山的时候，不由得心潮激荡，我这个海外游子终于投入了革命母亲的怀抱。当时我刚好22岁。

其后，我被分到延安军委卫生部担任保健医，重点负责中央领导同志的保健卫生工作，曾多次聆听过毛泽东、朱德等老一辈无产阶级革命家的讲演或报告，当面得到过他们的亲切教诲。毛泽东主席在张思德同志追悼会上讲话的情景，至今仍历历在目。就是这篇悼词，新中国成立后收入《毛泽东选集》，成为著名文章《为人民服务》。

1940年10月10日，朱德总司令由三五九旅旅长王震等陪同从延安奔赴前线时，因下雨山路难行，途经甘谷驿第二兵站作了短暂停留，向我们兵站全体医务人员作了一次报告。中心讲的是"朱毛一条心"，介绍了两个人如何密切合作。朱总司令非常尊重毛泽东主席，突出他的领导作用，而把自己放在从属位置，展示了一个伟大的无产阶级革命家和军事家的博大胸怀。听完报告，我找到院长，让他请求朱总司令为我题词。我把想法和院长讲了，能不能行心里可没有一点谱。

当晚，已经熄灯了，院部通讯员到住处来叫我，说院长有事找我。我找到院长，院长高兴地告诉我，朱总司令在窑洞里等着见你呢。我和院长来到朱总司令住的窑洞，朱总司令详细询问了我来延安以后的学习和工作情况，并勉励我今后要更加努力上进。临别时，他递给我一个纸卷，我拿着纸卷立刻返回住处，想不到油灯没油了。我急于知道纸卷里写的是啥，就拿着纸卷赶到医院值班室。值班的是个女护士，加上时间又很晚了，进屋不方便，我就在窗外让女护士把油灯端到窗前，借着油灯的微弱光线，打开了纸卷。只见上面用毛笔写着十五个大字：坚持抗战，坚持持久战，坚持统一战线。右边写着一行小字：马毅同志纪念。再下是朱德名字。我当时如获至宝，别提多高兴了。以后我随副总司令彭德怀的部队到过晋绥，又转战西北，一直到新中国诞生，这幅题词始终带在身边，至今仍完好无损。

1941年，我被选送到陕北公学学习。在校期间，我光荣地加入了中国共产党。因为当时党员还不公开，支部书记问我谁当介绍人时，我说出一个同志的名字。支部书记又问：为什么要由他当介绍人？我回答，因为他与一般同志不一样，样样工作都干在前，肯定是党员。后来一了解，才知道那位同志是党支部的组织委员。填写入党志愿书时，支部书记问有无曾用名，我告诉支部书记，过去名字叫马兴惠，到延安后觉得有点女孩子气，就改叫马毅了。支部书记说，马兴惠名字不错嘛，干吗要改呢。从此我又恢复了原名马兴惠。因朱总司令题词时我还叫马毅，所以他只能写"马毅同志"了。

从陕北公学毕业，我被分到中央总卫生处工作，当时的处长是傅连暲，我们还是负责中央领导的日常保健工作。当时毛泽东主席、朱德总司令及"五老"（徐特立、谢觉哉、董必武、吴玉章、林伯渠）等领导的身体都不错。王稼祥、关向应、王明身体差一些。特别是关向应同志，当时肺病已是晚期，按现在的诊断应是肺癌。中央派一位干部的女儿专门护理他，并打算做他的妻子。关向应知道自己身体不行了，就对那位比他小许多的女同志讲，你护理我，我十分感激，但你要当我的妻子不行……半年后，关向应病逝。这位老革命的磊落胸怀，使我终生难忘。

当时毛泽东主席经常叮嘱我们：我身体很好，不用老来探望，要重点照顾身体弱的领导，王明身体差，更要好好照顾他。我们总卫生处几名同志都很努力，克服了当时的重重困难，夜以继日地辛勤工作，保障了中央领导指挥抗日战争。有一次，王明患胃肠炎，险些发生医疗事故。由于全力抢救，得以化险为夷。事后，毛主席见到我，拍着我的肩膀说："小马啊，你帮了我们一个大忙，不然……"每当回忆起延安岁月，我就像在摇篮里长大的孩子一样，对延安深情依在。

（本文选自《党史纵横》1996 年第 9 期）

延安的城门
成天开着

堕马折臂去延安

光未然

> 光未然，原名张光年，湖北老河口人。1935 年肄业于武昌中华大学中文系。1939 年 1 月，率领抗敌演剧第三队由晋西抗日游击区奔赴延安。同年 3 月，到延安后创作《黄河大合唱》。早年从事抗日救亡文艺活动，任抗日救亡秋声剧社社长，拓荒剧团团长，国民政府军委会政治部第三厅中共特支干事会干事，缅甸仰光《新知周刊》主编，缅甸华侨青年战工队总领队，《民国周刊》北平版编辑负责人。新中国成立后，曾担任《剧本》《文艺报》《人民文学》主编。1984 年被选为中国作家协会副主席。

"八一三"沪战后，上海、南京被日寇占领，我又回到武汉。这时国共第二次合作的局面已经形成，国民政府设在武昌，八路军办事处设在汉口日租界。上海和北方的大批文化人群集武汉，武汉成为抗日的政治和文化重镇。

中共湖北省委的工作经过十年破坏停顿后，开始恢复活动，董必武同志任共产党湖北省委书记。我的老合作者、老朋友何伟这时任省委委员，他找我到他任教的学校谈话。我向他讲述了自己从武汉到上海这一段的经历和活动。他轻声慢语地亲切与我交谈，并提出想介绍我入党。而我早就是地下共产党员，大革命后与党失去了联系。他表示理解我的情况，他说："经过十年的时间，一下很难找到当时的证明人。我们目前的工作非常需要像你这样的同志，你还是重新入党吧。先进来工作，其他问题以后再说。"他特别强调说：重新入党就不用再经过候补期了。不久，经董老出面，李实也终于从狱中解放出来，在陶铸同志帮助下，也解决了长期脱离组织关系的问题。

安先荫（后更名安光荫）是一位热心文化事业的朋友，他也是地下党员，家中留给他一笔较丰厚的遗产。依靠他的资金力量，再加上我与李实，我们三人合手创建了扬子江出版社。李实任社长，安先荫做经理，我做编辑，李实夫人左英民当会计，曾霞初是办事员（后来是新华书店的得力干部）。出版社租用汉口盐业银行所属盐业里2号一层楼的房间，条件相当不错。我们主要的出版业务是汇编、出版当时武汉《新华日报》上发表的中共中央领导人的文章，多是小薄册子。这类读物当时不少年轻人很爱读，所以发行颇广。我们同时还出版过陈唯实教授的哲学著作及鼓吹抗战的文学书籍，其中包括我自己的《街头剧创作集》。我当年极力提倡街头剧演出。街头剧就是将卡车的三块板放下后，搭成简易的舞台，演员们可随处演出，具有灵活方便、快速有力的宣传功效。这办法在抗日救亡的文化运动中起到了一定的作用。

除了出版社的编辑工作和写作一些抗战檄文外，那时我还参加文化界、文艺界的许多社会活动，如中华全国文艺工作者抗敌协会（简称"全国文协"）及全国戏剧工作者抗敌协会（简称"全国剧协"）等的活动。全国剧协的会长是国民党中央宣传部部长、反共头子张道藩，副会长田汉、洪深，秘书长马彦祥，我是常委，也参加处理一些日常会务。我当时写的几个剧本及流传甚广的歌曲《五月的鲜花》，都是以东北为背景的抗日题材，我因而被误认为是东北作家，对此我没有否认，东北救亡总会的一些重要活动也常邀请我去参加。同时我与冼星海、张曙还热心参加青年救国团的歌咏会、合唱队活动，星海几乎每天都去那里指挥演出，我一周去一次。当时共青团组织尚未恢复，青年救国团起了团结教育各界青年的作用。拓荒剧团也恢复了活动，我仍任团长，刘露仍与我合作，新加入的田冲、徐世津、赵寻、周德佑等人很快成为剧团主力，我们以演出街头剧为主，如《放下你的鞭子》，我写的《难民曲》《沦亡以后》等，不仅到街头演，有时还到农村去演。总的来说，我在戏剧、歌咏方面花费的精力较多。

那时很多进步青年要求去延安，我在延安有不少熟人，我常常帮助写个短信，他们拿到日租界八路军办事处开个证明或介绍信，坐火车一般也不会碰到什么阻拦，这样至少使上百人去延安的梦想得以实现。这种好事何乐不为？正好又赶上设在第二战区临汾的民族革命大学来武汉招生并招聘教师，学校校长由阎锡山兼任，他派来招生的两个人都与我相识，一个是阎的女婿梁延武，一个是剧作家陈白鸥，都曾留日攻读文学，回来后在阎锡山那里做官。他们一到武汉就来找我，请我帮忙招收学生，聘请教授。李公朴因去汉阳兵工厂演讲被诬为煽动兵变一度被抓，这时他觉得在武汉已很难再安居下去。我就出主意，请那二位专诚聘请李公朴去讲学。当时大批文化人都向往延安。在我的推介和安排下，著名文化人李公朴、邓初民等人，还有我认识的一批东北知名作家如萧红、萧军、舒群、端木蕻良等，都被民族革命大学郑重聘任为教授。招收的几百名学员，有不少是我们过去读书会的成员，包括后来成为部队作家的戴夫同志。还有来自华北、上海、南京的一些流亡青年、失业青年，他们都想以民族革命大学为随后奔赴延安的便利中介，因而报名非常踊跃。我的大妹张篷也加入其中。这些学员到临汾半年以后，大部分都实现了自己的心愿，转赴延安了。

我们租住在盐业里的扬子江出版社楼房不仅窗明几净，而且很宽敞，有开阔的会客室，还有长长的会议桌、沙发椅，可供与作者约稿、改稿、交谈，清点捆扎出版物。有一天，何伟找到李实和我，说沈钧儒老人来汉口了，一下找不到合适的住处，问我们能否接待。我们当然欢迎。我当即腾出自己住的房间给沈老，自己迁到会客室的一角支起蚊帐。那时沈老已年近70，他和女儿（后嫁给范长江）同来。沈老住我们这里后，看望他的客人络绎不绝，文化界的领导人几乎都来过。有一天，我们和沈老都不在家，回来后发现桌上留下的三张名片是：周恩来、秦邦宪（博古）、陈绍禹（王明）。救国会的诸君子来得就更勤了，邹韬奋、范长江、李公朴等及文化界的著名左翼人士也经常集合在我们那里，利用我们的会客室开会，好在出版社也招待得起他们。我早就是武汉救国分会的成员，因此也常被他们邀请列席总会的会议。我们出版社出书不给稿费，而出的书却不断再版，因而赚了一些钱，其中多数都用作了招待费。如此一来，我们出版社很快就声名远扬、引人瞩目了，自然也引起国民党特务的格外注意。二次大战中法国有个反法西斯组织"人民阵线"，国民党认为我们这里是中国的"人民阵线"总部，是中共的外围机构。因此，很快我们这里就引来了上门的特务。

在欢歌中告别大武汉

1938年9月9日，我随同军委会政治部第三厅所属的抗敌演剧第三队一行三十位青年男女同志，告别武汉，乘火车去西安，再从西安转赴第二战区工作。这些队员大部分是湖北人，不少同志家在武汉。离开家乡，离开此前个个全身心投入的"保卫大武汉"宣传周的歌声如海、热血沸腾的大武汉，真是舍不得！可这是一批爱国的革命的青年，前些时以拓荒剧团——全国剧协第七队的名义，在湖北几处旅行公演中经受过政治上生活上的严峻考验。这次要去西北战地，要去游击区，那里离人人仰慕的延安那么近，所以告别亲友登上火车时仍然激情焕发。我也是心情激动的。列车从大智门车站缓缓移动，我站在这节车厢最后一排的座位上，向我的男女战友们发表了一段激情满怀的演说。战友们鼓掌欢呼，继之以同声歌唱。我们在这样振奋的情景中离开大武汉。

这还是国共两党合作抗日的时期。我是军委会政治部第三厅的年轻官员，是公开的共产党员。带着政治部副部长周恩来同志批下的"军委会政治部西北战地宣传工作视察员"的名义，作为第三队的领队（党内是本队特别支部书记），从此和全队同志工作在一起，学习在一起，生活在一起。我也觉得生活史上开始了新的篇章。

抗敌演剧第三队从武汉出发时以及整个抗战时期，阵容是不弱的。队长是美术工作者徐世津、王负图、赵寻、彭后嵘、史平等参与队里的领导工作。戏剧组有田冲、胡丹佛、胡宗温、方晓天、冉杰、石一夫、兰光等活跃的演员；

美术组有钱辛稻、力群、金浪、庄言、古一丹等骨干；音乐组有邬析零、杜矢甲、田耘、陆原等才人；文学组有李雷、张蓬、丁丁、李悦之等同志；还有刘正言、张僖等同志先后参加行政组织工作。虽然渡河东进前后，有几位同志先后去了延安（力群、金浪、胡丹佛、杜矢甲等），但延安鲁迅艺术学院也派人支援了三队。这个队生气勃勃，亲密团结，队里还设有自修大学，坚持学政治理论，学文艺专长，经常互相督促，开展同志式的批评与自我批评。大家切实遵循了实践了周恩来同志的嘱咐"勤业、勤学、勤交友"，所以在当时和以后的征途上，能够克服各种艰难险阻，得到党中央的赞许和广大群众的热爱。

我们的列车为躲避日本飞机的轰炸扫射，一路上走走停停，于一个星期后到达西安。在西安与徐步、鲁明德（李光）率领的，同属第三厅派遣的抗敌宣传第四队会合，一起从事抗日宣传活动。我们在鼓楼下及其他街头，举行了口头演讲，歌咏、曲艺表演，并演出了街头剧。我们还和西安文艺界合作。我曾在一次西安文艺界举行的诗歌朗诵会上朗诵了自己的新作长诗《亚细亚的莽原》（未发表，原稿早遗失）。

徐步同志是我于抗战前在上海结识的朋友。那时他和胡绳同志合作主编《新学识》杂志，我在该刊发表过作品。后来又在政治部第三厅同事。全国解放后他在中央党校学习，星期天进城时住在我家。他先后担任过苏州市市长、南京市市长，后任西安市市长期间，碰上了"文革"，饱受折磨。别人把他弄到三张桌子摆在一起的高台子上批斗，把中间的桌子推倒，他就这样被活活摔死！听到这个噩耗，我失声痛哭。我至今仍深深怀念他。李光同志迄今健在，我们每年还有机会谈心。

我们渡过了黄河

我随抗演三队在西安活动一段时间，于9月下旬到离延安不远的陕北洛川县演出宣传。一到洛川，就听到武汉沦陷的噩耗。我们这些在武汉长大、在武汉上学、在武汉一带经受初步锻炼的青年队友们,想到一时未能逃出武汉的亲友们的遭遇,禁不住热泪满眶,也更坚定了和日本帝国主义奋斗到底的决心。

我们经过陕北东端的宜川县,吃力地爬过一座高山,山下就是怒涛滚滚的黄河,而且就在壶口瀑布的近处,在"黄河冒烟"的白雾下。那时壶口近处没有天桥,没有索道。1938年11月1日第一次渡过黄河的体验,对于我,对于第三队全体同志,都是终生难忘的。我怕自己的记忆不够准确,谨从邬析零同志的《〈黄河大合唱〉的孕育、诞生及首演》一文中,征引几段文字,与读者共赏之:

……11月1日,上午10点钟左右,我们登上了渡船。渡船的样式奇突,以前从未见过,以后多次在别处渡黄河也没再见到。它像是一只近似四方形的没有盖子的大木头匣子,船首、船尾一般宽。船里容积很大,但管船的人限定我们挤在船中央凹下去的一块地方,不让我们到宽敞的两头活动。我们正为此纳闷不解的时候,忽听一声吆喝,40来个打着赤膊、肤色棕黄发亮的青壮年,"扑通""扑通",从岸上跳进水里,把渡船推向河水深处;不一会儿,又一个个跳上船来,整整齐齐地排列在船的两头;他们动作敏捷,有秩序有纪律,宛如一支即将进入战斗的军队一般。大部分人把桨,小部分人掌舵,舵大赛象。船头高处,立着一位60来岁、体格强壮、望来令人肃然起敬的白胡子老头儿。这时我才发现原来是他在发号施令,他就是这次掌握全船人命运的总舵手!

上船前,我们已不止一次地听人说起:从这里摆渡过去,必须有熟知航道和胆量出众的老舵手来领航,不然性命难保。据说,像这样的老舵手当时只有二三个。

渡口河面非常宽阔,水流坡度陡斜;从壶口下来的急流,到此扩成一片汹涌奔腾的怒涛狂澜,滔滔向南席卷而去。礁石近处,急转的大漩涡随时可见。渡河中央,耸立着一堆堆孤岛似的山石;其中最高最大的一座，竖有巨大石壁，上端倾斜，北高南矮，犹如猛狮昂首迎浪屹立；壁面上刻有四个苍劲醒目大字：中流砥柱。

　　对岸登陆滩点叫小船窝，属山西吉县管辖，处于圪针滩下游东南方向。由于水势湍急，渡船却始终迎着逆流朝东北方向溯游上行。桨手们和舵手们随着划船的节奏，一呼一应地呼喊着低沉有力的船夫号子。十来分钟后，渡船已行近大河中央的危险地带，浪花汹涌地扑进船来，我们的心情随之紧张起来。突然，那位白胡子老人直起了嗓子，喊出一阵悠长而高亢、嘹亮得像警报似的声音。喊声刚落，船夫号子立刻换成一种不同寻常的调子。声调越来越高，音量越来越强，盖过了浪涛的怒吼；节奏一阵紧似一阵，越来越急促，原来一呼一应之间的间歇已完全消失，连我们听的人都觉得喘不过气来。船夫们在老舵手的统一指挥下，一个个涨红着脸，筋骨鼓突，拼着性命划着桨，掌稳舵。

　　这是一场人与自然的生死搏斗，惊心动魄。这一曲"黄河船夫号子"，充分表现出我中华民族的雄伟气魄、坚定信心和不屈不挠的战斗精神。强烈的劳动呼声给了我们无限的力量，在最惊险的时刻里，我们已把仅存的一点恐惧之心，抛之九霄云外。过了危险地区以后，水面渐渐平坦，水势慢慢舒缓，号子声音平息。这时候，我们已清晰地望到了东岸滩地，心情随之感到战胜巨险之后的那种特别的轻松、安适、宁静。

　　从宜川到黄河东岸，光未然一直和我们大家在一起，共同徒步翻山越岭，共同观赏黄河壮景，共同渡河，共同聆听"黄河船夫号子"……

　　（以上引自1999年新华出版社出的《〈黄河大合唱〉纵横谈》第25—27页）

　　我大段抄录了战友邬析零同志关于初渡黄河的精确入神的描述，使得我重新领略了六十多年前那段惊心动魄的感受。析零同志说我从这次渡河和渡河后观赏壶口瀑布获得创作《黄河》歌词的最初灵感，是说得对的。后来到延安时，他和田冲同志到医院提议我写作歌词，他俩向星海同志描述两次渡河经历，他还向星海提供了"黄河船夫号子"的腔调和节奏。我的这两位战友，还有在医院听我口授笔录全部歌词的胡志涛同志，对《黄河大合唱》起了催生作用。

我们来到二战区

当时黄河东岸的第二战区，形势错综复杂。战区司令长官是阎锡山，副司令长官是朱德同志。阎氏长期盘踞称王称霸的山西省，省会和其他各城市及铁路沿线都被日军夺去，他的司令长官部只能退居晋西的小县城吉县，而蒋介石的骑兵部队第六十一军还乘虚而入，占领了邻近地区，对他起了监视作用。我们八路军的游击兵团、野战兵团，以及中共实际领导下的阎家新军——几支青年抗日决死队，则挺进敌后，深藏在晋西、晋西南、晋东南的崇山峻岭中，积蓄力量，待机而动。我们一到吉县，就向阎司令长官报到。阎接见了全队同志。那时他已显老态，在窑洞前接见后，骑上小毛驴回到他的另一窑洞。稍后还两次邀我谈话，询问政治部第三厅情况和我们第三队情况。我向他从容地作了汇报。

那时抗日决死队的四支新军的司令员和政委都从各地山区来到吉县开会。这些同志多数是"一二·九"学生运动骨干，现在带部队打游击。他们看了抗敌演剧第三队的演出，得知第三队情况和我的情况（我的党籍是公开的），都邀请我队到他们各自地区工作。记得抗日决死队的领导人薄一波同志、韩钧同志、戎子和同志、纪毓秀同志、董天知同志都先后找到我的窑洞，表示热烈欢迎之意。何去何从，我们拿不定主意。我便去拜访常驻二战区的八路军办事处主任王世英同志，向他请教。世英同志说：这几支部队都好，一纵所在的晋东南条件可能更好一些。但他主张我们还是到生活条件很艰苦的二纵队所在的吕梁山游击区去。他说：你们都是革命的文化人和文艺青年，到那里可以得到严格锻炼；你们特支也可以就近同延安中央组织部通过无线电保持联系，万一遇到紧急情况，一过河就到了延安。我回到队里传达了这个宝贵建议，听到的同志们欢呼雀跃起来。

战地里几件趣事

我们在二战区，主要是在吕梁游击区从事艺术宣传活动大约四个月。最近参阅抗演三队（蒋家军委会收回第三厅后，强行改名"剧宣二队"）队史及邬析零同志的文章，也唤起我一些回忆。我将记得清楚的几件事补记如下：

一、周恩来同志颁发给我的"军委会政治部西北战地宣传工作视察员"的名义很管用，我带领第三队到晋西阎家所属各县活动时，都受到欢迎和礼遇。城内外贴着"欢迎张视察员来我县视察"的红绿纸标语，县长等人出城门郊迎。县长的长篇汇报听得人厌烦，他谈到同邻近八路军"小有摩擦"时，我便以政治部的身份晓以大义，恳劝以团结御敌为重。县长们口头上也唯唯是从。这些县都报穷，可迎来送往，仍大摆筵席。吃的菜记不住了，只记住一样不能吃的菜，那就是最后端上来的一盘浇满各种佐料的木制红烧鱼。那一带很少有鱼，也不会煎鱼，便以红烧木鱼表示吉祥有余的祝福之意。

二、记不住在哪一县，国民党县党部人员邀我队几位负责人座谈（名义上是欢迎）。那位县党部书记委婉劝告，我们到处贴的"拥护蒋委员长抗战到底"的标语"不大好听"，劝我们只写上"拥护蒋委员长"就好了。我严词责问："你不赞成委员长'抗战到底'吗？"这位党棍无言以对。我比他官大，来头也大。他赶紧说些客气话，座谈会不了了之。

三、在吕梁游击区某县一个集市上，我和队友在那里参观。忽有一位戴着大草帽的彪形大汉，把我拉到一边，要向我这"专员"请示。他从怀里掏出一张由蒋家特务头子康泽署名的委任状，委任这人当晋西某区的游击司令，实际上不向日军、专向决死队打游击。这位司令诉苦说，上头几个月没发粮饷，再不发来，他的"游击队"就要散伙了。他请求我这位"专员"向"上峰"求情。我哭笑不得，只能请随行的同志记下他的姓名。回二纵队部，我向政委韩钧同志（新中国成立后任北京市副市长）当成笑话谈了，把那人的姓名告诉他了，事后我未再过问。

四、我们还到离吉县不远的蒋家嫡系骑兵第六十一军军部慰问演出，记得军长是福建人陈长捷，对我们很客气，很友好，招待也好。我和这位军长不约而同地绝口不谈政治，只谈笑话。我那时很爱骑马，那里多的是军马，陈军长让人挑选一匹驯良的马，让一位优秀骑兵陪同照料。这一天，我过足了骑马瘾，反复快马驰驱；可也造成我的错觉，以为自己真是很不错的骑手了。这为后来逞强骑劣马、堕马折臂致残埋下了伏线。

五、我们在二纵队所属各县镇开展艺术宣传，帮助决死队所属各剧团及临近的八路军某部剧团培训演员，教歌、教画、排节目。我为二纵的前哨剧团写过团歌。我还偕同勤笔的几位队员随时采访游击区有趣的故事，写出几个短剧。我自己根据当时当地的实际材料略事加工，写成独幕剧《武装宣传》。《队史》里记载："《武装宣传》写的是日军组织'宣抚班'，以武力强迫群众前来开会听取他们的宣传。我游击队化装成群众前来听讲，当场捉获了敌伪宣抚班人员，反击敌伪的宣传攻势，揭穿欺骗宣传。这个戏成了我们的保留节目，一直演到延安。"

六、我们在游击区的生活是紧张愉快的，可也是相当艰险的。那时候，日军向晋西山区步步进逼，逼得阎锡山不得不从吉县渡河将司令长官部迁到陕北宜川秋林镇，重新在山沟挖了一批大土窑。日本飞机经常在黄河两岸轰炸并低空扫射。我在二纵队政治部结识的宣传科长、优秀共产党员温建功同志，广东人，我们很谈得来的朋友，骑马外出开会途中，遭敌机扫射牺牲了！我记得在一次夜行军中，漆黑的夜，无月的夜，全队行进在狭窄而迂曲的小山沟里，脚下的河沟早已结成冰沟。我们一个个前后扶持着，还是一步一滑，我几次走累了，睡着了，边走边滑倒在冰上，被同志们扶起来。出发时早有命令：行军中不得言语，不得有任何声响。因为敌军就在隔山的沟道里背道而驰，我们可以听到隔山的各种响声，听到鬼子说话，我们这边却是无声的行军。这次夜行军恰是在1938年底。次日早晨，从村边墙脚醒来时，已是1939年元旦。粮食吃完了，一时弄不到，每人津津有味地吃一碗喂牲口的黑豆迎接新年。这地方叫狗洞。三队的老同志迄今都记得狗洞吃黑豆过年的故事。

堕马折臂渡黄河

我们经常在晋西的万山丛中行军。青年男女们走走谈谈唱唱，并不觉得疲劳。有一次，我上到一个不太高的山顶，眺望前后左右，啊呀！四顾都是黄色的高高低低的山的波浪，好似黄河怒涛，无边无际。这一瞬间，使我感到孤寂，转而又十分惊喜。喜的是：这才是游击健儿出神入化之地，也是日本鬼子远来葬身之场！果然，过了一两周，一支敌军过于轻敌深入了，中了我决死队的埋伏，遭到全军覆没。二纵打扫战场，收获不少。这是新近的一次大胜仗，又逢农历新年中。隰县、汾西、灵石各县各界群众组成慰问团，推我为团长，率全队全团到战地劳军。从汾西县勍香镇归来途中，发生了堕马受伤的不幸事件。

从前线回到隰县的归途中，我离开大队，跟几位队友在山路上聊天。身后有纵队司令部马夫牵着一匹漂亮的白马跟来，说这马很灵，可太调皮，动不动就跳起身把人甩下，昨夜把它吊在梁上揍了一顿，今天老实点了。问我们"谁敢试试？"我那时心高气盛，仗着前些时在陈长捷部队骑快马受到夸奖的高兴劲儿，回头说："我来试试！"我上马时用力过猛，马鞍顿时倾斜。我不管不顾，快马加鞭而去。这马看到鞭子，似乎在发泄前一夜被吊打的余怒，不断地纵身狂奔。我有些吃惊。跑了一段，忽瞥见前方有湖水挡路，我不会游水，怕随劣马纵身湖中，赶紧找地方溜下。这里是两山间的干河沟，一路都是大大小小碎石子。我意识到我要受伤了，决不能让右臂受伤，让左半身吃点小亏吧。我想从左边轻轻溜下，哪知那白马纵身一跳，我被从左边扔下，顿时疼得昏迷过去。

等我醒来，发现自己躺在一间大房的木台上，房内有多位队友。二纵队的军医和护士正在给我受伤的左臂包扎。我的左臂肿得很粗，痛不可忍。据说是堕马时甩在一堆尖石上，一块可恶的石尖扎进我的左臂中肘关节深处，流血不少。

我还强作笑容，感谢大夫和同志们的关怀，可我已不能翻身下地了。二纵大夫说，那匹劣马又被吊在梁上，挨了不少鞭子。这回我真的笑了——这有什么用呢？队里派了有点医护知识又与我友好的胡志涛同志来照料我。我俩互用世界语表示慰问和感激之意。

我是重伤员，游击队的大夫不解决问题。这时我的党组织关系和演剧三队中共特支的关系都已由长江局转到延安中央组织部，三队特支的代号是"济生堂"。经三队队委议定并与二纵领导同志们商定后，便以"济生堂"名义通过无线电向中组部陈（云）李（富春）同志请示：将送我到延安医治。中组部复电同意。这时三队全体同志激情沸腾，说是路远，不放心，一致要求护送自己的带队人同去延安。队委会的同志谁也不能说服，谁也不肯说服，只好再次发电请示。我说"中央肯定不会同意"，哪知复电竟然同意了。队友们那份高兴劲儿，是不难想象的。

我们告别了决死二纵队一大批好同志。我躺在担架上，二纵派医生，三队派炊事员也是我的好友王屺同志跟随担架，在全队同志护送下，踏上去延安的征途。我是伤员，按规定村村换人抬担架，小憩时队友们分批来探望。这样村村转送，从永和关再渡黄河，行程700华里。过河后一踏上延安领域，队友们都欢呼跳跃起来："到家了！到家了！"我也是初到延安，心情激动，只恨身体不能动弹。

来到延安　告别延安

1939年2月间，我们到达了仰慕已久的延安。演剧三队同志们被安排在宝塔山下的西北旅社——被称为"延安的北京饭店"。这里是一排排宽展舒适的石窑洞，窗明几净，外来的宾客都住这里。交际处长金城同志，受中央委托，对这批年轻人很爱护。我则直接被送到延河那边二十里铺的和平医院，由胡志涛同志陪同。那里虽是土窑洞，也很安全。延安所有的窑洞都安全。敌机经常来这里轰炸扫射，对窑洞里的人却毫无办法。

和平医院的条件本来是不错的。我的主治大夫是法国归来的名医何穆同志，又有印度医疗队柯棣华同志一行协助。护理人员多半是从四川随军北来的女将，热情干练，志涛同志同她们友好相处。等到左臂逐渐消肿，长期未曾使用的X光机修好，可以透视伤情了。可是延安那时只有海外华侨送给毛主席的一架小型发电机，用来给杨家岭几位领导同志窑洞里的电灯提供电力。我十分感激毛主席、少奇同志、朱总司令和其他几位中央同志在那一夜让电灯休息，在油灯或烛光下工作，让发电机迁到二十里铺，对我施行X光透视拍照。这下清楚了，我的左肘关节损坏严重，是粉碎性骨折，只能等坏骨长牢后动手术安假关节。当时延安不具备这样动手术的条件，印度医疗队也爱莫能助。经组织上商议，决定送我到成都治疗。

关于在延安创作并演出《黄河大合唱》的经过，我和星海、邬析零、田冲等同志都写过文章，这里不多谈了。我躺在窑洞的炕头上，不能自由走动。志涛对我帮助很大，总能找到有趣的话题，还帮我录写了《黄河》歌词四百多行。我在医院并不寂寞。那边鲁艺的友人（首先是星海、张庚）、演剧队的同志常来看望聊天。那时掌管中央日常事务的是王明，他也在一个上午骑马来医院，我向他细谈了在二战区、在二纵队的感受。等我左臂消肿，由棉包换上轻便的夹板，我就想到"城里"看看。

我首先到西北旅社看望三队同志们，见到了都那么高兴，一个个仔细端详我的面容和身段。田冲陪我去看望星海，夫人钱韵玲煮了"咖啡"（用炒黄豆末磨成粉状）招待我。我去看望何穆医生，夫人女作家陈学昭款待的是外宾赠送的真咖啡。我先后接受了交际处长金城、鲁艺代院长沙可夫、中央文委负责同志艾思奇的宴请，宴会都在著名的机关合作社（延安城内另一头已被鬼子炸烂了）。有趣的是，陪客都是星海、张庚等和演剧队负责同志。席上少不了延安名菜"三不沾""米脂咕噜"（两样甜菜），当然还有红烧肉、煎鱼等。这些是华贵的。我还应邀到张庚主持的鲁艺戏剧系讲课，讲的是西北战地戏剧活动。我参加了柯仲平主办的诗歌朗诵会，毛主席和中央几位同志都参加了。柯仲平同志很激动，朗诵时常常从舞台这头跳到那头。李雷同志也念了自己的诗。我以平静而渐趋热情的语调，朗诵了自己的长诗《亚细亚的莽原》。诗里大意是抒写民族的苦难、苦斗直至胜利。记得一件小趣事：我的二妹兰光和别的女同志正坐在毛主席和江青背后。听朗诵中间，毛从口袋里摸出两枚红枣，塞到江青手里。兰光"扑哧"一声笑了。毛回头看到她，戏斥曰："小鬼！"

那时延安的气氛是勤奋而欢快的，遍地都是歌声。党内外都是平等的、民主的空气。记得在上海时候的演员朋友吕班找我们聊天，谈到社会部长康生挖空心思为同乡江青与毛主席撮合的故事。那正是毛主席与贺子珍闹别扭，贺出走苏联的时候。江青在延安演了易卜生的《娜拉》，毛主席看了。康生介绍说："江青原是上海名演员蓝苹，你看她演得好吗？"毛说："演得还好。"康生便对江青说："毛主席夸奖你了，你还不赶快向他请教？"当时毛主席那里，护卫并不那么森严。江青去了，以后天天去，照管毛的饮食起居，成为毛身边不可缺少的人物。这事情一时成为党内外讨论的话题，对江大为不满。江到西北旅社医务室取药，前脚离开，身后就遭到护士辱骂："妖精！不要脸！"这事后来不了了之，江青可把当时曾经表示异议的老干部记仇在心，总盼望有报仇之日。

我的左臂既然一时不能治好，我就想留在延安，鲁艺的同志欢迎我。我将此意向在上海时的熟人、中央文委负责同志艾思奇表达了。艾说："我们向中央请示过，中央的意见是，像你们这样的同志，还是留在国统区工作好，这里还要再派些人到那边去。"我被说服。可是抗敌演剧第三队的同志们不易说服。李富春同志说了不听，只好惊动毛主席来劝勉了。那天，我在二十里铺的病房，事后才知道，毛主席邀集全队男女同志到他那里做客，用红枣花生款待他们。

听了他们的工作汇报,听了他们的陈说,他轻言慢语地开导说:"你们穿着国民党的衣裳,吃国民党的饭,替共产党做事,这样的好事哪里去找?我要去人家还不要哩。"说得大家笑不可抑。他又说到周副主席的辛苦和盼望,一席话把大家说服了。他们重新抖擞精神回到二战区。

我也早被说服了。正好西北电影公司的大车要回公司所在地成都,车上贺孟斧、瞿白音、陈晨等都是熟人,我便同胡志涛一起,同他们一起过西安,绕秦岭,千里迢迢奔赴成都,住进了华西医院。志涛受队委会和我的嘱托先去重庆办事。隔些时候,我也去了大后方文人聚居的"陪都"重庆。

心随浪涌渡黄河

谁让你自夸能驾驭劣马?
你到底受到劣马的惩罚!
那匹白马昨夜刚被吊打,
此刻暴跳狂奔将你抛下。

这里是两山壁立的狭谷。
你左臂关节被尖石深扎。
堕马时疼得你昏迷不醒,
醒来时庆幸保住了脑瓜!

你得到战友们亲切护理,
老三队兄弟姐妹如一家。
队友们护送你奔赴延安,
求医求学求取真理之花。

再渡黄河时我心随浪涌,
身在方舟我挣不脱担架。
只听见壶口瀑布动地来,
我的心随高空之河溶化。

虽然我的左臂没能治好,
我也要放歌在宝塔山下:
歌唱黄河两岸的新史诗,
歌唱已经破晓的新中华。

(本文选自《中国作家》2001年第7期。原文题为《奔赴延安》,内容有删节)

关于我赴延安的经过

康　濯

> 康濯，原名毛季常，湖南湘阴人。1938年10月抵达延安，就读鲁迅艺术学院文学系第一期，同年11月加入中国共产党。1940年，任文化界抗日联合会宣传部部长、晋察冀边区抗日联合会秘书长。抗战胜利后，在晋察冀边区工作，主编《工人日报》《时代青年》，兼任区委副书记、青年团负责人。1950年任中央文学讲习所副秘书长。1954年任《文艺报》常务编委，中国作家协会书记处书记、党组成员、创作委员会主任。1958年任河北省文联副主席、党组成员。1979年任湖南省文联主席。1984年兼任《中篇小说选篇》顾问、优秀中篇小说评委主任。

我于1938年7月初离开湘阴，去延安参加革命。汨罗县委和湘阴县委党史办要了解这方面的情况，特介绍如下。

一、去延安前的思想准备

我原名毛季常，老家在现在湖南汨罗县新市镇附近的毛家河，从祖父时代搬湘阴县城，祖父是清朝末年常德一带管盐务的中等官吏，置了一些产业。但他去世较早，我1920年出生时他已去世几年了。他名字叫毛让贤，有三子，我父亲毛运麟，号震甫，派名会昌，是老大。父亲是个旧社会比较正直的书呆子，写得一手好字，也能作诗，但不会做事。曾在安庆安徽省法院当过书记官（或书记长），是个只能维持生活的下层小吏。大革命时代我大姐夫和大姐、二姐都很进步，大姐夫是县里国民党左派的头目，同共产党合作，把县城的工、农、妇等运动闹得轰轰烈烈。当时我父亲是同情和支持革命的。我大姐夫熊宏楷（健艮）在县城无房，活动大多在我们家，一时我家也常有共产党员来往。我在1927年上小学时就参加过公审土豪劣绅的群众大会，大革命和共产党的活动在我心中从小的印象就颇为深厚，我颇为向往。

大革命失败后，我大姐夫熊宏楷是本县国民党反共派通缉捉拿的十二名"暴徒"之首，其中主要是共产党人。我父亲曾掩护大姐夫和有关的"暴徒"逃走。1930年前后，本县一位同我父亲交情不错的财主、士绅胡某（名字已记不准确）任湘阴县长，非要请我父亲去县政府做事。当时我父亲正潦倒不堪，1929年我母亲又去世，于是父亲在1931年左右当过一年上下的县政府科长，主管民政、教育，曾为码头搬运工的一场官司主持过正义。1932年春天父亲去世，出殡时几十人抬棺木，没要工钱，就是搬运工们非如此不可的，所谓旧社会的"报答"吧。这件事对我的影响也不小，即是要为工农劳动者谋利益。

父亲、母亲都去世，两个姐姐早出嫁，一个哥哥按父母之命结婚后对婚姻不满，常年在外谋一点小事，后来也秘密地另有所爱，经济景况当然不好。我1932年去长沙上初中后，学费都成了问题。因为父亲三兄弟已分家，二叔毛岳云坐吃山空，卖田卖房，一辈子什么事也没做过。三叔毛淡川也是个书呆子，能诗擅文会写字，却没干才，只在后来我大姐夫于1929年经湖南国民党知名人士仇鳌（湘阴人）等担保，回省做过两任县长三四年的时间内，三叔同去做过县法院书记官，不久又失业回家了。两个叔父不能管我，嫂子一个人收点租生活，我上中学只能靠两个姐姐、姐夫接济点学费。因此，中学生活是艰难的。特别是破落家庭在社会上受到的冷眼斜光，又使我从小内心颇有凄凉之感，也由此而又激发起愤然上进之志。

从小学起我就成绩很好，初小只读三年即升入高小，高小也曾考虑升我的班，以太年幼而作罢。初中时曾几次是班上前三名的学生，免收学费。高中也同样。这同我愤而上进之志分不开。

又由于家世破落、凄凉，从小并得父亲和三叔父从诗文上对我的熏陶，因此很小即开始爱写点新体诗、旧体诗，初中还写过剧本，钻入了新文艺。当时有志理工，数学很好，但业余则迷于文艺，逐渐爱好起鲁迅、郭沫若、田汉、丁玲、张天翼。小学写过、发表过儿童诗歌，初中时的作品包括话剧剧本多登墙报，高中就开始在报刊上发表散文、小说、诗、论文以及科学小品。而从新文艺中又开始接触革命，接触19世纪俄、法、英等西方批判现实主义文艺和苏联文艺，以及我国左翼文艺，思想上自然步步倾向进步和革命。

国民党卖国、剿共，引起日本帝国主义侵略步步深入，特别是1931年"九一八"事变，当时高小国文教员是个东北人，讲课时声泪俱下，大大激起我的爱国热情。此后在中学，更随文艺爱好中受到的进步影响，而爱国主义日益高涨，革命要求也在不觉中萌发。

1935年下半年考入湖南省立长沙高中，校址即现在书院坪一师，当时是一中和一师的合校。该校富有革命传统。冬天北平"一二·九"学生运动爆发，长沙响应的游行是我们长高所发起，当时学校内有共产党员。我是参加组织领导游行的学生会班代表，每班两人，我那个班另一代表态度中立一点，我则积极、激进，并在游行前夕国民党破坏时随学生会分配做了紧急的联络工作，游行时又领头呼口号而喊哑了嗓子。

大概也因为我在这次运动中的积极行为，1936年开始，在学校内就有几个同学主动和我关系逐渐密切。其中主要一个是同班的周钧和。后来还有比我低班的彭应国，同班的钟定樵，高班的曾昭匙、丘晁成，等等。到1937年上半年，我同钟定樵、周钧和、彭应国之间，已秘密谈起共产党，向往之情溢于言表了。而且通过周钧和，已开始看到艾思奇的《大众哲学》以及马克思、恩格斯、列宁等的著作和法国人民阵线的书刊、报纸了。

1937年"七七"事变，抗日战争爆发，我在暑假期间仍住学校，同周钧和一间屋子，又从他那里开始看到延安来的书刊，毛泽东著作，斯诺《西行漫记》的摘录翻印本，丁玲在延安写的小说，法国巴黎中文《救国时报》，等等。然后又认识了周钧和的姐夫、共产党员、历史学家杨荣国。当时虽不知杨为党员，但对他的言谈、著作已十分钦佩。后来又见过一位姓曹的同学的伯父曹伯韩，也在上海出过书，是进步学者，后知也是共产党员。1937年下半年学校开学后，我又因周钧和同他姐夫杨荣国的关系，开始与党在长沙办的《观察日报》有了来往，也投过稿，还请在该报的左翼作家张天翼、蒋牧良、魏猛克来学校，给文学爱好者座谈和作抗战文艺的讲话。

1937年下半年同学们抗日热情高涨，纷纷组织歌咏队、宣传队上街头下农村宣传抗日。国民党的部队也开始成立政训处，组织学生和知识分子上前线搞抗战宣传。年底，徐特立同志到长沙成立八路军办事处，徐老更经常发表讲演，号召青年学生上前线。这时我和不少同学都感到很难安心把书读下去了，时时交谈抗日救亡。况且我大姐夫已去职回乡，特别是支援上大学的可能性已不多了，因而个人也有个出路问题逼面而至。正遇当时长沙高中出现两派尖锐冲突，一是为争学生会领导，一是为赶走或维护国民党部队派到学校抓军训、军纪的教官。我同两派同学本都关系不亲，不过我由于一直是班上学生代表，后又是校学生会干事之一，因此也被推得同情于赶走讨厌的军训教官那一部分学生。而当时同我要好，也是同班同学的周钧和、钟定樵则对班上同学之事，完全采取回避态度。一次我同钟谈起他的态度怕不好，会脱离多数同学，钟说，他搞不清人家争吵的真正目的，所以不感兴趣。我又在一天晚上同周钧和谈起此事，周开始态度不明确，后来慢慢把我引导到明确之境，干脆告诉我，说学生中两派之争乃是国民党内部"CC派"和"复兴派"之争；又说多数同学是受蒙蔽的，说我是多数同学信任的代表，不表态、不参与也是会脱离多数群众，但是太积极了就不好，一定要警惕上当，要慢慢做工作，使受蒙蔽的同学争取都能明白过来。

这次周钧和的谈话对我思想上的影响是关键性的。我感到十分难过，也埋怨他没有早告诉我。他说就因为他感到我不能脱离了群众，而多数群众又一时难于搞清究竟，所以他也踌躇了。他还谈到在国民党统治下，当学生，又要学好功课，又要为抗日作出贡献，实在难办到。于是我第一次提出：是不是有关系到陕北、延安和八路军的地区去学习和锻炼？他说，他早就想去了，只是还没找到门路和机会。这使我进一步提出了请他快找门路和机会，我一定同去的要求。他答应了。

可以看到，这时候我上延安的思想准备已开始并逐步有了些基础。不过同时也可看到，我去延安的动机有两个方面，一是抗日，以及刚刚萌芽的革命要求；二是为个人找出路。

二、等待机会和坚定自己的思想准备

同周钧和上面的那次谈话，大约在1937年九十月。这次以后，不仅周钧和，其他班的彭应国、丘晁成以及曾昭韪等同学，对我的态度都开始明显地不同了。他们向我介绍党的或以其他面目掩护的革命、进步书刊报纸，以及苏联文艺作品和马列方面的书籍，虽总在背后个别介绍，但说起来都直截了当，没有隔阂。有时他们甚至还秘密问我一句："你想去陕北啦？"不讲去延安而讲去陕北，是当时革命、进步圈子中的习惯。我也反问过彭、丘、曾等同学是否打算去，他们都说以后看情况，现在没有去，就要抓紧现在的抗日工作。我还同钟定樵谈起过去陕北，他说他已听周钧和讲了，要去的话，起码我们三个人是要一起行动的。

这当中，我和钟从周、彭等同学处得来并秘密阅读的来自延安的书刊报纸，以及介绍延安的书刊报纸和马列主义的入门书越来越多。有些马列入门书甚至周、彭都还是公开给我们，也给不了解陕北和马列的同学看的，这些书都有掩护，马克思叫卡尔，恩格斯叫弗列德里赫，列宁叫伊里奇，斯大林叫约瑟夫，都是用的他们的名字而不用通常流传的姓，不了解情况者当然不知道。从这些阅读中，我的思想认识和革命觉悟、进步要求都逐步提高，去延安的愿望也更迫切。

这期间周钧和等还介绍我和钟等同学参加过一些活动，如听徐特立讲演和左翼作家的讲演，观看进步剧团的演出，自己参加并组织同学下乡宣传演出救亡歌曲和街头剧《放下你的鞭子》，参加各种抗日救亡座谈会，组织向报刊写稿、投稿，等等。当然这也提高了我的思想认识，使得去延安的愿望更加迫切和强烈。

1937年底，周钧和、彭应国才先后告诉我和钟定樵，说他们也是急切要求去陕北的，但是"组织上"不同意，说他们还有些校外的工作，如教工人夜校，在秘密工会和学生组织中担任了具体任务。这时我才进一步了解，他们都是已同党组织有了联系，受到党组织领导、管理的了。不过周钧和当时还没有入党，他是1938年到陕北后入党的。彭应国当时则可能入了党，也可能还不是党员，此点我后来也没想起问清楚。但他们已是同党有联系的革命者了。他们不去陕北的话，大概他们感到先介绍我和钟去，可能我们条件还不够成熟吧，所以我也只能等着他们。

1937年寒假中，湖南省国民党政府主席换成了张治中，这位张主席立即发起了一个组织受过军训的高中学生和大学生下农村训练民众的运动。先让这批学生在长沙集中学习，训练了半个月，然后分到各个学生家乡的那个县，大学生到区担任民训大队长，中学生到乡担任民训中队长，县里则由国民党部队派了县总队长。从事半年民训，才让继续升学。我不得已参加了民训，分到湘阴和丰乡搞了1938年上半年几个月的民训。周钧和、钟定樵由于在长沙集中学生学习时下乡宣传去了，没赶上学习，也没得到分配。不过周主张我去干，而且让钟也去帮我的忙。他本人后来也在长江乡下搞过短时间的民训。这半年我们不断通信，积极酝酿去陕北，议论为此而须准备的一切条件。周钧和告诉我们的是，组织上已同意他和我们一起去陕北，但他还得等工作安排妥当后才能具体考虑如何动身。我和钟则已在民训中等候消息，投奔延安了。

三、离开湖南去延安的具体情况

我在湘阴和丰乡搞了四五个月民训。钟定樵来帮助了一两个月。后来钟定樵被他家里强迫结婚，不结吧又还不能走，也怕暴露，只得带着辛酸回去了。我后来还去参加了婚礼。到 1938 年 6 月底 7 月初，周钧和也没信，我只得又在和丰乡搬了个地方，准备再办一期民训。

7 月 6 日，周钧和突然从长沙到了湘阴我家里通知我：马上走，上陕北。我家两个叔父和哥哥、二姐都在湘阴，周来时带了一张报纸，上有重庆某机械学院招生广告，公开说的是邀我一起去重庆考这个学院，而且重庆方面他有亲友关系，去后生活无问题。我又是学理工的高材生，1937 年下半年我的学习成绩通知单上数学是 100 分，理化都在 90 分以上。周向我家里人宣传：完全可以考上。特别是这个学校不收学费，是国立，可免除家庭不小负担。我又坚决要去，家里便也同意了。

于是我和周给钟定樵写了个信，通知他快到长沙碰头同走。但在湘阴不敢久等，怕出错漏，于是 7 月 7 日准备了一天，二姐给了二十块钱，哥哥答应四五天内筹措五十元搭到长沙周家交我，大姐夫和大姐以及二姐夫都在长沙，我准备到长沙后再找他们要一点。这样我同周钧和就于 7 月 8 日去了长沙。后来我哥哥按时搭给了我五十元。但大姐夫正好在我去长沙那天去了湘阴，我没能向他们要到接济。二姐夫刚刚在一个部队找了个准尉译电员的工作，没有钱，只给了几个零花钱。

周钧和这时共组织了五个人去延安。除我们二人外还有周一个初中同学叫黑鸿俊，后改名高戈，也在长沙，他只准备了三十元，再没办法了。我们三人一边等钟定樵，但知道他也没有什么经济力量，一边等周钧和湘乡的一个同学，姓易，叫易续甫，他家富裕，可以多带点钱，周早同他谈过，他表示一二百元问题不大。但等了一个多星期还无讯息，我们急了，只好由周钧和想办法了。

周家相当富裕。他又过继给婶娘，他这个过继的妈妈就是杨荣国的岳母，因无儿子，要了周钧和。周在继母家多年，交朋友、买书报、上学、参加活动都自由得很，生活也不错，我在长沙就住他家；但是周想要一笔钱却毫无办法，继母决不会给。生母家有钱可当然更不好去要。周钧和早想了个办法，要我和高戈协助他一把。因为周的过继母亲爱看京剧，当时正好来了个外地有名的京剧团，便由我出面，请他母亲看戏。当时我已搬出周家，住在一个小旅店里。看戏时，忽有外面的人找周钧和，这是事先安排的。于是我和高戈陪老太太看戏，周钧和赶快回去偷他母亲的一个存款折。事先一切都看好了，回去也顺利拿到了钥匙，但房门、柜门、小箱口几层锁，有一层怎么也没打开，时间又不许再拖，周钧和只得失败后又回了戏院。

这就更怕露马脚了。于是公开安排了我和高戈去重庆考机械学院，周钧和送我们走。时已过了7月半，钟、易二人都等不上，便在一天晚上，连送我们的周钧和也由我们帮他从家中偷带出一点简单行李，三个人一起上了长沙至汉口的轮船。周还想到汉口找他一个姐夫要钱去。

除了经济上的准备，最主要的是组织准备。我们到长沙八路军办事处联系了一下，他们了解了我们的情况，动员我们去延安投考正开始招生的鲁迅艺术学院文学系。我们商量后同意，准备五个人都考一个目标。我们去延安是通过周钧和和他姐夫杨荣国的关系，早同八路军长沙办事处谈好了的。不过还要有介绍信才能报考。这就找了上面提到的曹伯韩同志写了介绍信，五个人都写了，都考鲁艺文学系。曹新中国成立后曾是中央文字改革委员会的一位司长，老党员，1957年逝世。当时我们拿了曹的信，讲好了三个人先考，都考上了。但八路军办事处还要我们自己想办法搞一个去西北一带找国民党有关方面或找哪个大学等单位的公开介绍信，因为没有公开介绍信掩护，路上不安全。后来又是曹伯韩同志给我们搞到国民党驻湖南部队某师盖了关防大印的一封介绍信，介绍我们找驻西安国民党某师政训处参加宣传队工作。于是八路军办事处才写了介绍我们三人到鲁艺再参加复试的介绍信。这封信藏在我所带被子的棉絮里面，外面缝起来。国民党的公开介绍信则总装在我上衣口袋中，必要时我们便拿出这封信显耀显耀。

到武汉后，住进一个小旅馆，我和高戈即随周钧和上街找见了他姐夫。那是汉口金城银行一位职员，是个中产阶级模样，但人还进步，周也了解姐夫这一点，直告他是要去陕北，并请他向周家保密。大姐夫表示自己同情我们去陕北，也可帮周保密；要钱他同样可以帮助，不过给钱和保密不能统一。就是说，如不要钱，他保密和支持周走；要钱的话，可以给，但必须先告诉周家、周母。商谈几次，人家都是这态度，不过人家倒没向长沙发电报或写信告周钧和行踪。这时我们又去找八路军武汉办事处帮忙，他们当然不好答应，因为我们没带给他们的介绍信，他们又根本不了解我们。紧接着便碰到周钧和姐夫来旅馆找周，拿出电报给周看，是周母正四处找他，说如在武汉，就请他姐夫一定要负责送他回长沙去。这就没办法了，经商定，周钧和立即回长沙，摊开来一定要路费去陕北，不给不去不行！我和高戈则先走。周的姐夫同意。于是分头行动，我和高戈立即乘大车去西安。

在我离家去长沙的前夕即7月7日晚上，家里有不少人集中在一起送行，叔父、哥哥、二姐曾经委托一位姓焦的老教员，同我家关系很好、当时也在我家的，单独找我谈了谈，问我是不是并非去重庆考学校而是去陕西方面，说如果是，说清楚家里也不会阻挡。对此我仍予否定，因为怕说清楚后没有把握顺利离开。直到到了西安，一切办好，动身去延安之前，才给家里写信说清是到延安去了。

正是我们离开长沙那两天，钟定樵到了长沙，找到周钧和家里。他母亲见面就痛哭，不知儿子去了哪里。钟没法待下去，只得又返湘阴乡下。后来他继续读完长高最后一学期，毕业后奔波一阵，上过大学，终于在1948年于南京教书时又找到地下党，并入了党。

周钧和回长沙后，摊开来一闹，母亲只得同意并拿钱让他走。正好易续甫也从湘乡到了长沙，于是他们两人一起到了陕北。他们大约比我和高戈晚走个把月，没到延安，在延安南边的洛川县被留下，进了抗大分校。周很快入党，当了学员干部。易也入了党。1939年他们二人被分配到前方太行山根据地，在太岳地区靠黄河北岸不远一带工作。可惜他们二人都没经住艰苦环境的考验，约于1940年开小差偷渡黄河，逃难逃回了湖南。以后易续甫病逝。

周回去后仍被国民党怀疑、注意了许久,躲来躲去,终于到企业中找到职业搞财务,新中国成立后仍旧,现退休。

上面提到的长高同学中的曾昭麸、彭应国,都在1938年先后到了延安,都是老党员。曾于1951年去世;彭已离休,现在甘肃。

四、从西安到延安

我和高戈从汉口到西安,连这以前的花销,船票、车票、住旅馆、吃饭,钱已不多了。在去西安的火车上,饭都不敢随便吃。幸亏有国民党部队那封信,

八路军西安办事处纪念馆大门

一路我们又同邻座讲抗战形势，鼓舞抗日情绪，引得一位买卖人还请我们吃了两顿饭。到西安后，车站检查行李颇严格，不过我们注意没带违禁书刊等物，又有"国军"介绍信，总算较顺利通过。出了站，便按长沙八路军办事处交代，坐黄包车到七贤庄西安八路军办事处。我解开被包，从棉絮中找出介绍信，西安办事处便正式接待了，表示由他们安排尽早去延安。

西安办事处同志讲了去延安要解决三个问题：交通、钱、路上安全保卫。表示要组织一批人集体走，争取搭汽车，否则就步行去。又登记了我和高戈当时的经济情况。我们千省万俭，我还剩了四五块钱；高是早没有了，他大半车票是我负担的，当下身上剩几个零花钱，也是我给的。办事处同志叫我们不必慌，说是集体行动，总能大家帮助。并安排我们先住了一个旅馆，还让我们去旅馆找一个叫沙季同的同志，他也刚到西安，要去延安进鲁艺美术系。我们去后见到沙季同——是个魁梧的大个子军人，一身国民党军官制服，大马靴。他是杭州美专学生，年纪比我们大，在国民党一战区给司令长官白崇禧以及李宗仁画了一些画，很得人家赞赏。白崇禧发了他一张盖着战区官长司令部关防大印和个人签章的全国各处通行证，介绍他到各地采访、作画，"请予放行"。他对我们拍胸脯，说安全包给他，没问题。经济困难嘛，他也不富裕，但可请我们吃饭。

第二天，我们又上办事处，事情有了进展。办事处租了一辆私家汽车送一批物资去洛川，车上还可坐十几二十人，但要买票，可安排我们走。正好当天又到了一批上延安的青年，其中两位广东籍华侨也上鲁艺，他们较富裕，说大家的汽车票缺多少钱，由他们包了；车到洛川后，上延安还要步行三天，要雇毛驴驮行李，要住店、吃饭，这批开支他们也可以包。这就把路上开支解决了。

办事处又把我们组织起来，由押运物资的一位同志负责带领；不过公开的领队则是画家沙季同同志，由他以自己所持战区长官部通行证为武器，一路上负责同国民党特务检查打交道，这样来解决安全问题。

又过了两天，汽车出发，我们一队近二十人有组织地上车去陕北。一路上，过一般的国民党哨卡,沙季同拿出通行证,说他是去洛川参观、画画,我们有的是他的随行,有的是经他同意一道前往的参观者。一般哨卡看看通行证就让过去了。汽车走了两天,晚上还在一个县城住了一夜,却遇到国民党特务查旅社,很蛮横地要检查行李,有的箱子已被打开了。我们有的同志带了马列和进步书籍,这可能成为特务扣人、扣东西的借口。这时沙季同赶来亮出通行证力争力吵不许检查,双方闹得很僵。后来是押运物资的负责人通过关系找来国民党县政府公安、警察系统管理旅店单位的主管官员,这些官员同特务有矛盾,这才商议、斡旋着一般检查了一下,过了关。第二天晚上到洛川,这里还是国民党管辖,但有八路军不少机关和抗大分校,我们到了运送物资的接收单位——八路军一个兵站,就等于到了家,并第一次吃到了小米饭。

兵站当晚把我们组织起来,代雇了几头毛驴驮行李,第二天大早即步行向延安进发。250华里路走了三天,富县、甘泉各住了一夜,到富县就进入陕甘宁边区了。我们是1938年8月1日从洛川出发,于8月3日晚上到达延安。我们一批人一部分在延安城找到抗大接待站——他们是进抗大的,另一批——包括我和高戈,连夜到了延安北门外鲁艺的窑洞内。后经考试入学,这是复试,也是正式考试。

(1988年2月28日,于北京)

(本文选自《新文学史料》2010年第3期)

延安之歌
潘之汀

> 潘之汀，笔名芷汀，河北泊头人，中共党员。1938年春奔赴延安。1949年加入中国作家协会。1953年毕业于中央文学研究所研究员班。历任作家协会文学讲习所教员、北京电影制片厂编剧、编辑部副主任。著有短篇小说《驯"虎"英雄》，儿童文学《悬云寺》，长篇报告文学《发电厂里五十年》，中篇故事《老电工》，长篇纪实文学《"古稀"漫忆》，作品集《大时代·小痕迹——芷汀文选》等。

榜上有名，我就要奔赴延安了。

啊，延安！延安怎么样？无从知晓，只是一闭眼，就觉得一片金灿灿霞光，自身被融进霞光里边。

五年前，我在家乡泊镇教书，某晚，一位曾同过学（不同班）名叫李兆雄的借宿我处。他好像情不自禁地给我讲了一些在江西"围剿"红军的故事。

我的宿舍很小，我俩的床铺距离很近，睡下之后就闲聊起来。问他："你去南方干什么来？"

"去打共产党来着。"他说得爽快，毫不掩饰。

"呃？"我略带惊奇，因为从来没听说过。问他结果怎样，他说："哈，叫人家打得屁滚尿流，跑回来了。"说完还得意地嘿嘿笑起来。我心想他一定是因为侥幸没有丧命才表现了这么好玩似的。

"噢。"我倒是愿意听下去了。没等我再问，他就兴致勃勃地讲了下去：

"耳听为虚，眼见为实，我算亲身经历过了。人家就是和咱们这边（指国民党统治区）不一样，处处不一样！人家作战非常勇敢，在战场上，伤亡一个，上来十个，伤亡十个，上来一百。……"

"你能说说为什么吗？"

"人家的政策好，团结好，有能人，所以能取胜。官兵关系、军民关系和咱们这边大不一样。举个小例子吧，咱们这边当兵的见了当官的，像老鼠见了猫，像奴隶见了奴隶主似的，打'立正'，这个样。"

说着，掀开被子跳下床，打了个"立正、敬礼！"上身向后弯挺15度。嘴撇着像"八万"，眼睛瞪圆了。"这个样！"然后钻进被窝，说："人家那边，官兵关系，像兄弟，像朋友。即便在工作场合，士兵给长官敬礼，也是自自然然、亲亲切切的。"

我并没问他怎么知道的，他说："千真万确，我们的士兵中被共产党俘虏过去的人亲眼所见，被放回来说的。"

谈到作战的时候，他说："有过这样的事：在战壕里，他们射过来的枪弹不是子弹而是纸弹，就是个纸团的蛋蛋。咱们的士兵着了弹以为要死了，嗯，结果没事儿。庆幸老天保佑。忽然发现纸卷儿，打开一看，上面写了些字，什么'中国人不打中国人'啦，'现在应该共同抗日'啦……你说，看到这些宣传品，能不动心吗？能不受教育吗？……"

过一会儿他又说："说起那边有能人，也是逃回来的俘虏讲的。说毛泽东本事可大啦，多么忠于国民党的人，让他宣传五分钟，就会信服了他，尤其是大学生们。"

我那时竟迟钝到那种程度：他怎样说，我怎样听，既不怀疑真假，也不思考他怎么会这样"丧失"他这位国民党官员的"立场"，分不清"敌我"界限！

我们俩通夜未眠。从那以后，再也没有见过面。他离开我们学校，不知去哪里了。过了几年我听说，李兆雄那次去江西是在他亲戚（国民党师长）部下任书记官。他那时已经是中共地下党员了，由他策划全师起义，绝大部分士兵和下级军官投到我军方面了。他回到家乡不久就去了苏联。

十年、五年以前，读到和听到的，都没有解决我的根本观念。"只能望洋兴叹",他们在南方,我在北方。我虽有爱国之心、强国之意,只是停留在意识当中,缺少行动措施。到了1935年的中秋之夜,也是一个不眠之夜,中共地下党,19岁的支部书记张矩,对我的思想启发,我才觉得距离革命贴近了些,实际了些,不是遥远空幻的梦想了。

我在即将奔赴革命圣地延安的前夕,思绪万千,极为自然地想到那十年前、五年前、两年半以前发生的几件事。

我们就要出发了。原先从山东同伴来的"七人之行"中齐、孙、薛、周,留在青训班分配工作了。

魏、王和我,加上魏的爱人,我们四人打算雇一辆马车上路。因为除了简单的行装之外,路上走累了还可以轮流搭搭脚,歇歇腿儿。再说,魏的爱人,好像是没有出过远门、走过长路的人,步行七八百里有些困难。他们还硬说我这个类似病号的黄面书生也应该照顾,但又为了仅仅四个人雇一辆大车过于奢侈浪费,我们便在西安的一条大街的北头旅店里,在雇车的同时,很容易地结交了十名伙伴。他们是裴、崔、张……

就在那个黎明时分,我们聚齐,我们上路……我们听到众多的车夫,在那附近的旅馆、骡马大车店门外、大路旁侧,招呼着:"去延安,去延安!"招揽乘客。有更多的人并不雇车,他们背负着不大的行囊、挎包,行在大路上。这些人,论地区是五湖四海,论民族是汉、满、蒙、回,论文化程度是从小学到外国留学,论年龄是从十来岁的孩子到年过半百的老者。

当时有句流行的语言:"天下人心归延安。"延安啊,你是万千热血青年、一切不愿做亡国奴的人向往追求的革命圣都啊!我们只需要经过几个朝夕,就可以投身到你的怀抱里了……

四加十,我们十四个同伴当中,只有一个是女的。有人风趣地把我们这个小小队伍命名为"十三幺",当然是会打麻将的人才能想出这一怪名。"幺"名白健,看来白而不健。她虽逞强,但在众人强迫命令之下,还是乘车时间较多。另外,就是我常常受到优待。别的同志很少有坐车的时候,几乎全程徒步旅行。

我们新结识的十位同志，裴同志年龄较大，可能有二十六七岁了，较高的个子，黑红面庞，表现老成持重，说话不多，但有分量，似乎有些社会经验的样子。崔同志，比较年轻，刚刚大学毕业，细高身材，举止文雅，说话不多但幽默，一口河北大名一带的口音。他从不乘车搭脚，沿路观山赏景，他顺手从路边杂树中折了一个树枝，当作文明拐杖，但并不用它帮助走路，而是拿在手里，悠悠耍耍。他的同学张同志怂恿他唱口地方戏曲，他稍稍迟疑，笑眯眯，有点腼腆。看了我们一眼，开口了：

走一山来又一山，山山不断，

过一岭来又一岭，岭岭重重。

…………

崔同志唱着，经常卡壳，可见他平时并不多唱这种古老剧种、地方土调。但是在这块黄土高原上，这些青年中间，听起来是那么新鲜、悦耳！人们大声喝彩，走起路来，便忘记了疲劳。就这样，大家说说笑笑、唱唱闹闹，越过山山岭岭，延安宝塔就映进了我们的眼帘……

（本文选自《老人天地》1996 年第 11 期。标题有改动）

"信天游"在迎接我们

逯 斐

> 逯斐，原名王松黛，笔名宋玳，女，江苏无锡人，中共党员。1938年参加革命工作，历任延安文艺界抗敌剧协创作员、中央文学研究所、中国作协等专业作家。黑龙江省第二届人大代表、省作协理事。1952年调入中央文学研究所，并加入中国作家协会。著有散文集《解冻以后》《第一场风雪》《猎人小屋》《海树集》等，小说集《青春的光辉》《森林在歌唱》《提炼》，独幕剧剧本《歧途》《迫害》，话剧剧本《十九号》（合作），歌剧剧本《延水长流》，电影文学剧本《列车飞奔》等。

1941年1月传来皖南事变的消息，蒋介石居然把枪口瞄准抗日部队，令人发指。南方如此，西北也紧张起来，听说西安八路军办事处四周，尽是狼爪犬牙，西北工业合作协会也有人被捕了。我和严辰从未去过西安，这时更不敢贸然前去。

不久，黑丁、曾克夫妇经宝鸡去延安。他们告诉我们，徐冰同志打听我们的下落，希望我们早日北上，如发生意外，望立即通知八路军办事处。我们听到这消息十分激动，感到自己并不是孤儿，母亲的关怀，时刻在温暖着我们。我们积极筹备，更急于扑向延安的怀抱。

2月中旬，诗人艾青，作家罗烽，画家张仃由重庆来宝鸡，住在画家陈执中画室的阁楼上。啊！他们仿佛从天而降，使我们惊喜不已，立即去探望他们。

1936年严辰在上海，就认识艾青同志，后来在武汉、重庆都碰过面。与罗烽同志是在重庆文协的活动中相识。张仃同志，只见过画，未见过面。我们一去，艾青同志和严辰两个诗人，热情迸发，在阁楼上拥抱起来。得知他们的眷属都早已在延安等他们，现在表面上却是去榆林。张仃同志是从延安鲁艺因事去重庆，现在又回边区去。

到延安去，要经过国民党军队的封锁区，检查很严，曾有多少青年满怀信心地奔去，却在半途不幸被扣，关进了集中营。一路上的危险我们是知道的，要去需要谨慎，也需要带着冒险精神。

他们三个带有一张榆林绥蒙指导长官公署开的去榆林的护照。而榆林在延安的北面，由国民党的杂牌军管辖，在那里的部队来往于榆林西安之间，都要经过延安，所以不像胡宗南部队与延安关系那么紧张。我们知道他们要去延安，立刻把我们的情况告诉艾青同志，希望同行。艾青同志虽比我们大几岁，但很热情，很单纯，毫无考虑，立即同意。罗烽同志有地下工作的经验，觉得有女眷同行更方便些。张仃同志最年轻，很早从东北流亡进关，有四海为家的豪情，多一个朋友多一份力量，也同意了。

护照持有者的身份，是绥蒙指导长官公署文化组组长，护照上填写一人，他们三人同行，出发时把一人改为"三"人，我们加入，又用墨笔改为"五"人。

在出发前，决定每个人的身份，考虑到张仃同志在榆林待过，又刚从延安出来，对情况比较熟悉，他穿着长筒马靴，挺有派头，就让他做持有护照的人。万一碰到盘问，由他来应付。考虑艾青同志在大后方有影响，尽量不让他露面，他瘦高的身上，穿着水獭领的皮大衣，显得很有身份，算是秘书。罗烽同志老练沉着，他自告奋勇担任勤务兵，他穿着褪色的棉军衣，确像个精悍而有经验的勤务兵。唯有严辰戴眼镜，他穿着一件咖啡色长袍，很斯文，像个文书，我是他的家眷。我还在箱子里放着一件严辰才做的皮夹克，一双原来演戏用的高跟鞋。

我们从宝鸡搭火车，经咸阳往北到终点站耀县。到那儿，已是黄昏，只见耀县城门紧闭，旅客们拥在城门边，等着开城门受检查，可是城门每次只开一条缝，放进去三五个旅客，立即又紧闭上。我们在冷风中等着，望着如黑云压顶的成群乌鸦，密集在上空，盘旋着，噪聒着，扰得人心烦意乱。城墙上的枪眼闪着冷光，听着巡视在岗哨间的沉重脚步声，喝骂声，鞭笞声……我仿佛置身于沦陷区，置身于敌人的铁蹄下。但是，这是抗日战争时期的后方呀！

一拨拨旅客进了城，最后，轮到我们五个进城，城门也一样在我们身后闭上。勤务兵罗烽扛着行李，严辰提着箱子，就在城门洞里，国民党的检查人员要我把箱子打开，张仃先递过去印有他头衔的名片与护照。在暗淡的灯光下，在国民党军警的手电晃动下，他们看到打开的箱子上面是皮夹克与高跟鞋，似乎放心了，就懒洋洋地让我们走了。其实，在张仃的庞大行李包下，有不少进步画报呢！

我们急忙找旅店住下，刚躺下不久，军警查房来了。罗烽根本没有睡，他先把明天上路的轿窝子雇好，听说半夜还要来查房，所以一直拿着护照在房门外等着。这时，他带领着查房的人，来核对过人数出门了。但查房者拿着护照并不立即还给罗烽，却说："我拿去给局长过目。"罗烽一听，心一紧，但表面上却沉静地说："我们已雇好车，明早一早赶路，我跟你到局里拿护照去！"他说着就跟着那伙查房者，一起到警察局。但是警察局长不在局里，护照被留下，罗烽只得独自回来了。

我们得知这情况，虽仍躺着，心却不安、焦急，担心就在这护照上出问题。黎明前，张仃与罗烽商定，干脆叫大家起来，也把轿窝子准备好，一切就绪后，罗烽又摸着黎明前最黑暗的路，到了警察局，找到那个拿护照的人。罗烽态度虽然很好，但口气很强硬，说："我们长官发脾气了，看护照还用一夜么？耽误了我们办公事，谁负责？"那人睡眼蒙眬，急忙起来到了局长室，取来了护照交还给罗烽，发牢骚说："局长打一夜牌，才回来，我有啥办法？五点还不到，急什么？"

我们拿回护照，带着惊喜，坐进轿窝子，迎着凌厉的晨风，离开了到处布满特务、岗楼，乌云压顶的耀县城。

由此往北，一望无边的黄土，看不到一点青绿颜色。是呵，青春的生命已在敌人屠刀下被杀了，变得这样荒凉，这样寂寞。就在这一路上，五步一哨，十步一岗，没完没了的盘问，恰如鬼蜮世界那样阴森。

一路上，罗烽最辛苦，他绝少坐进轿窝子，差不多一直跟赶脚的一起步行，处处小心，时时谨慎，还一边了解国民党军队的情况，一边准备应付随时发生的意外。我们只轮流着坐轿窝子，特别是我，他们不许我下轿窝子走动——一个家属应该娇娇滴滴，怎能走出轿窝子呢？只有在四无人烟的地方，偶尔下来走一阵。

中午，遇到村镇，歇脚吃饭，常由赶脚的给我们介绍比较干净的饭店，我们四个人点菜吃饭，罗烽就在门外候着，有时他与堂倌聊天，或帮堂倌给我们上菜，他忍着饥饿，等我们剩下饭菜他再吃饭。他总是不忘记他的"身份"，严肃认真，不言不笑地执行任务。

有一次，为了赶路，过了晌午才歇脚，大家饿了，罗烽走的路比大家多，估计他更饿，我们四个悄悄商量定，等他进屋来，就夹菜给他吃，填补一下肚子。平时，我坐在炕沿上，这天也是，见罗烽端菜进门，放上炕桌，我就把他身后的门关上，艾青夹了一颗肉丸往他嘴里塞，张仃与严辰把别的肉菜放在小碟里，让他一仰脖倒进嘴。罗烽边吃，边急于擦嘴，笑眯眯抿着嘴摇头，暗示我们不可这样，怕露了馅。他出门后，我们四个却无声地笑起来——笑我们旅途中的得意杰作。

一路检查、盘问不少，也许由于我们的戏演得还像吧，还没有发生意外，情绪上有点轻松。没有想到，到宜君之前，碰到一个骑马的国民党军官，带了个马弁，他上来跟我们搭腔，听口音是北方人。罗烽急忙与那军官的马弁聊天，从马弁嘴里得知他们也到宜君，那军官姓牛，是洛川警备司令，此人行伍出身，因是杂牌军，不被蒋介石重视……罗烽把情况告诉我们，决定到宜君后邀他同餐。他并不客气，应邀而来，我回避在隔壁房里。那姓牛的几杯酒下肚，高谈阔论，居然还说老蒋专搞摩擦等等。这时，我听见艾青机智地说："你不怕砍脑壳？莫谈国事呀！"逗得姓牛的也笑了。

许多旅商客人，见我们与洛川的警备司令同餐，对我们另眼看待，特别是老板,更是殷勤,饭菜也特别丰盛……席间,姓牛的特地悄声告诫我们,去榆林最好绕道沿黄河走,最好不经过延安,还邀我们到洛川住几天,他将好好接待我们……

我们知道洛川紧靠边区,反共摩擦特别厉害,到洛川等于自投罗网,走进阎罗殿。我们为了甩掉姓牛的,就早早上路,绕过洛川管辖区,直奔陕甘宁边区。

甩掉"麻达",精神稍稍松弛。这一带人烟稀少,犹如无人区。艾青和张仃都下了轿窝子步行,两个人勾肩搭背地谈笑着。没一阵,艾青忘记罗烽的"身份",又把手搭在罗烽肩上嬉笑着。罗烽却不忘记自己的身份,立刻离开艾青,去与赶脚的一起坐上轿杠。

再往北,虽也是那么沉寂,但在两边连绵不断的山头上,不再是碉堡、岗楼,而是拿了红缨枪站岗的妇女儿童。蓝色的天空衬着,那红缨枪该多么鲜亮呀!突然,从山梁梁上飘来嘹亮的歌声,那是民歌"信天游"!张仃忍不住敞开嗓门,也歌唱起来。我惊奇地望着这个一路上少言少笑、端庄沉毅的"长官",忽然他的歌声像开了闸的江水,不断地冲泻而出,唱完"信天游",又唱《走江州》:"一根扁担,软溜溜的溜哈嗨,挑起扁担要到江州,杨柳青,花儿红,嚓嘣,嚓嘣,嚓啦啦嘣,挑起扁担要到江州……"

啊!我爱歌,却从没听到这么嘹亮、宽厚的歌声,它如此悠扬,饱含歌唱者自己欢快舒畅的感情,并暗示我们已到了神圣自由的陕甘宁边区了。这儿就是我们日夜渴望的土地呀!听到这些民歌,比我以前听到《延水谣》《延安颂》时的心情更激动。直到以后,我听过千万次有名的歌唱家的演唱,也比不了头次听到陕甘宁民歌时的动情、迷人。

信天游在空气中回荡,在迎接我们,伴着我们走进了陕甘宁的重镇——交道镇。镇边有个饭馆,我们准备在这打尖。我们像立刻要去见亲人那样,急忙拍抖去衣服上的灰尘,洗净手脸。但是张仃却兴奋得不能自已,对此行重负一下子解脱掉,对边区满腔爱恋之情无法表达,竟脸不洗,尘不拍,脱去大衣,像一个小孩子,倒在地上打起滚来,并放声大笑,浑身上下沾满黄土也不顾,接着又匍匐着，捧起边区的一把黄土，深情地放在鼻子下闻呀闻呀，仿佛泥土特别香甜。接着他仰脖子摇摇他那头乌黑的长发大声朗诵："啊！母亲，我的母亲！"他的狂喜，他溢于外表的热爱，他的游子归来的豪情，感染了我，我也激动得差点掉下泪来……

啊！他为什么那么狂喜呀！原来他们三位离渝时，到周总理处辞行，周总理指给他们到延安的正确路线——现在果真顺利到达目的地了！

啊！美丽的信天游，美丽的蓝天下的红缨枪，在以后几十年中，我无时无刻不记得你们，在睡梦里也忘不了你们呵！

正在我们兴高采烈时，罗烽从饭馆门口进来，说有个同志在和我们赶脚的聊天，希望搭我们的车到榆林去。张仃听说，立刻边拍尘土，边走过去找那位同志，把他拉一边，把我们的真实情况告诉他。那位同志听后哈哈大笑说："啊！你们的化装很不成功呀，绥蒙指导长官公署的部下，哪有像你们这样的人，我在一二十里路外就观察出来了！越看越不像。"他的话把

《新华日报》地址通济坊

我们逗笑了。我们承认了自己化装粗糙，瞒过了反动派林立的岗哨与盘查和洛川的警备司令，却无法瞒过共产党保卫人员的眼睛。

那位同志立刻为我们去与延安联系，不久，交际处派车来接我们。到达延安那天，正是1941年3月8日。

啊，延安，那高高耸立的宝塔在向我们招手；啊，延安，那闪烁着灯光的一排排窑洞在等待我们；啊，那凤凰山、清凉山脚下的延水，正唱着歌在迎接我们。我们被接到了交际处招待所，而艾青、罗烽、张仃都回他们的"家"去了。我俩像停歇在港口的航船，只等待驶上革命的航道……

在延安，我见到于炳然、张石光、白晶泉等同志，啊，他们原来也是到延安的。不久，我们五个人，还有黑丁、曾克、张石光，都聚到了延安文艺界抗敌协会，这是后话。以后也得知孟用潜同志是党的负责干部，但我们错过了向他学习的机会。陆续又见到不少在重庆北碚育才学校工作过的音乐家、文学家、戏剧家们，还有好些小朋友也来延安鲁艺深造。

啊，延安，母亲！我终于投到你的怀抱了！啊，延安，革命的摇篮，思想幼稚的我，就是在你的怀里得到教育而逐渐成长的！

（本文选自《延安作家》，陕西人民教育出版社1992年版）

从成都到延安，我早期的诗歌活动
海　稜

> 海稜，四川西昌人，1937年从四川辗转到延安。

1915年农历九月九日我出生于四川西昌县高草镇的一个偏僻的村子。启蒙时曾经上过两年私塾，在小镇上读过初小，1928年毕业于西昌县立白塔寺高小，随即考入四川省立第二师范学习。

我少年时期的梦

自幼喜读文学和历史，我父亲曾经做过西昌县河西分县的小县令的副手，家里珍藏的古字画和古书不少。父亲死得很早，但是他遗留下来的书籍对我颇有吸引力，祖母和母亲也常常鼓励我好好读书，学走正路，长大做一个知书识礼、有教养有出息的人。

在私塾和小学时期，读过四书五经，听过老师讲解，对《诗经》比较有兴趣，稍大也偷着看《三国演义》《水浒》之类的才子书。进入西昌师范，正是第一次国共合作进行北伐战争时期。蒋介石叛变革命之后，五四运动兴起的新文化浪潮，早已冲击着"桃源"的西昌和教师中有进步思想的知识分子。西昌城内有一家进步的书店，经营上海出版的新书，鲁迅的《狂人日记》《呐喊》《彷徨》《阿Q正传》《野草》和郭沫若的《女神》等，都是我喜欢读的新书。有一位教文学的老师还教我们读唐诗、宋词，他推崇李白、杜甫、白居易的诗和辛弃疾、苏东坡、李煜、李清照的词。对我们的思想影响较大的是一位教英文的老师党文彬，他教授英语，但喜欢文学，喜谈时事，往往在课堂上发一段牢骚，讲几句对社会、时局不满的话。他鼓励学生多读课外书籍，他欣赏《诗经》《离骚》，特别赞扬屈原的《橘颂》，还推荐拜伦、雪莱、海涅、普希金等人的诗歌。他说，你们还小，现在不懂不要紧，将来会懂的，中西文学的长处都要学习才好。

1931年"九一八"事变后，党老师鼓励学生要有爱国心，不要当亡国奴，要关心国家大事，不要埋头在课堂里读死书，只知争分数，而忘记了学生未来应担负的社会责任。我们还利用寒暑假期组织小型宣传队到农村去宣传解放妇女，禁吸鸦片，要自强自立奋斗，反对做东亚病夫，要爱祖国、抵制日货。这对于激发学生的爱国主义思想无疑是有影响的，每当讲到当亡国奴的惨痛时，讲者与听者都不禁哭了。

寻找新的天地

在新思潮和"九一八"事变的冲击下，我已不愿意长期待在西昌这个消息闭塞的角落里读书，要寻找新的天地。那时，刘湘正与刘文辉争地盘打仗，刘文辉被挤入西康。他为了笼络青年，成立了一个宁属学生留学贷费考试委员会，分设省内（成都、重庆）、省外（北平、天津、上海）、国外三种留学生的奖励办法。我考上了成都的高中，1932年暑期和三个同学、两个教师一起经过长途跋涉到达成都。因二刘争战，大路不通，只能经过彝族区深山老林绕道而行。由于患病需要治疗，次年才考入私立成都建国高中部插班。在校期间，成天忙于应付学校规定的功课，很少阅读课外书籍。然而，国难日急，日寇窥伺华北，忧国忧民之心无法与时局隔离。1936年在成都发生抗日学生捣毁藏匿日本领事岩井英一的大川饭店，接着又捣毁专卖日货的宝元蓉商号，群众抗日情绪激增。真是"山雨欲来风满楼"，有血性的青年，谁还能逍遥自在呢？

这年暑期，我已高中毕业，欲考大学，苦无学费，欲找职业，苦无门路。

恰好这时四川大学与南开大学合办的西南社会科学研究所招收调查员，每月薪资钢洋二十四元。我便前去应考，幸运地被录取了。任务主要是在成都半边桥街逐户调查纺织业（作坊）的户数、经营管理、收入、纳税、工人工资和劳动情况以及手工业工人的生活。两个月后我便考四川大学法学院政治经济系，因学的是英国费边派经济学，我对此没有兴趣，便转入文学院外国语文学系，既学英文也学文学。年末发生了震惊中外的双十二西安事变，北平、上海的学生抗日救亡运动在"一二·九"运动以后，即已波及全国，此时更是风起云涌，成都也是我党领导的学生运动的活跃地区。我参加了中华民族解放先锋队，在民先队的领导下，积极从事抗日救亡运动——那时在大学读书不过是一个名义而已。当时的救亡活动，形式灵活多样，有集体的，有分散的。有读书会，阅读进步书刊；有时事座谈会，探讨抗日救亡和反法西斯的大事；有歌唱团，教唱抗战歌曲。还为学联办的《大声》《大生》周刊写稿，当义务推销员，还在街道上作口头宣传，利用假日课余时间，向小商、小贩、人力车夫作调查和进行个别宣传，还参加学生演讲会。1936年10月鲁迅先生逝世，四川大学的进步学生举行大型的追悼会，我曾在会上自由发言，强调要爱国就要学习鲁迅先生的韧性战斗精神。会后有同学偷偷地对我说："讲得痛快，就是太激烈了，当心被狗咬（指法西斯分子监视）！"

在1937年的一年间，成都的学生运动最为活跃，如成都各界人士纪念五卅惨案的大会就开得有声有色，著名爱国进步人士车耀先先生以社会贤达代表的名义在会上发表激昂慷慨的演说，号召不分党派，团结抗日，受到与会者的热烈拥护。他所开设的努力餐饭馆成了当时进步学生秘密集合的地点。后来成都学生救国会与其他各界救国会举行过大规模的抗日游行示威，声援绥远军民抗日行动，为前线将士募捐寒衣，还开展慰劳修筑成都飞机场工人的活动……这些进步的学生运动引起了蒋介石政府的不满，他责令地方政府，强行禁止学生进行抗日救亡活动，密令逮捕"赤色分子"，受国民党控制的学校加紧监视进步学生。由于政治形势的变化，我地下党决定陆续输送一批爱国青年到陕北延安去学习，同时也输送到山西抗战前线，那里有八路军随营学校，有我党领导的战地服务团。

在这国难危急，国民党统治当局加紧压迫学生运动的情况下，许多有志气的学生不愿再关在校门里读死书，纷纷寻找机会到延安去，到抗日前线去。

于是，经过我党地下组织、民先队的介绍，我和几个平素亲近、一起参加民先队活动的同学，于1937年末悄悄离开成都，经川陕路乘破旧的长途公共汽车到达西安。我的公开身份是成都《新民报》战地记者，到西安后由八路军西安办事处介绍到三原县安吴堡青年训练班学习。我们急于到延安去，不久训练班负责人同意我们提前走，几个同学一起商量，经办事处同意步行前往。

向光明，步行到延安

本来可以等机会乘办事处的军车集体走，因为当时公务繁忙，军车很少，步行分散走已有先例。我们几位同学背着行李，走了七天多，终于绕过国民党洛川检查站，进入陕甘宁边区。

七天步行，我们一路观赏陕北黄土高坡的自然风光，了解民俗民情，又唱又说，并不感到步行的劳累和寂寞，被向往光明、追求真理的满腔热情支配着，天不怕，地不怕，什么生活上的小小困难也不在话下了。记得在西安停留期间，我们住的是很简陋的平民旅社，天又下着雨，穿得单薄，吃的是窝头大饼，凭着正义感和青年锐气，我还给当地报纸副刊写诗投稿。

有人问过我，为什么当时要下决心步行到延安呢？首先，延安是革命圣地，凡是追求真理、希望进步的人都向往延安，能到达延安学习受训练，这是我最大的愿望和荣誉；其次，在西安待久了，容易被国民党特务发现，惹出难以预料的麻烦来；同时，鉴于国民党统治区的黑暗和爱国人士的不利处境，不能再返回大后方去读书，即使冒着沿途的风险也要徒步到延安去。八路军办事处负责联系的同志鼓励说，前面已有三五成群的学生青年步行到延安去了，他们中间有的人已经寄信回来，证明这是一条可行的安全渠道。只要不怕苦、不怕累、不怕国民党特务拦阻，还怕什么呢？

的确，步行也是对革命青年意志的锻炼和考验。那时只有20来岁，血气方刚，意志坚强，特别是受到红军二万五千里长征的英雄事迹的鼓舞，还有什么能挡住满腔激情、一心追求进步的抗日救国青年的脚步呢？

一进入边区地界，就看到手持红缨枪的少年儿童团员，站在路口放哨，机警地盘查进入边区的人员，要路条问来历。一般是两人在一起，有疑问情况，就报告隐蔽的边区自卫军哨所。没有可疑之处才让过去，并指明路径。

到了延安，心情大不一样了，到处可听到歌声笑声，见到的人都显得生气勃勃，轻松愉快，奋发向上。看不到愁眉苦脸的面孔，真是另外一个世界，好像笼中鸟从笼里飞出来，飞到了广阔的天地，找到了最好的归宿。延安和国民党统治区相比，真是两重天。光明与黑暗、自由与禁锢、进步与封建，深深地令人感到这种天地的区别和界限。

那是1938年2月末，延河已经解冻，延安城沐浴在朝阳里，抗日军政大学校部把我介绍到大队部，编入第四期二大队一队，当时的队址在城内旧肤施县府衙门，住的是简易平房。队里有几位是我在成都川大或高中时读书的同学如熊复、丁田等，也有新交的杨虎城将军之子杨拯民、张学良之弟张学思，故友新交，亲如手足，谈天说地，不亦乐乎！

（本文选自《延安诗人》，陕西人民教育出版社1992年版）

向往与追求

李焕之

> 李焕之，著名作曲家、指挥家、音乐理论家，原籍福建晋江。生于香港，1938年8月到延安，进鲁迅艺术学院音乐系学习，11月加入中国共产党。抗战胜利后，担任华北联合大学文艺学院音乐系主任。1949年后，历任中央音乐学院音乐工作团团长、中央歌舞团艺术指导、中央民族乐团团长等职。1954年后历任中国音乐家协会常务理事、书记处书记、副主席，音协创作委员会主任，《音乐创作》主编等职务。1985年当选为中国音乐家协会主席。

抗日战争爆发，促使每个爱国青年抉择自己的奋斗途程。从1937年7月起，我开始了革命音乐的创作生涯，从厦门到香港，一直保持着同诗人蒲风的密切合作，同时又与广州中国诗坛社的朋友合作了不少抗战歌曲。然而身处香港这个孤岛，又怎能够真正投身到抗日救亡的斗争洪流中呢？有的朋友到闽西老根据地去工作了，我多么羡慕他们啊！就在这时，经朋友介绍，我参加了在香港的抗日团体抗战青年社，这是一个由福建同乡的年轻朋友们组织起来的，办了一个刊物《抗战青年》。这样，我又结识了一些志同道合的战友。当时我并没有意识到这是一个中国共产党的外围组织，但我们都信仰马克思主义，经常在一起学习马克思主义的著作，同时还到工厂、青年学生中做些宣传活动，举办文艺座谈会。我经常到九龙的陶化大同厂去教工友们唱歌、学乐理、识谱等。但这一切活动都还不能满足我要更深入到火热斗争中去的渴望。

1938年桥儿沟鲁艺全景

　　大约是1938年的四五月间，从我们党所办的报刊上，读到了一则延安已经创办鲁迅艺术学院的消息，作曲家吕骥任音乐系主任。这则消息使我大为兴奋，这不正是我日夜渴望着，向往着的地方吗？我于是给吕骥先生写了封信，询问报考、入学及学习年限等问题。没有等到复信，我们抗战青年社的朋友们就开始筹划分批奔赴延安的事，我当然是踊跃当先，参加了第一批。同行的还有一位台湾籍朋友王文庶（他就是现在台盟的离休干部沈扶），他的目标也是鲁艺，要报考美术系。于是我们一行四人（另两位是王芸和朱茂德，他们要到陕公或者青训班）就在1938年7月18日离开香港到达了广州。好友容民铎到车站来接我，他兴致勃勃地介绍了前一晚（7月17日）在广州隆重举行的聂耳逝世三周年纪念活动的盛况。7月20日我们离开广州北上了，容民铎和克锋（即金帆）到车站送行。克锋同我原是没有见过面的朋友，只是用通信方式合作了不少歌曲，其中一首混声四部合唱《保卫祖国》，我随身带到延安鲁艺后多次演出过。

1938年8月4日，这个日子是我永远不会忘怀的，王文庶和我两人经过了半个月旅途辗转，终于风尘仆仆地走近了延安城，远远望见了巍峨的宝塔山。一匹小毛驴驮着我们的行李直奔延安北门外的鲁迅艺术学院而去。后来我才知道，我们从西安到延安的六天中（前三天坐汽车，后三天步行），康濯和高戈一直和我们同行，他们一口湖南口音，但当时不认识，也没有互相搭话、互通姓名，而是进了鲁艺后，见面才知道的。

在鲁艺大操场东边的山坡上，有两排土房子，其中一间就是音乐系主任吕骥的住房兼办公室，就在这里我接受了入学考试：视唱、听音、口试、看作品等。考试顺利地通过了，音乐系助理员罗椰波把我带到班上，班长周极民十分和蔼可亲地同我谈话，简略介绍了班里的同学。从此，一种完全新的生活开始了。

窑洞，多么别致的集体宿舍，班长安排我在靠窗的第一个床位上。我没有被子，只有一条线毯，那还是离开香港时朋友张廖之送我的，它陪伴了我北上的旅程。好在8月的气候还很热，但夜里就有点凉了。我把一块黄斜纹布当床单，把书和衣服当枕头。吃过午饭后，天气好极了，明亮而炎热的阳光洒满了窑洞门前的空地。同学们纷纷上炕睡午觉，我在南方生活惯了，没有睡午觉的习惯，于是抱着普劳特的《和声学》坐到窑洞前有阴凉的地方，准备开始新的学习生活。但是，赤日炎炎正好眠，看来在北方生活，不午睡是不行的。

吕骥同志把我从南方带来的一些作品都审阅后，把我叫到他屋里，他认为《保卫祖国》（克锋作词）这首合唱写得还不错，只是个别地方应该改一改，他已经在乐谱上给我作了具体的修改，并说可以拿到系里合唱课上去唱。这对我是多么大的鼓励啊！我记得这首合唱的歌篇还是我自己刻好了蜡版，然后拿到油印科去印刷的。合唱课是在小操场上，每人都有一张小板凳，按声部次序坐定，吕骥同志亲自给大家讲解、排练。唱过几遍之后，忽然，他让我来指挥，哎呀，天哪！我还没有正式学过指挥，只是在香港教过工人唱歌而已。好吧，锻炼锻炼，从此，我又增添了一门新的作业。这首《保卫祖国》看来还是有点演出效果，常常在晚会上的空隙，由音乐系的同学上台合唱，我也就上台指挥了。指挥，是我很感兴趣的一门专业，在香港时我看过美国电影《丹凤朝阳》（又名《一百个男的和一个女的》），一部描写著名指挥家斯托可夫斯基的艺术片，他不用指挥棒，而是靠手势来掌握乐队，这部影片很使我着迷。所以，我也很乐意担任指挥，从实践中学习。

音乐系还有两位老师，就是向隅和唐荣枚伉俪，一见面，我想起来了，原来在 1936 年初，我到上海音乐学院（当时已在江湾新址）学习时，临时在附近农家租了房子住，向隅和唐荣枚就住在我隔壁，后来搬到民庆路，他们俩也住在一幢小楼里。当时不知道他们的名字，可是时常见面。现在想起来真有意思。在系里，向隅同志教视唱练耳和作曲法，后来也教合唱课；唐荣枚教声乐，我和韦虹两人还一起跟唐老师上过一堂声乐课。

有趣的是，我们班上广东人占了一半，有李树连（李凌）、梁玉衡（梁寒光）、李鹰航、甄伯蔚、叶林、韦虹、张刃仙、翟定一等，我也算得上一个假广东吧。聚在一起就哇啦哇啦地讲广东话，吹、拉、弹、唱广东曲和广东戏。当时，生活条件虽然简陋、艰苦，但精神上总是愉快而感充实。学音乐之外，还学政治、学军事，参加劳动。这时，正在延安城东门外修筑飞机场，同学们都组织起来去抬土、推小车，我写了一首《修飞机场歌》。到了秋收时节，学校就组织各系同学组成小组到农村参加劳动去。

延安是个歌咏城，我一到延安就真切地感受到了。刚刚到延安的那一天，远远望见宝塔山时，同时也传来了阵阵歌声："啊，延安！你这庄严雄伟的古城……"从田野上，传来了孩子们的歌声："河里水，黄又黄，东洋鬼子太猖狂……"一进了鲁艺，从早到晚，歌声不断。清晨，大家纷纷跑到延河边去洗漱，就情不自禁地唱起了"延河浊，延河清，情郎哥哥去当兵……"当太阳从东山坡上洒向大地，就响起了"红日照遍了东方，自由之神在纵情歌唱……"当下课铃响了，同学们活跃起来，阵阵歌声此起彼伏，这边有人唱起了"大丹河水滚滚流……"那边传来了"张老三，你听我，告诉（哟嗬）你，我刚从山西（哟嗬）回来了……"在那北边的山坡上，从院部的窑洞口传过来"我们祖国多么辽阔广大，她有无数田野和森林……"一听，就知道是沙可夫院长或是徐一新主任在引吭高歌，纵情抒怀呢！晚饭后，同学们三五成群漫步在延河边，你就会听到"夕阳辉耀着山头的塔影，月色映照着河边的流萤……"夜幕降临了，从山那边传来了悠扬迷人的小提琴声，啊，"提琴鬼"张林簃又在自我陶醉了。

歌声是我们生活中的亲密伙伴，又是我们那个革命年代的人们内心世界的缩影，同时是我们民族精神面貌的体现。鲁艺音乐系的同学们在自由的歌声中成长。

虽然同学们在音乐专业的修养上根底不厚，但自由作曲课鼓励大家勇于创造，谁写了较好的作品，都可以成为合唱课的材料。在每一个重要的节日或纪念活动，我都写了些歌曲，"九一八"纪念日来了，程波（安波）写了首"九月里秋风凉又凉"的词，我为之谱了曲；鲁迅逝世两周年和庆祝苏联十月革命节，梅丝（王元方）作词我作曲，写了《鲁迅纪念歌》和《十月革命赞》（混声合唱）。这几首作品都在合唱课里排练并演出了。我在香港时同蒲风合作的一首合唱曲《抗战救亡曲》，也在系里排练并演出。

在音乐系第二期学习了三个月即将结束之际,一个振奋人心的消息传来了:"冼星海来了!冼星海来了!"在见面会——也就是欢迎会上,星海同志指挥我们唱《到敌人后方去》,我入神地盯着他指挥的手势,心想:"我可有了一位指挥老师了。"大家都沉浸在无比兴奋和幸福之中,鲁艺音乐系又揭开了新的一页。

(本文选自《延安艺术家》,陕西人民教育出版社 1992 年版)

杜鹃啼血黄土情
唐荣枚

> 唐荣枚，女高音歌唱家、音乐教育家，湖南长沙人。1933年入上海国立音乐专科学校学习声乐，师从周淑安和俄国歌唱家苏石林（Shushlin）、克里洛娃（Krinova）。1936年投入抗日救亡歌咏运动，曾在上海基督教女青年会歌咏队担任指挥及音乐会独唱并教授声乐。1938年赴延安，在鲁迅艺术学院音乐系任教员，兼任全院声乐指导。1945年在东北鲁迅文艺学院音乐系任教员、系副主任、副教授。

一、在上海、长沙的音乐与救亡活动

1933年至1937年我在中国唯一的高等音乐学府——上海国立音乐专科学校学习声乐。先后师从于周淑安、苏石林及克里洛娃三位教授。1935年以后，我曾在上海、武汉、南京以及寒暑假时在家乡长沙的音乐会上演唱中外名曲。如赵元任的《教我如何不想他》《卖布谣》、萧友梅的《问》、青主的《我住长江头》、黄自的《玫瑰三愿》、莫扎特的《紫罗兰》、舒伯特的《摇篮曲》《小夜曲》、古诺的《圣母颂》，以及歌剧《托斯卡》《迷娘》《浮士德》《蝴蝶夫人》的选段。曾参加国立音专赴南京全国美展的音乐会、同济大学十年校庆音乐会、上海中外进步文化界主办的俄国著名诗人普希金逝世百年祭的音乐会。演唱冼星海为影片《潇湘夜雨》作曲的主题歌、贺绿汀为影片《船家女》作曲的《摇船歌》，并录音、录制唱片。担任上海基督教女青年会歌咏队的指挥兼钢琴伴奏。曾教授私人学生以半工半读，教过冼星海、刘雪庵、蓝苹等人介绍的学生。

1935年抗日救亡歌咏运动兴起后，我和丈夫向隅（1932年至1937年在上海国立音专学习小提琴、钢琴及理论作曲，也是长沙人）在上海与冼星海、吕骥、孙慎等人，寒暑假在长沙与张曙、黄源洛、刘已明等人演唱救亡歌曲，并于1937年初在长沙参加了党领导的中华民族解放先锋队。我从小受到父亲及其共产党友人徐特立、何叔衡、熊瑾玎等人的影响，思想上一贯追求进步。

1937年抗日战争全面爆发，更激发了我的一腔爱国热情。"八一三"日寇侵犯上海时，我和向隅、姚继新、汪启璋以及黄自先生合资买了袋面粉，请山东食品店的师傅蒸成高庄馒头，送到前线去慰问抗日将士。上海失守前夕，我俩放弃了向隅的二哥资助我们出国去比利时皇家音乐学院深造的机会，毅然回到家乡长沙参加抗日救亡活动。

那时我的姐姐唐荣前已经参加了中国共产党，弟弟唐一正负责长沙市学联的工作。唐荣前介绍我参加了党的外围组织"读书会"，我如饥似渴地阅读艾思奇的《大众哲学》、邹韬奋的《萍踪寄语》、斯诺的《西行漫记》等进步书籍。那时参加了二万五千里长征的徐特立，由陕北回来担任八路军驻长沙办事处主任，唐荣前约请徐老来家里给进步学生讲长征的故事、抗战形势和延安的情况，这些活动使我在思想上更接近了党。我和向隅积极参加湖南省文化界抗敌后援会所组织的歌咏演出及街头宣传，还到医院去慰问伤员，帮他们写家信、缝洗衣服。我激情独唱《牺牲已到最后关头》《打回老家去》《松花江上》等抗日救亡歌曲，伤员们听了感动得直流眼泪。这时胡然来找我和胡投、黄力丁等五人到湖南省高中以上学生军训团去教战歌课，我们借此大教抗日之歌曲。为了有个工作以便谋生，胡投将蔚南女子中学的音乐课转让给我教，我也是只教救亡歌曲与苏联歌曲。由于我思想上要求进步，这一段时间对党也有了进一步的认识，经过组织上的考察，1938年1月由延安派来的邹克之及唐荣前介绍，我加入了中国共产党。

经徐特立、熊瑾玎动员与介绍，1937年冬我的丈夫向隅、弟弟唐一正和堂姐唐智明一同奔赴革命圣地延安。转年2月我收到了向隅通过八路军办事处

介绍人	人数	介绍人	人数	介绍人	人数
罗世安	36	吴祖甫	20	长安县韩县长	3
叶霖生	24	黎玉	6	傅复生	3
王书	38	郭洪涛	28	徐梦周	3
王干青	42	陈铭枢	2	周怒发	2
江子能	12	马德涵	6	曹靖华	2
张殊之	23	成校长	43	唐天际	31
侯野君	8	董老	17	周崇圆	3
戴学礼	6	叶剑英	14	梁益堂	5
仉一德	3	宣侠父	16	佐觉家	1
章友江	4	谢华	9	项乃光	3
秋江	15	徐彬如	14	钱维人	6

1937年至1938年上半年，著名人士向八路军西安办事处介绍爱国青年统计表

转来的信，说延安正在筹建一所鲁迅艺术学院，音乐系只有吕骥与他两名教员，忙不过来，领导希望我能尽快去那儿工作。我于是将刚两岁的儿子汉林托付大伯照料（万一干革命被杀了头，还有个后代），与堂姐唐继宗（1931年牺牲的湖南省委书记蒋长卿之妻，是1927年入党的老党员）同行动身去延安。

二、奔赴革命圣地延安

1938年3月初在汉口中共中央长江局转关系时，因陇海铁路遭到日寇炮击，火车停驶，我们在原日租界的八路军办事处招待所住了约十天。朱子奇（现著名作家）等人此时也住在那里，我们都急切地希望能早日抵达延安，一共联络了雷加（现著名作家）等十余人，也不管火车究竟能开到哪儿，就一同出

发了。为了掩人耳目，朱子奇还建议我们组织了一个名义上的救亡宣传队，对外我是去西安开展抗日救亡工作的。在火车上我们经常为旅客以及车站上的人演唱抗日救亡歌曲，并教他们演唱这些歌曲。雷加的年仅七八岁的儿子在车上也为乘客唱《松花江上》。火车开开停停（仅在郑州就停了一天），后来关了灯，趁夜色闯过了潼关，抵达了西安。

找到七贤庄的八路军办事处后，办事处让我们在一个小旅馆住了两三天，然后分配唐继宗去陕北公学上学，先一天随步行的人出发。因办事处的人知道向隅是鲁艺的教员，特意安排我乘一辆运货去山西二战区的卡车去延安，当时这已经是很高规格的接待了。途中住了两夜客店，第三天到延安时我在南门的城口下车，给了司机两个银圆作为酬谢。

当时我穿着一身工装、布鞋、短线袜（因为知道延安生活条件艰苦，离开长沙前就将一件黑毛皮外套，与同学换了一件蓝布薄棉长外套，旗袍、高跟鞋、丝袜都送了人，现买了布衣布鞋），提着衣包穿过整个延安城，一路询问终于找到北门外的鲁艺。在山坡上遇见鲁艺的秘书处处长魏克多，他带我到了音乐系的课室（窑洞），当时向隅正在里面给学生讲课。我没有惊动他，坐在山坡上休息，一直等到他下课出来才见面。那些学生也为我们的久别重逢而欢呼。向隅当时还与艺术系的教员沃渣、丁里，住在城内文协院里的教员宿舍。

1938年3月中旬我抵达延安后的第二天，就去中共中央组织部接转组织关系，我对接待的李富春副部长说自己是个新党员，要求去抗大或陕公学习马列主义。李富春听了笑笑说："党中央新建立了一个培养抗战文艺人才的艺术学校，你是个受过高等音乐教育的专门人才，鲁艺目前正缺乏师资，你在那儿当教员很合适。学习嘛，可以一边教学，一边学习，鲁艺也开有马列主义理论课（后来我与向隅都听了杨松讲的列宁主义课）。"我只得服从组织分配，于是被介绍去鲁艺的党总支，总支书记是留学苏联回来的徐一新。音乐系与美术系教员的党小组成员当时有吕骥、沃渣、丁里与我，后来还有李伯钊，先是沃渣为小组长，后由我接任。

七賢庄庄首

不久鲁艺副院长沙可夫签发了布告，任命我为音乐系教员兼全院声乐指导。同一布告上还任命江青为戏剧指导兼全院的女生指导员。江青在上海演话剧时叫蓝苹，我曾教过一个她介绍来的声乐学生。为了给将来演歌剧作些准备，当时我想学点戏剧方面的常识。那个学生把这事告诉了蓝苹，为此蓝苹曾到我住的辣斐德路（现复兴中路）陶然村找我，不巧未遇。后来约好了在吕班路（现重庆南路）的咖啡馆见面。她建议我去投考上海业余实验剧团的学员班（章泯当时也在座），她还送了票请我们去看她主演的话剧《大雷雨》。后来我们参加演唱海顿的清唱剧《四季》时，我也送了票给她。我去考业余实验剧团时，主考人是章泯与郑君里，郑君里让我念台词、表演小品。我都如实地说我不会。章泯看蓝苹的面子破格录取了我。但是一个月的时间里剧团从不给我们上课，只是排练、演出（我曾在话剧《武则天》里饰演配角婉儿），我看达不到学习戏剧知识的目的，后来就不去了，每月六元钱的车马费我也没有领。没想到在延安我与她又见面了。她因先在党校学习，到鲁艺比我稍晚。其后她主演京戏、话剧为中央首长赏识，与毛主席结婚后就离开了鲁艺。

（本文选自《延安艺术家》，陕西人民教育出版社 1992 年版）

奔赴延安之前
莫 耶

> 莫耶，女，原名陈淑媛、陈爱，福建安溪人。1937年10月赴延安，进入抗日军政大学第三期学习，更名莫耶。1944年春，调到晋绥军区政治部《战斗报》当编辑、记者，1948年秋随《战斗报》调回延安，不久随第一野战军进军大西北。新中国成立后，任西北军区《人民军队报》主编、总编辑，1950年加入中国共产党。1955年转业到甘肃日报社任副总编辑，主持报社工作。1979年任甘肃省文联副主席。

1937年秋天，我们上海救亡演剧第五队，在队长左明的带领下，参加了上海"八一三"淞沪抗战宣传。随着战局的急剧转变，为了深入内地进行救亡宣传，我们在同年9月，辗转到了古都西安。

这时西安余热未尽。我们没有受炎热气候的影响，满怀救亡热情，立即在西安城里进行演出。几天后，又到武功一带农村演出，然后又回到西安演出。我们希望以救亡的歌声、抗战的戏剧，唤起民众，全力救亡。

在西安的日子里，我们每个队员心里都向往着革命圣地延安。对于延安，远在上海时一些朋友之间就悄悄谈论过。这个遥远、神秘的地方，对爱国进步青年有着一股巨大的吸引力。现在，延安已经在望，我们的仰慕思念之情就更为迫切了。队长左明知道大家的心意，就多方联络到延安去的渠道。

一天，左明兴高采烈地召集我们全体队员开会，说他在西安遇上了陕甘宁边区教育厅厅长周扬同志。当他提出我们想去延安的要求时，周扬同志满口答应，并表示热烈欢迎。于是队长便和我们商量，看愿去的人有多少。商量结果，除个别人外都表示愿意去。这样，我们就以演剧队全体同志的名义，给党中央、毛主席写了一封信，表达我们想去延安的热切愿望。左明就把信交给周扬同志带回延安。

没多久，左明同志又兴冲冲地召集我们说，中共中央宣传部派来了延安抗战剧社的一位孙同志，专程接我们去延安。听到这个消息，我们是多么高兴呵！在这段时间里，队里给每人买了一套蓝色的新棉衣，又发给几元钱，让我们买过冬的手套、毛袜等东西，积极作好到延安去的准备。

当时虽是国共合作抗日的初期，但在西安却有一股顽固势力，掀起反共反进步的暗流，来破坏抗日民族统一战线。因此，队长要求我们把要去延安的消息保密。但国民党的文化特务凭着他们反共的嗅觉却侦察出来了。他们平时就来我们住的西安抗敌后援会里进行拉拢活动，这时更是纷纷出动，分别向我们进行反动宣传。说什么陕北冬天冷得要冻掉鼻子，你们这些南方人受不了；说什么共产党共产共妻，你们女孩子到那边是活受罪；等等。我们不信那一套，纷纷向左明汇报，左明驳斥了这些特务的造谣欺骗，指出他们的目的是在阻挠我们去延安。特务们见欺骗宣传不行，就以名利金钱来引诱我们，说他们抗敌后援会有个剧团，只要我们愿意去，就可以给高薪水、高待遇。这时有个别意志不坚定的男演员被拉走了，但我们绝大多数人还是不理他们。他们见利诱不行，又直截了当地威胁我们说："不准你们去延安，想去延安的人，发生一切后果，你们自己负责！"于是他们白天就在抗敌后援会里进进出出，晚上也有人来转悠，监视我们的行动。

左明和大家悄悄计谋，我们如成群结队带着行装到七贤庄八路军办事处去，路上免不了要受到国民党特务的阻拦绑架，所以要我们装出不去延安的样子以迷惑顽固派。国民党特务真的以为我们害怕了，防备也稍为放松了一些。一天深夜，抗敌后援会的院里静悄悄的，人们都睡熟了，我们趁此机会背上简单的行装，迅速出发到七贤庄八路军办事处。路上碰到八路军办事处的同志也来接应我们。到了办事处后，同志们热情地招呼我们休息，并说天一亮就送我们出发去延安。就在这时,突然传来消息说我们的队长左明在后面被国民党特务抓走了!我们十分着急,纷纷向孙同志打听消息,孙同志气愤地说:

"这些家伙真无耻!他们以为把你们队长一扣,你们就走不成了!"

"他们要不放左明怎么办?"我们七嘴八舌地问。

"大家不要着急,作好明天去延安的准备。左明同志的事由办事处去交涉,他们不放不行。"孙同志给了我们坚定的信念,大家也就放了心。

八路军办事处派人一再交涉,国民党当局却一味无理取闹,多方刁难,把左明关进监狱,还无理提出要我们全体队员也留下来。我们急得团团转,担心真的被留下,去不了延安。第二天,国民党的便衣特务加强了在八路军办事处周围的巡逻,准备我们一出去就抓。办事处的同志嘱咐我们不要外出。我们就在房子里待着,在院子里转着,心里真是气愤万分。这是什么鬼魅世界,害得人连行动自由都没有,难道在国共两党联合抗战的今天,去革命圣地延安还有罪吗?!办事处的同志告诉我们,抗日战争开始,成千上万的爱国青年,为了挽救中华民族的危亡,寻求革命的真理,络绎不绝地从沦陷区、大后方和海外各地,途经西安七贤庄八路军办事处到延安参加革命。但国民党顽固派却在咸阳、耀县、同官、洛川等地,多处设立关卡,阻挠、扣留去延安的爱国青年。许多爱国青年冲破险阻,跋山涉水,终于胜利到达延安。有的却被中途扣押、绑架,投入国民党西安集中营,进行关押和杀害。听到这些,我们真是义愤填膺。我想,我们上海救亡演剧第五队,在西安演出多天,报刊上都发了消息和文章,目标较大,我真担心不能顺利到延安。

办事处的同志看我们着急的样子,就热情安慰我们,关心我们的生活,给我们以同志式的关怀照顾,我们真是感动万分。办事处同志间充满了亲密团结的气氛,使我们感受到革命大家庭的温暖,心想:这就是延安来的同志呵!这就是共产党八路军领导的办事处呵!他们人人热情和蔼,爽直诚恳,待我们胜似兄弟姐妹。而国民党那些文化特务,那种阴阳怪气的面孔,那种虚伪狡诈的态度,是多么令人厌恶。这样一想,就使我们更加盼望早日奔赴延安,更加盼望队长左明快点恢复自由。

办事处同志一再交涉，国民党顽固当局却一再刁难，于是孙同志当晚向我们宣布：

"明天天不亮就出发去延安，左明同志继续由办事处交涉营救。他们不放左明，目的是让你们也去不了。我们就是要粉碎他们的诡计！同志们晚上早早休息，准备天不亮就出发。"

我们都高兴得跳了起来，第二天天还没亮，我们二十来个人，就坐上八路军西安办事处的一辆大卡车，出西安城的北门，向延安进发了。天还是黑乎乎的，凉风飕飕地吹着。西北高原10月的清晨已有寒意，但我们的心却热乎乎的。虽然挂念着队长左明，但我们相信办事处的同志一定会设法营救他出狱的。

我们的汽车经过国民党顽固派的好几处关卡时，他们果然无理取闹，多次阻挠通行，但经过孙同志和他们讲理辩论，国民党军警被驳得理屈词穷，终于不得不放行。每次汽车一开动，总给我们带来一股巨大的喜悦，因为我们又冲破一重难关，离延安越来越近了。后来当汽车爬上了一座山岭，孙同志告诉我们已经到了陕甘宁边区的地界时，我们紧绷的心弦一下松开了，面上都露出了胜利的喜悦。这时初升的太阳金光万道，照耀着西北高原的群山，我们高兴地敞开胸怀，尽情地呼吸着阳光下新鲜自由的空气，向北极目瞭望，心里喜滋滋地想：我们自由了，我们就要到延安了，新的生活就要开始了！

就在我们出发的第二天，西安国民党当局为了掩饰自己的丑行，竟然无耻地在《西京日报》上造谣："上海救亡演剧第五队宣布解散！"但是，了解真相的人们自然是心照不宣，因为这正从反面告诉人们：上海救亡演剧第五队已经投入革命圣地延安的怀抱！

我们一到延安，就和延安抗战剧社住在一起，呼吸着自由清新的空气，接受着党的温暖的照顾和关怀，学习着老红军的革命传统作风，心里真有说不出的快乐。当然，快乐之余，我们总惦记着队长左明的下落。队长虽然不在，我们仍抓紧时间排练节目，准备为党中央、毛主席演出，为延安的党政军机关和人民群众演出。

　　在我们的排练进行中，左明同志终于在八路军办事处的营救下，胜利来到延安。我们那个高兴劲儿真是难以形容……

　　第二天，我们的演出就在激昂的战斗歌声中开始了。

　　从那以后，我们就生活、学习、战斗在延安。沸腾的延安生活感染着我，鼓舞着我，使我写出了《延安颂》那首诗。后来经郑律成同志谱曲，《延安颂》的歌声就像长了翅膀，飞遍延安和陕甘宁边区，飞遍各个抗日根据地，直至新中国成立后飞遍全中国。现在，这歌声仿佛又在我耳边响起：

　　　夕阳辉耀着山头的塔影，
　　　月色映照着河边的流萤，
　　　春风吹遍了坦平的原野，
　　　群山结成了坚固的围屏。
　　　啊，延安，
　　　你这庄严雄伟的古城，
　　　到处传遍了抗战的歌声。
　　　啊，延安，
　　　你这庄严雄伟的古城，
　　　热血在你胸中奔腾，
　　　…………

（本文选自《长安》1981年第6期）

史实与考辨

通往光明的红色桥梁

李一红

古城西安的北新街上，有一组青砖白墙、古朴典雅，建筑风格与周围环境迥异的院落，这里就是八路军驻陕办事处的所在地——七贤庄。对于许多新中国成立后出生的人来说，七贤庄只是一个普通得以至于常被遗忘的革命旧址，但在每一位从七贤庄走上革命道路的先辈心中，七贤庄却是一盏指路的明灯，一座通往光明的红色桥梁。

抗日战争爆发后，由于中国共产党坚持抗战的主张深入人心，一时间中共中央所在地延安，便成为向往光明的人们敬仰和向往的地方。而八路军驻陕办事处作为中国共产党在国民党统治区建立的第一个公开的合法的办事机构，顺应时代潮流义不容辞地担负起了输送爱国进步青年奔赴延安，壮大革命力量的重担。

1938年，党中央指出我党应该"放手吸收知识分子和青年学生进入延安"，毛泽东指示"不要担心坏人混进来，学校实践中会把他们逐渐清查出去"，处于出入延安必经之路上的"西办"为宣传、动员、组织广大青年学生投入到抗日救亡运动中，做了大量工作。周恩来留住"西办"时曾在省立二中大操场上为西安数千青年学生就当前抗战形势及开展救亡运动进行过一次长达三小时的报告；伍云甫处长在铭贤中学作了"敌我对比的转变与青年的任务"的报告；"西办"与救亡团体民先队还共同举办培训班，请过往"西办"的赖传珠讲授游击战术，彭德怀讲"怎样争取抗战最后胜利"，宣侠父讲"怎样做军队中的政治工作"等。这种形式下，广大进步青年仿佛在茫茫迷雾中看到了一盏指路的明灯，纷纷赶往七贤庄，要求奔赴延安参加革命。

在那令人难忘的日子里,办事处门前总是熙熙攘攘,人群络绎不绝。一天,美国《每日简闻报》记者詹金斯恰逢来到"西办",看到从四面八方赶来的青年们风尘仆仆,却依然士气高昂,深深地被他们的爱国热情打动,为他们拍下了当时的场面。当年在"西办"参加招生工作的王邦屏回忆道:"青年学生来办事处后,先在会客室进行登记,拿出介绍函件,再约定谈话时间进行个别谈话,通过谈话和一般审查后,次日就安排动身北上。1938年五六月间,我们每人每天接待六七十人。"负责招生接待的领导熊天荆、李初梨、王荫圃每天忙得不可开交。"西办"给中央的报告中说:"投考陕北公学和训练班的非常之多","从天亮一直缠到夜深止"。可见"到延安去"已成为一股势不可当的革命洪流,

| 1 | 2 |

1. 杨汉秀
2. 张学思

时代的召唤。

这股洪流来自全国各地,也来自海外。青年中既有惜别新婚妻子,义无反顾回国参加抗日救亡的马来西亚侨胞陈明,又有放弃了优越家庭生活的张学良将军的胞弟张学思及四川大军阀杨森的侄女杨汉秀,还有我们十分熟悉的漫画家华君武。那时在报馆做事的华君武已小有名气,《西行漫记》中描述的那个地方在他心中充满神秘,充满诱惑,于是他拒绝了友人的劝阻和其他报社的邀请,辞去工作,只身来到位于汉口的武汉"八办",见到了在上海就十分敬仰的李克农,两人谈得很投机。李克农听到华君武想去延安投身革命时十分高兴,当下提笔给他写了去西安找八路军办事处伍云甫处长的介绍信。当时,由于日军的步步进逼,平汉路已中断,无奈之下,华君武转道重庆、成都,通过了国民党当局在剑阁、昭化、广元等几个重要关口设立的检查站,历尽艰辛,终于来到西安,直奔七贤庄。

繁忙的接待工作,使"西办"工作人员应接不暇。1938年5月,在请示中共中央后,办事处租赁了七贤庄的七号院,组织延安各校共同成立了联合招生委员会,专门负

责抗日军政大学、陕北公学及鲁迅艺术学院等院校的招生工作。

"西办"1938年工作报告中有关"新生投考资格"一项中有这样的明文规定:"来历清楚,有救亡团体或负责人介绍者"方可投考延安的各类学校。青年学生持介绍信来时都由一号院鉴定核实,后交招生委员会。据分析,当时的生源主要来自以下几个方面:一是由各地的八路军办事处和地下党如武汉"八办"、洛阳"八办"、陕豫川等地下党组织介绍来的;二是由社会知名人士及救亡团体如李公朴、邹韬奋、民先队等介绍来的;三是一些友军地方部队,要求为其培训人才而介绍来的;还有一类就是直接持学校介绍信或毕业证自发来的。对

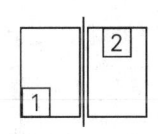

1. 华君武
2. 美国《每日简闻报》记者詹金斯(左二)与爱国青年一起去延安

于最后一类人一般要摸清政治面貌，先送安吴堡青训班，边培训边审查。

为顾全国共合作的大局，办事处对于国民党嫡系部队的现役军人或在国民党各级党政机关任职的官员，及政治面貌、社会关系复杂，来意不纯者恕不接收。但凡事没有绝对的，陈慕华就是个例外。陈慕华是国民党空军司令陈栖霞的侄女，那年她17岁，是持国民党空军介绍函件，坐着小汽车来办事处要求去延安的。工作人员见此情况，不知如何是好，立即请示伍云甫处长，伍处长考虑到其叔叔支持国共合作，且在抗战中与我军协同作战，便立即批准陈慕华去抗大学习。

在招生委员会成立之前，办事处安排青年去延安是乘坐为延安运送物资的汽车，后来，人数日益增多，仅靠汽车送已不可能，于是，除少数老弱妇孺、特殊统战关系或地下党介绍的，为保证安全用车护送外，其余的青年均由办事处将其五六十人编为一队，指定负责人，集体步行北上。

在全国各省奔赴延安的爱国青年中以河南、四川的居多。四川万县的青年教师熊道柄率领妻子、堂弟、侄儿等7人走上延安。他们按照地图上的路线顺着脚夫走过的栈道前行，第一天走了90里路，第二、第三天之后就大大减速，人困马乏，睡不好，只吃点馒头、红薯之类的干粮，可也没有一个人后悔打退堂鼓。经历了沿路土匪抢劫、关卡盘查的种种考验，翻越秦岭到了西安。"西办"批准他们的要求，发给每人一套八路军军装，佩戴第一一五师臂章，与各地来的青年90人一起，由"西办"的同志带队步行去延安。大家都是初次见面，共同的目标让他们走到了一起，大家彼此关怀，一路高唱抗日歌曲，走在崎岖的山路间。正如印度援华医疗队队员巴苏华日记中写的："在去往延安的路上，到处都是嘹亮的抗日歌声。它回荡在群山间，而群山环绕的山间小路上，步行前进的一群群青年时隐时现，他们欢快、年轻，用呼声、手势与我们亲切地招呼着。"

1938年，延安学生总数有1万余名，差不多全都经过西安，但因在延安无登记手续，故无从稽考。但仅1938年5月至8月，经过"西办"输送到延安的青年就有 2288 人，当年"西办"招生工作的繁忙程度可想而知。

1939 年初，国共关系渐渐恶化。国民党顽固派在西安到延安不到 800 里的道路上，设立了重重关卡，检查站动辄抓人，阻拦出入陕甘宁边区的进步青年，对他们进行残酷的肉体折磨和精神摧残。"西办"输送青年赴延安的工作更加艰巨，好在抗大分校在各抗日根据地逐渐建立起来，人们可以就近投奔。

所有的艰难险阻都消减不了青年们的革命信念，他们跋山涉水终于到达了梦寐以求的地方——延安。青年们在这里学习、锻炼，感受着这里的一切，晴朗的天空、自由的空气和无处不在的凝聚力，从一个个具有朴素爱国主义思想的青年渐渐成长为优秀的共产主义战士。

如果将延安比作他们人生之路的分水岭，那么西安"八办"就是通往光明的红色桥梁，是千千万万对祖国赤诚忠心的仁人志士用足迹踏筑的一座红桥。他们像星星点点的火种，怀着共同的信念汇集到延安，形成锐不可当的燎原之势，彻底打破了日本帝国主义妄图吞并中国的美梦。尽管工作是艰巨而繁重的，但"西办"不辱使命，克服重重困难，出色地完成了转送青年赴延安的任务，为抗战胜利作出了突出贡献。

几十年过去了，当年那一批批奔赴延安的热血青年如今已白发苍苍，有的已经故去，但他们用生命铸造了历史的辉煌，为我们留下了宝贵财富——对祖国的无限热爱，视祖国利益高于一切的精神，这种精神必将与历史同在，必将永远激励我们这一代青年努力学习，忠实工作，为祖国的繁荣、富强、昌盛奉献一切！

（本文内容由八路军西安办事处纪念馆提供）

抗战时期知识分子奔赴陕甘宁边区研究[①]

程朝云

抗日战争时期，以延安为中心的陕甘宁边区（以下简称"边区"）是中共中央的所在地。

边区位于黄土高原中北部的陕北、陇东和宁夏的东南部，向为地广人稀、地瘠民贫的区域，经济极为落后，边区内遍布山丘峡谷，交通也很不便利。然而，就是这样一个物质条件极差的地区，在抗战时期，特别是在抗战初期，吸引了40000多的知识分子和青年学生踊跃前往[②]。在当时知识界多数人都追随国民政府内迁西南的情况下，何以发生这一现象，这些知识分子的具体情形如何，以及到边区后他们的去向，这些都是本文试图探讨的问题。

一

战时知识分子赴边区，从时间上看，大致分为三个阶段。

第一阶段是全面抗战爆发前，起始时间大约是1936年底。丁玲是最早到边区的著名文艺界人士，她于1936年11月到达陕北保安。1937年1月20日

[①] 本文是抗战时期人口迁移研究系列论文之一。关于战时边区知识分子问题，专门的论述不多，除刘悦清的《延安知识分子群体的特征及其历史地位》（《浙江社会科学》1995年第4期）外，其他则一般散见于一些相关论著中。

[②] 胡乔木：《胡乔木回忆毛泽东》，人民出版社1994年版，第279页。按：战时到边区的知识分子群体主要包括文化人和青年学生两类，而以后者占绝对多数，在青年学生中又以受过中等教育程度的占多数。或许以今天的眼光来看，这些只受过初高中教育的青年学生并不能算是知识分子，但在当时文化教育水平还很落后的中国，他们至少算得上是小知识分子。在毛泽东的著作以及相关的文献论著中，虽提到"知识分子"和"青年学生"两种概念，但并没有将二者分开，在表述中他们是作为同一个群体——知识分子群体而存在的。本文延续这种用法，将他们统称为"知识分子"。

正式开学的抗日军政大学第二期，首次招收外来青年学员，其1362名大学部学员中就有知识青年学员609名①。

第二阶段从全面抗战爆发后的1937年下半年到1938年。在此阶段，由于国共实现第二次合作，抗日民族统一战线建立起来，知识分子到边区的外部环境相对有利，中国共产党在边区所办的抗日军政大学等校在全国公开招生，宣传方面也相对得力，所以这一时期是到边区的知识分子人数最多的时期，也是所来自地域范围最广、阶层最丰富的时期，战时奔赴边区的知识分子主要都是在这一时期来的。以抗大为例，其第四期（1938年4月16日至1938年12月）有来自全国各省市的青年学员4655人，占全校学员总人数的83.7%②，是第二期学员总人数的3倍还多；与抗大齐名的陕北公学1937年11月正式开学时，有学员600人，编为5个队，由于不断有新学员从全国各地前来求学，其后在不到一个月的时间里，又编成了6个队，1938年1—5月，又陆续编成了16个队，一共有27队学员③，即使每队可能已不足120人，但在半年的时间里，共增加新学员22个队，其新增人数也已相当可观，而他们基本上都是从外地到边区的知识青年。

第三阶段为1939年以后。由于抗日战争进入相持阶段后，国共摩擦越来越多，国民政府对边区进行封锁，对到边区的知识分子多加阻拦，尤其是1941年初国民党发动了第二次反共高潮，加紧封锁边区，并严禁革命青年到延安，所以这一阶段到边区的知识分子由于外部环境的恶化而人数大减。抗大是边区唯一一所经国民政府承认的高等学校，其第五期（1939年1月28日至1939年底）学员中也已经少有从南方各省来的知识青年，该期的知识青年主要来自陕西、山西、河北、山东、河南这5个省份④。同抗战初期几乎每日都有几

---

① 张腾霄主编：《中国共产党的干部教育（抗日战争时期）》，中国人民大学出版社1988年版，第130页。
② 曲士培：《抗日战争时期解放区高等教育》，北京大学出版社1985年版，第38页。
③ 曲士培：《抗日战争时期解放区高等教育》，北京大学出版社1985年版，第71—73页。
④ 曲士培：《抗日战争时期解放区高等教育》，北京大学出版社1985年版，第44页。

十上百人奔走在从西安往延安路上的盛况形成鲜明对比，1942年的头三个月，一共才有15名青年从敌占区、大后方或邻区来延安，"他们大多是失学或无家可归的青年学生，也有迫于生活而弃家走出的小学教员"①。抗战中后期，到边区知识分子人数之少可见一斑。

抗战时期奔赴陕甘宁边区的知识分子总人数有多少？根据1943年任弼时同志在一次审干会议上公布的数字，抗战后到边区的知识分子总共有40000余人②，这是目前所能见到的唯一可以查到出处的数字。还有学者提出从抗战爆发"至1938年底，赴延知识分子人数已达十多万"③的说法，这看来有所夸大。

战时到边区的知识分子，除了为数不多的知名学者和文化人之外，基本上都是奔着边区的各类干部学校去的，在这些学校中，又以抗大和陕公为最大和接受外来学员最多。陕北公学，从1937年7月开办至1941年8月，先后共培养了13000多名干部④，其中主要是外来知识青年；抗大接受外来学员人数最多的是第四期，共接纳了4655名知识青年学员，而这在时间上已涵盖了1938年大半年（1938年4月至12月），按这个比例估算，在抗战爆发后的一年半时间里，到抗大学习的青年学生最多也不过10000人；其他边区学校规模都相对小得多，鲁艺在1938年至1944年间一共才培养了685名学生⑤。即使估算的余地再大，离10万数字还是相差较远，而40000多的统计结果不仅因为它是官方公布的数字，依据当时的常规情况也相对可信得多。由于1943年后已很少有知识分子到边区，整个战时到边区的知识分子应该不超过50000人。

战时奔赴陕甘宁边区的知识分子就地域来说来自全国的20多个省份，包括当时尚在日本统治下的台湾地区，以及海外归来的华侨。以都曾被毛泽东誉为"黄埔"的抗日军政大学和陕北公学为例，前者的第四期（1938年4月开学）学员中，极大部分来自全国各地，"他们中间的籍贯包括了中国二十七个省份，

---

①《交际处热忱招待来延青年》，载1942年4月7日《解放日报》第2版。
② 胡乔木：《胡乔木回忆毛泽东》，人民出版社1994年版，第279页。
③ 刘悦清：《延安知识分子群体的特征及其历史地位》，载《浙江社会科学》1995年第4期。
④《陕公纪念四周年，抗战来造就万余干部》，载1941年8月5日《解放日报》第2版。
⑤ 曲士培：《抗日战争时期解放区高等教育》，北京大学出版社1985年版，第110页。

除青海与西藏外,任何一省,都有学员在这儿学习"①。对1938年7月底全校4269名学员的各项统计显示,来自陕西的学员最多(526人),其次是山西、河北、河南、江苏、山东等省②。而陕公的学生则遍及全国25个省和北平、天津、南京、上海4市③。对该校第五期(1938年6月毕业)1100多名学生籍贯的统计也表明,以陕西籍为最多,有178名,接下来依次是河南(142)、河北(123)、山东(93)、东北(87)、四川(76)、山西(70)等地④。这是1939年国民政府对边区进行封锁以前的情况,此后因为封锁,到边区的知识青年更主要是来自临近边区的陕西、山西、河南、河北、山东等省份。

在这些知识分子中,其主要的成分是青年学生,但也有文学家、音乐家、美术家、戏剧家、电影明星、歌舞明星、新闻记者、律师、医生、军官、教员、公务人员等从事各种职业的人才⑤。他们当中,多数受过中等教育,还有少数受过专科以上高等教育,甚至留学教育。据1938年7月抗大对4269名学员所作统计,其中初高中文化程度的占到了66.9%,而专科以上学历的占14.3%⑥。1939年7月创办的中国女子大学,首期500名学生中有80%是知识分子,这其中10%是大学文化程度,70%是中学程度⑦。任弼时同志公布的、可算作官方统计的数字也表明,抗战后到延安的知识分子总体上以初高中文化程度者为多,占到了一半以上。具体的情况是:初中以上71%,其中高中以上19%,

---

① 罗瑞卿:《"抗大"的过去与现在》,载《解放》周刊第48期,第20页。

②《"抗大"一九三八年七月底全校学员各项统计表》,见《陕甘宁边区全貌》,第二历史档案馆第11全宗(社会部)重1457号,第86页。该表因为纸张磨损,一些数字已无法看清。曲士培根据手抄本《边区实录》整理的"抗大1938年7月底全校学员情况统计表"(《抗日战争时期解放区高等教育》,第38页)可与之相对照。但曲表中没有关于籍贯的统计数字。其后还有关于陕北公学第五期学生年龄、籍贯、学历等各项统计表格,不仅存在因纸张磨损而无法看清的问题,还存在单项数字往往与合计的数字对应不上的问题,显然是当时的统计太过粗糙,很多数字并不能确信,不过从中仍可以看出一些基本的情况。

③ 王云风:《延安大学校史》上册,陕西人民教育出版社1994年版,第24页。书中参照《中国人民大学大事年表》第7页。

④《陕北公学学员人数籍贯统计一览表》,见《陕甘宁边区全貌》,第二历史档案馆第11全宗(社会部)重1457号,第91—92页。

⑤ 罗瑞卿:《"抗大"的过去与现在》,载《解放》周刊第48期,第20页。

⑥ 曲士培:《抗日战争时期解放区高等教育》,北京大学出版社1985年版,第38页。

⑦ 王云风:《延安大学校史》上册,陕西人民教育出版社1994年版,第30页。

高中21%，初中31%；初中以下约30%[①]。

战时知识分子赴边区，主要是经八路军办事处或其他机构介绍安排的，而西安八路军办事处是大多数知识分子去边区的必经之地。下面是一份有关1938年5月至8月经西安八路军办事处赴延安的知识青年统计表（见表1）。这份表格既反映出这一时期来边区的知识分子人数之多，而且透露出这些知识青年来自哪些地区的信息，同时从中还可以发现来边区的知识分子的性别构成状况，很明显，战时到边区的知识分子是以男性为主，而女性为数较少。

表1　经西安八路军办事处赴延安知识青年统计表（1938年5—8月）

介绍单位	人数	备注
武汉八路军办事处	880	
西安八路军办事处	801	包括四川、陕西、山西、山东、河南等省
兰州八路军办事处	30	
湖南通讯社	120	
广东通讯社	78	华侨
东北救亡总会西安分会	50	
陕公同学会西安分会	35	
民先总队部	107	
第一游击总队	150	
新四军驻赣办事处	37	
总计	2288	男占70%，女占30%

资料来源：曲士培《抗日战争时期解放区高等教育》，第18页。

[①] 胡乔木：《胡乔木回忆毛泽东》，人民出版社1994年版，第279页。

就年龄来说，战时到边区的知识分子真正是年轻型的人口。据李维汉回忆，当时在延安，老年人很少，20岁左右的青年人很多①。即便是那些知名学者和文化人，到边区后往往被尊为前辈的，也不过27、28岁或30出头。丁玲1936年到边区时是32岁（1904年出生），艾思奇到延安时才27岁，任鲁艺副院长的周扬那时也不到28岁。至于那些青年学生，更是以20多岁的为多。据对抗大第四期学员作的一个不完全统计，该期学员中，最小的14岁，最大的47岁，18—28岁的青年约占85％，由于该期知识分子占学生总人数的83.7％，这也就基本上反映了该期知识分子的年龄状况②。陕北公学的情况也相似，在其第五期（1938年6月毕业）1100多名学员中，20—25岁的有500多名，30岁以上的只有几十人③。

二

这些血气方刚的年轻知识分子为何选择了偏僻落后的延安、陕北？中国共产党在陕北站稳脚跟后，为解决干部缺乏问题而实行的吸引知识分子到边区的政策，是个很重要的外部因素。

1935年10月19日，中共中央与中国工农红军陕甘支队到达陕北吴起镇，此后经过近一年的经营，中国共产党基本上在陕北站稳脚跟，包括陕、甘、宁三省部分地区在内的西北苏区"成为中国革命大本营的所在地"④。在此时期，由于中日在华北的摩擦日益增多，中日之间的民族矛盾进一步上升，为适应形势的变化，中国共产党及时作了策略调整。1935年8月1日，中国共产党发出了《为抗日救国告全体同胞书》，即著名的《八一宣言》，呼吁停止内战，集中一切国力为抗日救国而奋斗。1935年12月，中共中央政治局在瓦窑堡举行

---

① 温济泽等编：《延安中央研究院回忆录》，湖南人民出版社1984年版，第4页。
② 曲士培：《抗日战争时期解放区高等教育》，北京大学出版社1985年版，第38页。
③ 见《陕甘宁边区全貌》，第二历史档案馆第11全宗（社会部）重1457号，第93页。
④ 宋金寿主编：《抗战时期的陕甘宁边区》，北京出版社1995年版，第7页。

会议，制定了抗日民族统一战线的总策略。在此路线指引下，中国共产党积极促成了西安事变的和平解决，蒋介石被迫接受停战、抗日的条件，国共两党之间打了十年的内战至此得以结束，抗日民族统一战线初步确立起来。1937年1月，中共中央由保安迁往延安。"七七"卢沟桥事变爆发后，中共积极推动实现了第二次国共合作，抗日民族统一战线正式成立。在这一争取实现抗日民族统一战线的过程中，中共以顾全大局，对内和平团结、对外积极抗日的形象出现在人们的政治视野中，其在国内、国际的声望都日渐提升，以中共中央所在地延安为中心的陕甘宁边区成为抗日救国的前沿，成为革命者和热血爱国青年的圣地。

中国红色政权立足西北，中共政策的调整与实施，国内政治形势的发展变化，这一切客观上为大批知识分子奔赴陕甘宁边区作了很好的铺垫，为这一历史现象的发生准备了必要的条件。在新形势下，中共出于抗日战争和发展壮大革命力量的需要，采取了吸收知识分子政策，向所有爱国的、革命的知识分子敞开了胸怀，这是知识分子入边区的重要前提。

中国共产党采取吸收知识分子政策，一方面是抗日的需要，这既是指抗日民族统一战线本身不能将知识分子拒之门外，瓦窑堡会议制定的党的最广泛的民族统一战线策略的总路线中，就提到中国共产党的任务"是在不但要团结一切可能的反日的基本力量，而且要团结一切可能的反日同盟者，是在使全国人民有力出力，有钱出钱，有枪出枪，有知识出知识，不使一个爱国的中国人，不参加到反日的路线上去"[1]。也是指中国共产党要争取千百万人民大众进入抗日民族统一战线，就必须做大量的宣传、鼓动与组织工作，就必须有大量的"有文化能掌握政策又能做统战工作"的干部[2]，而这就为知识分子角色的参与留下了空间。从这一点也可以看出中国共产党采取吸收知识分子政策的第二个原因：干部缺乏问题。

---

[1] 中央档案馆编：《中共中央文件选集》第10册，中共中央党校出版社1991年版，第605页。
[2] 蒋泽民口述、吕荣斌整理：《忆毛泽东在延安》，解放军出版社1993年版，第8页。

由于"左"倾错误的政治、军事路线的影响，中国共产党在第二次国内革命战争时期受到严重挫折，1937年，"仅有四万左右有组织的党员和三万多人的军队"①。无论对于眼前的抗战事业，还是更长远的民主革命、社会主义革命的重任，仅有这些人都是远远不够的。"指导伟大的革命，要有伟大的党，要有许多最好的干部"②，中国共产党要在一个四亿五千万人的国度进行历史上空前的革命，将其组织向全国发展是其必然选择；但要领导一个不断壮大的党员队伍，领导几千万甚至几亿人的革命事业，培养干部就成了首要问题。在1937年5月7日的中共全国代表大会上，毛泽东同志就已提出干部问题的重要性，并引用了斯大林的话："干部决定一切。"③全面抗战爆发后，干部缺乏问题更加严重，因为以前的红军干部普遍文化水平低，不能适应新形势下做统战工作的需要，"因此，当前培养干部是全党头等大事"④。有关干部问题的重要性，1938年10月，在党的第六届中央委员会第六次全体会议上，毛泽东再次提及："中国共产党是在一个几万万人的大民族中领导伟大革命斗争的党，没有多数才德兼备的领导干部，是不能完成其历史任务的……政治路线确定之后，干部就是决定的因素。"而"现有的骨干还不足以支撑斗争的大厦，还须广大地培养人材"。⑤

如何解决干部缺乏的问题？1938年1月毛泽东在接见从苏联留学归来的红军战士时，曾谈到干部培养的两条思路：一是从军队中选拔人员，他们一般出身农民，政治上可靠，缺点是文化水平低，对他们的教育培养，首要是提高文化；第二个则是从外来的青年知识分子中培养干部。⑥他们的长处是有文化，有头脑，这在当时尚很落后的中国是很重要、很宝贵的社会资源。对于这一社会资源，日本侵略者用屠刀和奴化教育来对付，国民政府也在对其进行争取，

---

① 《学习和时局》，见《毛泽东选集》第3卷，人民出版社1991年版，第942页。
② 《为争取千百万群众进入抗日民族统一战线而斗争》，见《毛泽东选集》第1卷，人民出版社1991年版，第277页。
③ 《为争取千百万群众进入抗日民族统一战线而斗争》，见《毛泽东选集》第1卷，人民出版社1991年版，第277页。
④ 蒋泽民口述、吕荣斌整理：《忆毛泽东在延安》，解放军出版社1993年版，第8页。
⑤ 《中国共产党在民族战争中的地位》，见《毛泽东选集》第2卷，人民出版社1991年版，第526页。
⑥ 蒋泽民口述、吕荣斌整理：《忆毛泽东在延安》，解放军出版社1993年版，第8页。

抗战初期将大量学校西迁可能就有这方面的考虑。中国共产党对于知识分子和青年学生非常重视，这种重视是建立在对他们一分为二的认识基础上的。中国共产党人如是评价知识青年："青年最容易接受前进的理论，最热心参加前进的事业，因为他们具有优良的本质：高尚、纯洁、坦白、热情、天真、活泼。不仅如此，现代青年，对于抗战有极大的决心和高度的觉悟与努力。虽然青年也有他们的弱点，如直观、冲动、简单、夸大等，但这些弱点，可以从他们优良本质的发展和政治锻炼中逐渐去克服。"①即一方面肯定他们中的大多数是革命的，"他们或多或少地有了资本主义的科学知识，富于政治感觉，他们在现阶段的中国革命中常常起着先锋和桥梁的作用"，如"马克思列宁主义思想在中国的广大的传播和接受，首先也是在知识分子和青年学生中"，所以，"革命力量的组织和革命事业的建设，离开革命的知识分子的参加，是不能成功的"。②另一方面则在有所保留的基础上，即认识到他们有小资产阶级的软弱性和动摇性，思想上往往有个人主义、主观主义倾向等缺点，对于知识分子，特别是青年知识分子又很乐观，认为这些缺点可以在长期的群众斗争中，通过理论学习，通过与工农大众结合而得到克服。

基于对知识分子和青年学生的上述认识，毛泽东强调："要保护革命知识分子，不蹈过去的覆辙。没有革命知识分子革命不能胜利。国民党和我们力争青年，军队一定要收容大批革命知识分子。要说服工农干部，吃得下，不怕他们。工农没有革命知识分子帮忙，不会提高自己。工作没有知识分子，不能治国、治党、治军。政府中，党部中，民众运动中，也要吸收革命知识分子。"③在实践中，中国共产党将吸引、组织知识分子到延安作为一项紧迫任务，多次通知北方局、南方局等各地党组织和八路军办事处、地下党组织及一些进步的社会团体、社会媒界与知名人士，引导和组织知识分子到延安。④1939年12月，毛泽东还特地为中共中央起草了《大量吸收知识分子》的决定，要求一切党组织和军队，

---

① 《陕北公学分校的成就》，见《李维汉选集》，人民出版社1987年版，第93页。
② 《中国革命和中国共产党》，见《毛泽东选集》第2卷，人民出版社1991年版，第641页。
③ 《反投降提纲——在延安高级干部会议上的报告和结论的提纲》，见《毛泽东文集》第2卷，人民出版社1993年版，第233页。
④ 刘悦清：《延安知识分子群体的特征及其历史地位》，载《浙江社会科学》1995年第4期。

应大量吸收知识分子加入军队、学校和政府工作。"只要是愿意抗日的比较忠实的比较能吃苦耐劳的知识分子，都应该多方吸收，加以教育，使他们在战争中在工作中去磨练，使他们为军队、为政府、为群众服务，并按照具体情况将具备了入党条件的一部分知识分子吸收入党。"①

三

中国共产党的上述吸收知识分子政策为战时知识分子奔赴边区提供了外在的吸引力，但这种外在的吸引力若不与知识分子的主观意愿产生共鸣，则不会起什么作用。那么，就知识分子自身来说，他们何以要作出这种选择呢？以陕甘宁边区的物质条件，战时大批知识分子不畏长途跋涉的艰险，冲破重重封锁线到达边区，自然不会是出于生计考虑，他们当中有人此前甚至是过着"公子""小姐""太太"的生活的②，即使战争破坏了他们原有的生活环境，若单纯为生计着想，他们也不会选择偏僻贫穷的边区。他们也不是为了逃避战祸，抗战之初边区的面积也还不到13万平方公里③，且主要为高原地貌，从安全角度考虑，根本不能与辽阔深远的大西南相比。而且，像从上海历时十三个月，走1万多里路才到达延安④，其中所经历的艰险也是可以想见的。那么，究竟是什么原因促成了他们甚至于"母女相约，夫妻相约，姐妹相约，兄弟相约，亲友相约，以至官长与部属相约"⑤，成群结队地来到边区呢？

大致说来，战时到边区的知识分子主要有以下几种。

一为知名的共产党作家或左翼文化人，他们在战前就参加了党直接领导下的左翼作家联盟、中国社会科学家联盟等组织的活动，或者已经加入中国共产党。

---

① 《大量吸收知识分子》，见《毛泽东选集》第2卷，人民出版社1991年版，第619页。
② 罗瑞卿：《"抗大"的过去与现在》，载《解放》周刊第48期，第20页。
③ 《抗日战争时期陕甘宁边区财政经济史料摘编》第1编《总论》，陕西人民出版社1981年版，第9页。
④ 王云风：《延安大学校史》上册，陕西人民教育出版社1994年版，第16页。
⑤ 张际春：《抗大为中华民族与中国人民奋斗的三周年》，载1939年6月2日《新中华报》第4版。

来延安之前，他们主要集中在上海，他们一般是经党组织安排来到陕北，所以，他们到边区的行为比较容易理解。在他们当中，丁玲算是最早到边区的，她出身于大家族，不过家道已日渐没落；本人生性叛逆，14 岁即外出求学，备尝艰辛，后走上文学之路，追随鲁迅的文学路线。1930 年她加入左联，从事革命文艺的创作与宣传，1932 年 3 月在上海入党，次年 5 月被国民党特务逮捕，囚禁于南京，后经鲁迅、宋庆龄等人和中国共产党的营救，于 1936 年 11 月辗转到达陕北保安。①到边区后，她参加了中国文艺协会的领导工作，并于抗战爆发后，带领西北战地服务团走上抗日前线，进行抗战宣传工作，被毛泽东誉为"昔日文小姐，今日武将军"。在丁玲之后，特别是全面抗战爆发后，到边区的文化人日益增多。曾以一本《大众哲学》而声名远播的"大众哲学家"艾思奇，同样出身官宦人家，从中学时就开始参加共产党外围组织的活动，并曾两次为抗议日本侵华而中断在日本的学业回国：一次因济南惨案，一次因"九一八"事变。第二次回国后，他在上海从事马克思主义哲学研究与宣传工作，并经左翼文化总同盟成员、共产党人杜国庠介绍，于 1933 年参加了党领导下的中国社会科学家联盟。1937 年"八一三"事件后，在中共中央组织安排下，作为左联系统文化人的一员，同舒群、周扬、何干之等人一起，从上海来到延安，在抗日军政大学、陕北公学等校教授哲学，并参加延安文艺界的组织工作。②在战时到边区的知识分子中，这批文化人是比较特殊而显眼的一群，他们为数并不多。从事延安时期文艺研究的艾克恩曾为从白区来延安的文化人大致列出了一个名单，计有 147 人，基本上包括了当时到边区的所有知名的知识分子。③尽管如此，由于他们本身的知名度而在文艺圈内及普通青年中产生的宣传效应却是很大的。

第二种是在战前即已加入共产党或参加了党领导下的革命工作的，他们有的是普通的地下党员，有的是学生运动领袖，有的参加过当地的抗日救亡运

---

① 丁玲：《我的生平与创作》，四川人民出版社 1982 年版，第 5 页。
② 谢本书：《战士学者艾思奇》，贵州人民出版社 2000 年版。
③ 张志清：《延安整风前后》，江苏文艺出版社 1994 年版，第 139—140 页。

动,有的是民族先锋队的队员。他们一般对共产主义革命事业已有较为清醒的认识,并立志献身于这一神圣的事业;他们不满于国统区的黑暗,并希望直接走上抗日的战场。他们奔向红色政权的中心——陕甘宁边区,也是比较自然的选择。史学家李新在重庆川东师范读书期间即积极参加学生运动,在1935年"一二·九"运动中被推为重庆学联主席,1936年冬加入了中国共产党。1938年初,他约集几个也曾参加过学运或农民运动的同志,一行共6人打着抗敌后援会华北川军慰问团和重庆大学土木工程考察团的名义,一路作抗日宣传,步行到达西安,在西安经中华民族解放先锋队介绍到了延安。到延安后,他与另外3名学运骨干一起进入陕北公学学习,同年3月,在延安重新入党。①这种自发组织起来,借抗日慰问团或宣传团的名义,从国统区前往陕甘宁边区的情况还有不少。他们主要是青年学生,比较容易找到志同道合的朋友;这样组织起来后,沿途之中既可以互相照应,又可以抗日名义得到地方政府的支持,免去不少麻烦。除此之外,也不乏个别行动的。因杂文《野百合花》《政治家·艺术家》而获罪的王实味,20年代在北大求学期间即加入中国共产党,不久因恋爱问题被开除,1937年在开封省立女中重新入党。"一二·九"运动以来,他积极参加抗日救亡宣传活动,并在课堂上向学生坦言抗日和革命主张。全面抗战爆发后,他难耐对延安的向往之情,经范文澜介绍,由范文澜过去的学生、时在陕西省教育厅任职的地下党员高舍梓安排,在西安八路军办事处办好手续后,到了延安,到延安后,主要从事马恩著作翻译工作。②

第三种是追求进步,但对马克思主义的认识还很模糊甚至一无所知的青年学生。他们中有些人因战争而失学失业,或者在战前就受着失学失业的困扰,而战争的爆发加剧了这一困境。他们深忧国难,誓死不做亡国奴,却又苦于报国无门。个人与民族命运的双重晦暗使他们在现实中苦闷彷徨,一个偶然的机

---

① 李新:《回望流年——李新忆救亡与抗战》,中共党史出版社1997年版。
② 温济泽等:《王实味冤案平反纪实》,群众出版社1993年版;黄昌勇编:《王实味:野百合花》,中国青年出版社1999年版。

会——一本书、某则消息或者广告，或者亲朋熟人的介绍，提供了一个重新振作的契机，使他们得知一个充满生气与希望的延安的存在，于是，他们心底的属于年轻人的热情与梦想都被激发起来，毅然踏上延安之行。正如史学家刘大年所说："这些个人，最初的行动虽然是怀着一定愿望自己选择的，却是带有很大偶然性的。"他当时正是从一本刊物上看到关于抗大的介绍而想到去延安，他的好友刘浴生则是因他去延安，而跟了他去的。①但这种偶然性当中又蕴含着必然性。20年代末30年代初，中共领导下的湘鄂西苏区曾发展到刘大年的家乡——湖南华容，少年时代的刘大年就积极参加了土地革命斗争，并担任过少年先锋队的总队长。红军撤退后，他一度被迫逃亡，但追求进步、向往革命的火种已在他心中点燃了。因此，在革命老人徐特立的指引下，在八路军驻湘办事处的具体帮助下，刘大年义无反顾地走上了奔赴延安的道路。曾与王实味在延安有过一段姻缘的薄平，是在开封女中读书时看到一则丁玲领导的西北战地服务团招收学员的消息，与同学一起追随了去，最后到了延安的。在她的这一偶然行为背后也是隐藏着很多必然性的：她所在的开封女中有不少王实味这样的进步教师，还有不少像高舍梓的侄女高向明以及高伯彦这样的进步学生。②马国昌的《延安求学记》是一篇纪实小说，其中的人物在现实生活中都有原型。书中介绍了一对阔公子和娇小姐——一个是商业资本家的儿子，一个是大学教授的独生女儿，怎样踏上去延安之路的思想历程，在当时去延安的青年学生中也具有一定的代表性。"他们觉得一个人，特别是一个中国人，应当有高尚的民族气节，誓死不做亡国奴。在学校里，他俩虽不是什么学生领袖，更没有见过共产党，但他们确认自己是一个进步学生。为了反对日本帝国主义，为了表示他们的进步，他们在街上参加过游行、贴过标语，也偷偷地看过《共产党宣言》《钢铁是怎样炼成的》和那些油印的毛泽东著作。"对他们影响最深、引起他们对延安无限向往之情的是美国人斯诺的《西行漫记》，他们"简直被书

---

① 刘大年：《我亲历的抗日战争与研究》，中央文献出版社2000年版，第35页。
② 黄昌勇编：《王实味：野百合花》，中国青年出版社1999年版，第33—35页。

中所描述的神话般的战斗生活给吸引住了。他们向往着真理,向往着光明,他们多么想看看举世闻名的毛泽东、周恩来、朱德是在怎样生活着……他们向往着革命,虽然革命究竟是怎么一回事他们还不能马上理解,但他们认为做一个红色革命家,那是最光荣的了。……就凭着这些想法,他俩摆脱了日本鬼子和汉奸的搜查迫害,瞒着家庭,经过进步同学的介绍,终于从敌占区北平跑出来,投入了革命的怀抱"①。

从上面列举的几种情况中可以发现,这些到边区的知识分子在政治思想认识上程度有很大差异,他们有的已经是党员,有的已步入共产主义理想的殿堂,有的则还懵懵懂懂,在殿堂外徘徊;他们到边区的契机也不一样,有的是经党组织安排,有的筹划已久,有的只是出于一个偶然的机遇。但有一点他们是共同的,那就是他们不但是爱国的,而且更是倾向于革命的。换句话说,在去边区之前,这些年轻的知识分子在思想上就认同中共的政治理念。"到延安去的只是爱国知识分子的很少数,不过在青年里面,他们是一般地怀有新的政治思想倾向,并且把自己的爱国心首先表现为选择到最艰难的战场上去的少数。"②

"天下兴亡,匹夫有责",以天下为己任的责任感、使命感历来蕴含于中国知识分子的思想深处,而青年人的敏感、激进个性更是使他们总走在历史潮流的最前沿。当此"国难严重,不可终日,救国无术"(湘来信,见张际春文)的时候,一直积极主张坚决抗日的中共政府所在地——陕甘宁边区便在他们的视野里凸显出来,"我们不怕走烂脚底板,也不怕路遇'九妖十八怪',只怕吃不上延安的小米,不能到前方抗战;只怕取不上延安的经典,不能变成最革命的青年"③。这首诗真实地反映了当时从全国各地千里迢迢奔向边区的知识分子的内心动机。正是受这种内心动机的驱使,他们甘愿接受外界的"诱惑",不顾一切地奔向抗日的前哨、革命的圣地——陕甘宁边区。

---

① 马国昌:《延安求学记》,武汉出版社1997年版,第30—31页。
② 刘大年:《我亲历的抗日战争与研究》,中央文献出版社2000年版,第36页。
③ 柯仲平1939年写的诗《延安与中国青年》,见公木主编:《中国新文艺大系(1937—1949)·诗集》,中国文联出版公司1996年版,第400页。

四

抗战初期，除了那些知名学者与文化人，绝大部分知识分子基本上都是以求学的名义来到边区的。为了将这些青年知识分子培养成更具革命性、政治觉悟更高的共产党的干部，中共除了将抗日红军大学改称为抗日军政大学外，又在边区设立了陕北公学、鲁迅艺术学院、中国女子大学等十几所干部学校。同国统区仍在延续战前的正规大学教育不同，这些学校实行的是国防教育政策，强调教育要为长期战争服务，其特点主要有以下几点。

第一，为应战时人才紧缺的需要，对前来求学的知识分子一般只进行短期培训，即安排到各部门或军队工作，所以这些学校普遍学制短，短则三个月，长也不过一年。如抗大一般是预科两个月，正科六个月（《抗日军政大学招生简章》）；陕公的学制则分两种，一种是普通班，学习时间四个月，一种为高级研究班，学习一年①。

第二，在课程设置方面，注重与抗战有关的内容，"不急之务""一概废弃"②。还是以抗大和陕公为例。抗大学习的主要科目为：预科有抗日民众运动、战略学、游击战争、抗日民族统一战线、八路军战术、政治常识、政治工作、社会科学；本科有政治经济学、社会科学、中国革命史、战略、战术、射击学、地形学、建城学、技术兵种等。③这样的课程设置体现了抗大的宗旨——以培养抗日战争中坚强的军事政治干部为目的（《抗日军政大学招生简章》）。陕北公学的主要目的是培养政工干部，"教学计划的安排原则是三分军事、七分政治，以革命的政治教育为主"。依此原则，陕公的普通班设有4门课程：社会科学概论（包括社会发展史、政治经济学等课程，讲授马列主义关于社会发展规律的基本知识）、抗日民族统一战线、游击战争和民众运动。高级班设有中

---

① 曲士培：《抗日战争时期解放区高等教育》，北京大学出版社1985年版，第73页。
② 《反对日本进攻的方针、办法和前途》，见《毛泽东选集》第2卷，人民出版社1991年版，第348页。
③ 曲士培：《抗日战争时期解放区高等教育》，北京大学出版社1985年版，第33页。

国革命运动史、马列主义、辩证唯物主义、政治经济学、世界革命运动史、科学社会主义、三民主义研究、世界政治等课程。①

第三，注重马克思主义理论教育，提高学员的思想水平和政治觉悟。这一点从上面所列的课程设置中已可窥见一斑。据历史学家刘大年先生回忆，他于1938年8月入抗大后，有四个多月时间，学校全开思想理论课，它们分为两类：一类是讲抗战的《论持久战》《论新阶段》及形势报告等；还有一类是讲进步或革命思想观点的社会发展史、革命运动史等课程。②为了更好地教育青年学生，抗大以马恩列斯和毛泽东的著作，以及党中央的重要决议、政策作为基本教材。由于"青年学生中，存在各种非无产阶级思想，阶级观念不明确。抗大以阶级教育作为一门重要课程，用《中国社会各阶级分析》作教材，结合中国阶级斗争的现状教育学员"，使他们"决心抛弃资产阶级或小资产阶级的思想感情，站在广大劳动人民一边……为工农的解放事业而奋斗"。③

第四，教育与生产劳动相结合，从而使知识分子与工农大众相结合。

参与体力劳动，在以毛泽东为首的共产党人心目中，也是对来边区的青年学生进行教育改造的重要手段。毛泽东一再强调，革命知识分子应该同工农大众结合，"只有知识分子跟工人、农民正确地结合，才会有无攻不克、无坚不摧的力量"④。他从书本知识和实际经验的角度阐述，认为知识分子虽有书本知识，但缺乏实际生活的经验，知识并不全面；相反，工人、农民虽没读多少书，但他们的实际生活经验非常丰富，从某种意义上来说，他们才是最有学问、最有知识的，知识分子应当参加劳动，在劳动中向工农大众学习，以前"万般皆下品，惟有读书高"的观点是不对的，应当改为"万般

---

① 曲士培：《抗日战争时期解放区高等教育》，北京大学出版社1985年版，第73页。
② 刘大年：《我亲历的抗日战争与研究》，中央文献出版社2000年版，第41页。
③ 何长工：《难忘的岁月》，人民出版社1982年版，第157—158页。
④ 《一二九运动的伟大意义》，见《毛泽东文集》第2卷，人民出版社1993年版，第257页。

皆下品，惟有劳动高"①。另一方面，边区当时的物质条件很差，甚至不能为前来求学的青年学生提供校舍，客观条件也使中国共产党在将这些知识分子培养成党的干部的过程中，要让他们亲身体验体力劳动，使劳动成为国防教育的一部分。

我们习惯于说传统读书人是"四体不勤，五谷不分"，无论是受儒家观念影响，还是依据西方传输的社会分工思想，知识阶层对体力劳动"敬而远之"、智力劳动同体力劳动截然分开是普遍现象。所以，在到边区的知识分子中，轻视体力劳动，甚至以体力劳动为耻的现象，也不无存在。延安刚开始搞生产时，"有的人背着农具过街头时，要戴上眼镜或用草帽檐遮住前额，怕见到熟人丢脸"②，但这些不和谐音符逐渐被边区嘹亮的劳动号子所淹没。

对于到边区求学的知识分子来说，体力劳动是日常生活的一部分，"整治环境卫生、打扫操场、伙房帮厨、早晨傍晚摇辘轳从几十米深的井底提取饮用水、'出公差'协助采买搬运，这是大家每天都有份或者都要轮流担任的。一部分人还轮到挖窑洞、修厕所等"③。抗大的学生还曾自己动手，在两个星期内，挖了170多个窑洞，为自己修筑了新的校舍，"这对于世界上任何一个学校，恐怕都不能不是一个奇闻，一个伟大的创举"④。

从1939年起，国民党对陕甘宁边区进行了封锁，使原本物质条件就比较艰苦的边区此后更加困难。为了反击国民党的封锁，改善经济，减轻边区人民的负担，中共中央号召全边区党政机关、军队、学校开展大生产运动，自力更生，生产自救。边区各学校积极响应，教职员工及学生都纷纷放下笔杆，参加开荒种地。"在生产运动中，特别值得提出的，是从全国各地及海外不远千里万里而来的青年男女学生们，他们是来边区学习真理，但是他们也同边区的工

---

①《整顿党的作风》，见《毛泽东选集》第3卷，人民出版社1991年版，第815—816页；刘益涛：《八载干戈仗延安——抗战时期的毛泽东》，广西师范大学出版社1995年版，第291页。
②鲁志浩：《延安生活记》，载1961年7月26日《内蒙古日报》第8版。
③刘大年：《我亲历的抗日战争与研究》，中央文献出版社2000年版，第38页。
④罗瑞卿：《"抗大"的过去与现在》，载《解放》周刊第48期，第19页。

作人员同八路军指战员一样,积极的参加了生产运动。"①

生产运动是一场全边区各界人士广泛参加的运动,因此,对于到边区的知识分子来说,体力劳动不仅是学校国防教育的一部分,在经过短期培训,分配到各自的工作岗位之后,劳动成为他们实际生活的一部分,他们在其中经受着考验与锻炼。生产运动之于知识分子的作用,当时人作如是评价:"生产运动不仅是解决了经济的困难,锻炼了身体,特别是改造了我们的思想意识,尊重劳动,使智力劳动与体力劳动统一起来。"②

毛泽东曾在抗大第二期开学典礼上说:"抗大是一块磨刀石,把那些小资产阶级的意识——感情冲动、粗暴浮躁、没有耐心等等,磨它个精光;把自己变成一把雪亮的利刃,去革新社会,去打倒日本。"③战时边区的学校教育对于从全国各地奔赴延安、思想认识参差不齐的青年知识分子来说,正是这样的一块磨刀石。经过几个月虽然短暂的学习,他们的政治觉悟普遍有了很大提高,大多数学员在毕业前加入了中国共产党,如抗大有一个队"全队120人百分之八十多的人入了党"④。陕北公学自1937年8月创办到1939年7月,培养的6000多名干部中有3000多人入党⑤。不仅如此,通过边区学校的特殊教育,"原来思想不健康的,后来也比较进步起来了,行动上的浪漫习气,工作上的不紧张,生活上的不能刻苦等等小资产阶级的习气,后来也能够逐渐转变过来了","总之,经过几个月的学习,不仅使他们在政治上、军事上获得了应有的进步,就是思想意识上、社会习惯上那种小资产阶级的某些弱点,也帮助他们来了一个洗涤与克服"。⑥

五

不同于一般的人口迁移或流动,战时知识分子奔赴陕甘宁边区,更具有政

---

① 《抗日战争时期陕甘宁边区财政经济史料摘编》,陕西人民出版社1981年版,第107页。
② 许光达:《"抗大"在国防教育上的贡献》,载1939年5月30日《新中华报》第4版。
③ 何长工:《难忘的岁月》,人民出版社1982年版,第156页。
④ 刘大年:《我亲历的抗日战争与研究》,中央文献出版社2000年版,第58页。
⑤ 曲士培:《抗日战争时期解放区高等教育》,北京大学出版社1985年版,第79页。
⑥ 罗瑞卿:《"抗大"的过去与现在》,载《解放》周刊第48期,第18页。

治层面的内涵。对于这些知识分子来说,他们是为了抗日、为了革命而来的,边区并不是他们真正的目的地,而只是人生旅途的一个中转站,从这里他们获得革命的思想武器,走上救国救民的战场。

他们当中有些人留在边区工作,像中央研究院、自然科学研究院等研究机构,文协、剧协等文艺团体,以及一些高等学校、报社和部分党政机关,都吸纳了一部分知识分子。由"陕北公学毕业学生工作去向表"①(第五期,见表2)反映出来的情况看,尤其是在抗战初期,边区吸收了不少青年知识分子以补充

表2　陕北公学毕业学生工作去向表(第五期1938年6月毕业)

	第一、二队	第三、四、五队	第六、七、八、九、十队	研究班	总计
江苏		24	13		37
湖北	5	34	40		79
安徽		4	3		7
湖南	6	4	8		18
江西	7	4	7		18
四川	1	7	6		14
福建		2			2
上海			16		16
广东		3	11		14
浙江			30		30
广西		1			1
宁夏			12		12
贵州		3	1		4
山东	1	5	11		17
山西	91	24	14		129
河南	5	8	18		31
华北		19	35		54
绥远		7	11		18
甘肃	1	2	3		6
边区	78	167	340	28	613
陕西	10	47	21		78
总计	205	365	600	28	1198

资料来源:《陕甘宁边区全貌》,第二历史档案馆第11全宗(社会部)重1457号,第94—95页。

---

① 见《陕甘宁边区全貌》,第二历史档案馆第11全宗(社会部)重1457号,第94—95页。从该表可以看出边区的青年知识分子在经短期学校培训后,可能去往的地方,并猜测出他们可能从事的工作。这些省份包括了边区(陕甘宁和晋察冀)、国统区和敌后。当然,就具体数字比例来说,它只是陕公第五期的情况,所以从表面上看可能与后面陕北公学毕业干部工作去向的比例有冲突。

干部队伍。除留在边区工作的外,还有很多青年知识分子在经短期的学校培训后,或者走上抗日的前线,或者到群众中和各个救亡团体中去进行抗日宣传与动员,或者走向了敌后。从陕北公学毕业的干部,除约有10%留在边区各部门工作外,80%以上的都奔赴敌后,从事抗日工作,有的直接领导游击战,有的做了县长;剩下约有10%前往大后方工作。①鲁艺是边区培养文艺人才的一所学校,在学制上即规定每期先学习几个月,然后到前方实习一段时间再回来进修一个短时期才算毕业,但事实上,学员到前方实习后大都就留在那里工作了,如文学系一期随沙汀、何其芳到晋西北去的同学,大多数就没有再回到延安来。②

然而,即便是那些留在边区的,也并非一直生活在边区。集中了不少文艺界人士的西北战地服务团,曾两次上前线为军民进行慰问演出,用口与笔与日本打仗,一次历时一年,一次历时五年半,直至1944年5月底才回到延安。③抗大、陕公等学校在国民党封锁边区,边区物资供应困难后,不仅部分师生员工到敌后的晋东南和晋察冀去办分校,抗大总校也于1939年7月离开延安,移驻晋察冀边区,在敌后办学,直到1942年底,中共中央为保存骨干,准备战略大反攻,决定让抗大重返陕北,抗大总校全体教职学员,才于1943年1月从邢台出发返回陕甘宁边区。④而那些去其他地方工作的,某个时期也可能会回到边区。1942年整风开始时,就有大批干部从各地、从各个战场回到延安参加整风。无论去与留,这些知识分子进出边区,都是服从革命工作的需要;以延安为中心的陕甘宁边区是一块生产思想与理论的地方,在这里,他们可以得到及时的调整与充电。

无论是走向前线、敌后和大后方,还是留在边区,这些革命知识分子都为

---

① 《双重意义的纪念会》,载1940年11月8日《新华日报》第4版。
② 荒煤:《关于文艺工作团的回忆》,见艾克恩编:《延安文艺回忆录》,中国社会科学出版社1992年版,第123页。
③ 艾克恩编:《延安文艺回忆录》,中国社会科学出版社1992年,第399页。
④ 何长工:《难忘的岁月》,人民出版社1982年版,第165页。

中华民族的解放事业作出了卓越的贡献。他们在遭受敌寇蹂躏的广大人民中播撒了民族解放的光明和希望的种子，在共产党的领导下组织和动员起人民与日本侵略者进行了艰苦卓绝、可歌可泣的英勇战斗。他们中有相当多的人在八年抗战中献出了自己宝贵的生命，《抗战英烈录》一书即收录了部分牺牲者的名录[①]。鲁艺为悼念该校为国牺牲的张友彦、严熹、朱杰民诸校友，特于1942年7月6日举行了隆重的"抗战五年来殉难校友追悼大会"，朱德总司令题送挽联："从军杀敌，以笔当枪，正义宣传参与政治战；为国牺牲，血花齐洒，英勇楷模是为艺术光。"[②]这不仅是对鲁艺出身的英烈，也是对所有为抗日事业而献身的知识分子的中肯评价。而战时奔赴陕甘宁边区的知识分子中的绝大多数，在经受住了民族解放战争的血与火的考验后，成长为中共的"三八式"干部，在解放战争的硝烟里，在新中国建设的各条战线上，都活跃着他们的身影。

（本文选自《中国社会科学院近代史研究所青年学术论坛》2001年卷）

[①] 如该书第354页所记黄天烈士，1931年毕业于复旦大学。1937年抗战爆发后，赴陕北公学学习。毕业后，任陕公剧团团长，后到晋察冀抗日根据地，任晋察冀军区政治部宣传部文艺科长和抗敌剧社副社长等职，不顾体弱多病，带领剧社同志，一面拿枪战斗，一面深入山区、平原、部队、村庄演出。1945年7月，率剧社成员赴军区演出途中，被日伪军包围，最后，为不被敌俘虏，自戕殉国。这样的例子在书中还有一些。详见张承钧主编：《抗战英烈录》，北京出版社1995年版。

[②]《鲁艺追悼殉难校友》，载1942年7月8日《解放日报》第2版。

抗日时期在延安的华侨青年

唐正芒

延安,这个中国革命的圣地,在烽火连天的八年全民族抗日战争中,像一块巨大的磁石,强烈吸引着海外华侨青年。他们历尽艰险,奔赴圣地,毅然为祖国的解放贡献自己的热血和青春。正如毛泽东所说的:"全国各地,远至海外的华侨中间,大批的革命青年都来延安求学。"(毛泽东《青年运动的方向》,1939年5月4日)

告别南洋,奔赴延安

在华夏存亡的危急关头,一首由田汉作词、聂耳谱曲的《告别南洋》的歌曲,响彻南洋各地:"你不见那尸横着长白山,血流着黑龙江,这是中华民族的存亡……"这沉郁、悲壮的歌曲,使华侨青年义愤填膺、热泪盈眶。"到延安去!""到抗日前线去!"成为海外赤子的时代强音。大批的华侨青年舍弃了海外富裕的家庭生活,告别了"海波绿,海云长"的"第二故乡",怀着"一壶一钵去长征,不怕关山万里程,满腔热血去受训,不到延安誓不停"的坚强决心,远涉重洋,长驱万里,闯过了国民党当局设置的重重障碍、道道关卡和百般刁难,躲过了日本飞机的轰炸扫射,克服了难以想象的种种恶劣环境,来到久已向往的延安。学军事政治,求革命真理,练杀敌本领,在那里建树了可歌可泣的业绩,写下了华侨历史上的新篇章。

大批华侨青年的到来,使延安的许多学校,如陕北公学、抗大、青干校、中央党校、马列学院、中国女子大学、医科大学、政法学院、通讯学校等,都有华侨青年在学习。延安的许多机关,如杨家岭中央研究院、王家坪军委作战部、联防司令部、边区政府、法院、财贸系统、中央医院、新华通讯社、新中华报社、解放出版社，以及各个工厂等，都有华侨青年在工作。据不完全统计，抗战前后来延安学习和工作的华侨青年有 600 人左右。仅据延安侨联 1942 年 6 月的会员登记，当时在延安及其周围各县工作的归侨即有 280 人，多是来自马来亚、泰国、印尼、越南等地的华侨学生和工人。

延安侨联的成立

随着海外华侨青年到延安人数的逐渐增多，为团结华侨参加抗战，为对来延安的归侨青年加强教育，进一步提高其政治觉悟，并通过他们同海外亲人的联系，宣传中国共产党的团结抗战主张，中共中央决定，在原已于 1938 年 7 月成立的南洋华侨回国服务团延安办事处的基础上，正式成立延安华侨救国联合会（简称"延安侨联"）。1940 年 9 月 5 日，延安华侨在杨家岭大礼堂正式召开延安华侨救国联合会成立大会。参加会议的有 170 余位华侨代表。张闻天、吴玉章等中共中央领导人出席了会议。张闻天对侨联作了详细指示。他要求留延华侨从四方面努力：（一）要努力学习，为将来工作打下理论基础；（二）研究侨胞所在地和各地侨胞的情况；（三）研究对华侨工作的各种问题的态度和策略；（四）侨联必须加强对华侨的联系，介绍中国共产党"坚持抗战，反对投降；坚持团结，反对分裂；坚持进步，反对倒退"的政策和各根据地抗战的情况，同时揭露国民党顽固派的消极抗日、积极反共的恶劣行径。会议通过了侨联简章，规定侨联宗旨为：加强对海外侨胞的宣传和联系；组织华侨回国抗战并参加边区建设。会议选举马来亚归侨李介夫、印尼归侨谢生（钟庆发）及冯志坚、余震、杨诚 5 人为侨联执委，李介夫为主任。侨联的成立，有力推动了留延归侨抗日救亡工作的开展。各机关、团体还相继成立了侨联分会。

朱德、叶剑英等领导同志也十分关心和热情鼓励来延华侨。1941 年 3 月，朱德在侨联第二次大会上说:"抗战以来,侨胞踊跃捐献物资,并从几千里外归国参战。我对侨胞支援祖国抗战的热情,钦佩备至。希望在延安的归国华侨,加强对国外华侨的联络和宣传。"

参加整风和大生产运动

整风和大生产是战胜困难的十大政策中的两个中心环节,华侨青年积极响应。他们中是共产党员的,都满腔热忱地参加了延安整风运动。他们亲耳聆听了毛泽东主席作的关于整顿三风的长篇报告,认真学习整风文件,认真撰写思想自传,在会上漫谈自己参加革命的经过。这些华侨干部,有的是接受南洋进步社团的动员,如前所述克服种种困难回国参加八路军抗日的;有的是原在国内参加革命活动遭破坏而暂避南洋,抗战爆发后即回到延安来找党的;有的是已在海外供职,出于救国热情而到延安来参军的;还有的是从朝鲜到东北打游击,因失败而撤入苏联转来延安的。总之是为了抗日这一共同目标,大家走到一起来了。尽管每人都有一部光荣的爱国历史,都是怀着一腔激情来抗战救国的,但在整风运动中,仍人人认真联系实际,进行思想检查,相互批评帮助,从而分清了思想是非,认识到做一个共产党员,光有爱国思想还不够,还应把它提高到无产阶级国际主义的觉悟水平,使思想认识有了新的飞跃。整风对华侨干部起了重大的帮助教育作用。

为了克服经济困难,为了粉碎敌人的封锁,中共中央发动了大生产运动。华侨青年热烈响应号召,同延安的军民一起,上山开荒生产,种小米,种瓜菜,到延安城外背粮,甚至到几十里外的山沟去砍柴并背回延安。在大生产运动中,延安侨联还开办了一个华侨纺织厂和一个制药厂。为了提高纺线速度,华侨青年还创制了一种立式单辆的木制纺毛线机,从此就不必用手捻毛线了。朱总司令看了很高兴,也特地领了一部,晚上点起煤油灯,戴上老花镜纺毛线。消息传出,领导生产的干部们很受鼓舞,从而推动了机关生产的发展。华侨纺织厂是 1942 年由延安侨联发起组织西北华侨实业公司时投资 100 余万元创办的，起名为"陕甘宁边区华侨纺织厂"。该厂设备简陋，技术落后，但华侨工人仍干劲十足，生产出大量产品。仅 1942 年即产毛毯 3200 条，纺毛线 4000 余磅，毛呢 100 匹，共获净利 50 万元。到 1943 年初，该厂每日已可生产毛毯 25 条，毛呢若干匹，从而对繁荣边区的工商业起了很大的作用。

大力开展侨运工作

1938 年 9 月，中共中央从延安的抗日军政大学、鲁迅艺术学院、陕北公学挑选了 20 多名学生，以华侨青年为骨干，组成海外工作团。由朱德任主任，成仿吾具体负责。蔡克明、蔡白云为正、副团长。成员有钟萍、符克、陈莉莉等。准备去海外从事侨运工作，发动侨众支援祖国抗战。后来根据政治环境渐趋恶化的形势，海外工作团不宜公开出国，便化整为零，分散出去开展工作。如该团中的蔡白云、钟萍夫妇，即两度受中共华南分局代表连贯的委派，辗转到越南、老挝、柬埔寨等地从事侨运工作，开展各种抗日救亡活动。

延安侨联成立后，专门成立了研究小组，整理了南洋各地华侨的初步材料。日本南侵后，侨联曾致电陈嘉庚先生，吁请华侨各阶层联合抗日，在南洋开展抗日游击战争，并表示在太平洋战争中愿和盟军合作，共同反对日本法西斯军国主义；侨联还响应重庆等大后方各地的救侨运动，在延安募款 3250 元，于 1941 年 3 月寄往重庆八路军办事处，由周恩来转交救侨委员会，救济逃难回国的难侨。

投身各项活动走在前

汪精卫叛国投敌后，延安华侨同延安民众一起参加了讨汪斗争，聆听了毛泽东在讨汪大会上的演说，一致表示拥护党中央的"坚持抗战，反对投降；坚持团结，反对分裂；坚持进步，反对倒退"三大政治口号。延安侨联成立后，曾组织广大华侨青年参加延安各界反法西斯大会的活动，有的归侨还为大会担任外语翻译和安全保卫工作。侨联还经常组织报告会，归侨都踊跃参加。泰国华侨青年罗道让在陕北公学宪政辩论会上的发言，还受到校长罗迈的称赞。1941年陕甘宁边区参议会开会，延安侨联主席李介夫被选为边区参议会参议员，代表延安归侨出席了会议。1941年冬日寇南进，激起了东方各民族人民的义愤。1942年春，延安召开了东方各族人民反法西斯大会。延安侨联积极组织来自东南亚、日本、朝鲜等地的华侨青年参加大会，并推选代表在大会上作报告，揭发控诉日本法西斯的血腥罪行。1945年中共七大在延安召开，在党中央的重视和关怀下，华侨队伍中也有人出席了这次具有深远历史意义的党的代表大会。如后来曾任全国侨联副主席的泰国归侨苏惠，于1940年抵延，后进中央党校学习，她就被选为中共七大代表。这无疑是华侨历史上的光荣一页。

学习理论、追求真理，是华侨青年奔赴延安的最重要目的之一。抗战时期延安的办学条件极其艰苦，大都是露天教室，蓝天是教室的"天花板"，空旷的原野是"围墙"。没有凳子，席地而坐；没有桌子，膝盖垫写。夏天顶炎炎烈日，汗流浃背；冬天雪花纷飞，仍扫过雪即坐，手脚冻木，仍苦学不辍。

在紧张的工作、学习之余，华侨青年还积极开展各种娱乐活动。在叶剑英参谋长的支持下，侨联成立了俱乐部，发动归侨自制乐器，挑选音乐爱好者成立广东乐队，每周举行音乐演奏晚会，使侨联俱乐部成为延安王家坪周末晚会的主要组织者。每年春节，侨联还在王家坪召开归侨联欢会。一首南洋歌，一曲南洋舞，使偏僻闭塞而节奏紧张的延安增添了朝气蓬勃、轻松活泼的生机。

新闻战线上的尖兵

抗战时期的延安清凉山，是解放日报社和新华社所在地，这是一个特殊的战场。它不仅是党中央了解国际国内形势的主要耳目，而且是党中央向全国人民讲话的喉舌，它被处于水深火热中的敌占区人民视为"黑暗中的一座灯塔"，在民族革命战争中发挥了重大作用。而战斗在这个特殊战场上的，就有20多名归国华侨。他们有的外文基础相当好，就被分配担任重要的翻译工作。在十分困难的条件和非常简陋的设备支持下，送到他们手中要翻译的外电，又都是水平不大高的报务员在必须神速抄录的情况下写出的近乎天书的外电，这要及时准确地翻译出来，确实是极不容易的事。他们经过艰苦细致的探索，终于摸清规律，夜以继日地将来自苏联塔斯社、美国合众社和美联社、英国路透社、日本同盟社、德国海通社、意大利斯蒂芬尼社等各国的而且涉及政治、军事、经济、文化、科技等领域的新闻稿，一一破译出来，保证了党中央耳聪目明，及时掌握天下大事，以制定出正确的方针和对策。而在这些"破译天书"的能手中，就有来自南洋的陈龙、丁拓、沈光、王越等同志。

　　总之，抗战时期，在延安的华侨青年，在学习、工作、劳动、战斗中都不甘落后，努力拼搏，勇于吃苦和牺牲，对延安的各方面建设及抗战事业都作出了突出贡献，并涌现出许多英雄、模范人物。如毛泽东的司机梁国栋，就是来自马来亚的归国华侨，因表现突出而受到重用。八路军总司令部的伙食管理员、泰国归侨罗道让，因工作成绩突出，被评为延安的模范管理员，朱总司令称他是懂得辩证法的好管家，叶剑英总参谋长任命他为中央军委办公厅行政处处长。菲律宾归侨卜一（庄焰），在五四运动二十周年时被中央党校推选为模范青年，获毛泽东亲手颁发的一枚纪念奖章。从延安转到前方去抗日的华侨青年中，也涌现出不少战斗英雄。著名的如菲律宾归侨黄登保，在抗大和陕公学习时就加入了中国共产党，参加过百团大战，屡立战功，后出任炮兵副司令员和全国侨联副主席。还有著名的泰国归侨叶驼烈士，以及战地记者和战地作家仓夷、白刃、黄薇等一大批华侨青年，都为抗战作出了重要贡献。

　　1937年全民族抗日战争的爆发，至今已过去了整整六十年。然而今天我们回顾和研究华侨支援祖国抗战的这段历史，缅怀延安华侨在中国共产党领导下为抗战伟业建树的光辉业绩，仍然倍感亲切和激动；而且这对于进一步巩固和加强华侨与祖国母亲的血肉联系，激励广大侨胞在新形势下对祖国的现代化伟业作出新的贡献，仍然有着重大现实意义。

(本文选自《八佳侨史》1997年第2期)

本书图片及部分文章由八路军西安办事处纪念馆提供。